KB070775

다시 새겨보는

'이봐,
해봤어?'
도전정신

다시 새겨보는
'이봐,
해봤어?'
도전정신

초판 1쇄 발행 2022년 10월 10일

지 은 이   박정웅
발 행 인   권선복
디 자 인   김소영
전 자 책   서보미
발 행 처   도서출판 행복에너지
출판등록   제315-2011-000035호
주   소   (07679) 서울특별시 강서구 화곡로 232
전   화   0505-666-5555
팩   스   0303-0799-1560
홈페이지   www.happybook.or.kr
이 메 일   ksbdata@daum.net

값 25,000원
ISBN 979-11-92486-22-2   (03810)

도서출판 행복에너지는 독자 여러분의 아이디어와 원고 투고를 기다립니다. 책으로 만들기를
원하는 콘텐츠가 있으신 분은 이메일이나 홈페이지를 통해 간단한 기획서와 기획의도, 연락
처 등을 보내주십시오. 행복에너지의 문은 언제나 활짝 열려 있습니다.

다시 새겨보는 ——— '이봐,
해봤어?'
도전정신

박
정
웅 지음

도서
출판 행복에너지

개정판을 내면서

지난 2014년 정주영 회장 탄생 100주년 기념 완결판을 낸 후 8년이 지났다.

그간 방송 출연, 신문기고, 학교, 경제인 모임에서 강의요청이 끊임없이 왔다.

'정주영 도전 정신 전도사'라는 과분한 별명을 누리기도 했다.

최근 들어 주위에서 한 번 더 개정판을 낼 것을 권장하는 요구가 많이 있었다.

변화하고 있는 우리의 경제현실과 시대상황에 비추어 정주영 회장의 도전정신을 되새겨 보자는 뜻으로 받아들였다.

전편에서도 강조했듯이 '세기의 도전자, 위기의 승부사, 창조와 혁신의 화신'으로 요약될 수 있는 그의 치열한 삶의 궤적은 단지 오늘 우리가 누리고 있는 경제적 유산으로만 평가하는 데 그쳐서는 안 된다고 생각한다.

그는 모든 것이 참혹할 정도로 열악했던 환경을 극복하고 상식적으로는 하나도 가능한 것이 없었던 엄청난 업적들을 한국 경제사에 남겼다. 거기에 담긴 그의 정신 유산을 우리 가운데 다시 불러 일으켜야 한다. 그래서 어떤 위기에도 과감히 도전하고 분연히 일어나 도전하는 영감과 용기의 원천으로 삼아야 한다고 생각한다.

이 책의 제목이 된 '이봐, 해봤어?'는 어려운 일을 앞에 놓고 주저하는 간부들을 질책하고 독려할 때 그가 자주 했던 말이다. 이 말은 상식의 벽을 넘어 창조와 혁신, 그리고 적극적인 자세로 도전하라는 그의 정신이 농축된 촌철살인의 표현이다.

그는 오늘 우리에게 다음과 같은 도전의 메시지를 던지고 있다.
- '길이 안 보이고 막막한가? 할 수 있다고 생각하고 다시 봐라. 안 보이던 길이 보일 것이다.
- 할 일이 힘들고 어렵나? 그만큼 가치와 보람이 있는 일이란 증거다.

쉬운 일로는 성공하지 못한다.

- 실패가 두려운가? 실패는 성공의 뿌리내리기다. 비바람을 겪지 않고 자란 나무는 강풍에 제일 먼저 뿌리가 뽑힌다.
- 지치고 낙담하고 있나? 바로 성패의 갈림길이다. 결연히 일어서라. 아니면 도태된다.
- 인간의 상상력은 무한하다. 과감하게 상식의 족쇄를 깨고 창조하고 혁신하라.

이러한 그의 정신을 다시 새겨보고자 하였다.

"세계적으로 뛰어난 기업가들이 많이 거론된다. 그렇지만 그들이 활동했던 시기와 경제, 사회적 기반, 자본과 시장 환경 등 여건을 놓고 비교해 볼 때 열악하기 그지없는 환경에서 엄청난 업적을 남긴 정주영 회장은 아주 특이하다. 그 누구보다도 빛나는 특성을 가진다" 경영학의 당대의 태두 피터 드러커 교수가 생전에 한 말이다.

나는 정주영 회장을 한국을 넘어 세계에 널리 알리고 싶은 포부를 가지고 있다.

칭따오 출판사에서 중국어판이, 니혼게자이에서는 일본어판이 이미 나왔다. 다음 목표는 세계의 더 많은 사람들이 읽을 수 있도록 영문판을 내는 것이다. 그렇게 함으로써 우리 국민의 잠재력, 강인한 도전정신과 창의력의 아이콘으로 정 회장을 선양하고 싶다.

그것은 '현대Hyundai'라는 이름을 쓰는 정 회장 후대 기업군의 브랜드 차원을 넘어 'Korea'라는 국가 브랜드가치를 세계에 드높이는 일이라고 믿기 때문이다.

　개정판에서는 그동안 정 회장의 주요업적들에 대한 반추와 향후의 시사점을 나름대로 조망해 봤다. 따라서 일부 내용이 구성상 중복되었음을 독자들께서 혜량하여 주시길 바란다.

　이 책이 나오는 데 도움을 준 행복에너지 권선복 회장님과 편집진 여러분께 감사의 말을 전한다.
　이번에도 어려운 가운데 초고 정리의 도움을 준 내 인생의 짝 김현정에게 감사한다. 그리고 나에게 늘 기쁨과 행복의 원천이 되는 준이, 하린이, 시환이에게 이 책과 함께 사랑을 전한다.

2022년 8월
박 정웅

정주영 회장 탄생 100주년 기념 완결판

멈출 수 없는
도전

01

상식과 고정관념을 뛰어넘은
시대의 '이단아'

정주영 회장의 발자취를 돌아보면 우리는 어떻게 이런 인물이 있을 수 있었을까 하는 생각을 하지 않을 수 없다. 그의 창의적 상상력은 결정적인 순간에 상식과 고정관념을 떨쳐버리고 뛰어넘어 불확실한 미래에 뛰어드는 도전과 모험을 가능케 했다.

내수시장 기반도 기술기반도 없는 개발도상국에서 선례가 없는 자동차 독자 개발이 그랬고, 맨손으로 대형 조선소 건립과 수출 수주, 경험과 기술이 없는 상태에서 뛰어든 중동건설 시장, 세상에서 그 자신 한 사람을 제외하고 가능성을 믿는 사람이 없었던 88서울 올림픽 유치 성공 등이 그 예다. 그리고 그는 결정적인 시기에 시대를 뛰어넘는 이러한 업적을 통해서 오늘날 한국의 위상을 세계적 공업선진국으로 올려놓았다. 그 하나하나가 한 사람의 일생의 업적이기도 힘든 일을, 놀라운 추진력으로 이루어 낸 것이다. 세기의 경영학자 피터 드러커 교수도 생전에 정 회장을 만난 자리에서 "불확실성이라는 위험 저편 아득히 존재하는 가능성을 갈파해내고 이를 리더십과 추진력으로 성취해 내는" 그의 탁월한 기업가 정신을 인정했다. 그와 동시대를 산 세계적인 기업들이 많이 회자된다. 그러나 그들에게는 오래 축적된 기술과 숙련된 노동인력 기반, 든든한 내수시장, 그리고 자본이 있었다. 그러나 정 회장에게는 이런 것들이 전무했다.

그가 이러한 도전의 모험을 할때 업계와 세인들은 정 회장이 초등학교만 다녀서 무식해서 불가능한 것을 가능한 것으로 알고 저렇게 무모한 시도를 한다고 했다.

그들은 그 무모한 실패의 결과가 한국 경제에 미칠 영향과 국제 신뢰도에 미칠 영향을 걱정했었다. 그만큼 정 회장의 한국 경제의 장래와 사업을 내다보는 상상력이 시대를 뛰어넘는 것이었기 때문이다.

여기서 한 가지 생각할 수 있는 것이 있다. 정 회장의 이러한 시공을 뛰어넘는 창의적 발상력은 역설적으로 그가 교육을 제대로 받지 않았기 때문이 아니었을까 하는 점이다. 그래서 지식이라는 틀에 갇히지 않고 창의력이 한껏 발휘될 수 있지 않았나 생각할 수 있다. 앞서 열거한 것에 더하여 아산만 물막이 공사를 예로 들 수 있다. 물막이 공사는 공사가 진척됨에 따라 방조제 둑 사이가 좁아질수록 그 사이를 드나드는 물결의 힘이 가속적으로 커지기 때문에 대단한 위험이 따르게 되고 공사 기간 지연과 더불어 비용이 늘어나게 된다. 물살이 엄청나게 강해져서 수십 톤짜리 바위덩이로 물을 막으려 해도 순식간에 떠내려가자 지휘에 나선 정 회장이 기상천외한 생각을 했다. 고철로 해체작업을 위해 사다 놓은 대형 유조선을 현장에 가져다가 물살이 센 둑 사이에 대 놓고 물을 채워 가라앉혀서 둑을 막아 논 다음 둑사이 물을 막아 공사를 마무리한다는 것이었다. 이 아이디어를 놓고 일류 대학 토목공학과 출신 현대건설 임원들은 이구동성으로 반대했다. 엄청난 위험이 따르고 선진국 토목공사 역사 어디에도 '선례'가 없다는 것을 주장했다. 그러나 정 회장에게 '선례'가 통할 리가 없었다.

정 회장의 아이디어로 공사는 크게 성공하여 공기단축과 비용을 줄일 수 있었다. 그 후 이 아이디어는 세계 토목업계에 '정주영 공법'으로 정식으로 등재되었다고 한다.

이러한 그의 발상력은 거의 모든 중요 사업과정에서 일관되게 관찰된다.

정 회장의 이런 면모는 아인슈타인이 말한 "상상력은 (학교에서 배운) 지식보다 중요하다. 지식에는 한계가 있지만 상상력은 세상을 감싼다 (한계가 없다)."의 전형을 보는 듯하다.

■ ■ ■

이제 우리는 모든 분야에서 디지털 시대로의 대 전환시기를 맞고 있다. 뉴노멀이라는 새로운 표준이 등장하고 있다. 인류가 살아가는

데 있어서 디지털세계에서 아바타를 내세워 나 대신 새로운 초월적 현상을 구현하고 체험하는 메타버스가 확산되고 있다.

세계경제를 보더라도 이러한 분야를 주도하고 있는 개별 기업인 애플의 2022년 9월 기준 싯가 총액이 약 3550조 원이러고 한다. 한편 같은 시기 세계 10대 경제권이라는 우리나라의 코스피와 코스닥 상장 기업의 싯가 총액을 모두 합한 것이 2500조 원이라고 한다. 주가는 현재의 기업 가치 못지않게 미래 성장 잠재력의 가치이기도 하다. 디지털 경제의 위력이 얼마나 엄청난 것인가를 극적으로 말해주고 있다.

양자 컴퓨팅, 인공지능, 메타버스 등 새로운 디지털 진화는 고정관념을 과감히 탈피하는 인간의 상상력에서 비롯된다.

모든 변화와 혁신은 불편할 뿐 아니라 불안하다. 그래서 혁신에는 과감한 용기를 필요로 한다. 도전과 혁신을 두려워하는 집단이나 민족에게 미래는 없다. 시대는 변했어도 기본은 같다. "이봐, 해봤어?" 정주영 회장은 참모들에게 끊임없이 도전과 혁신을 요구하며 한 시대를 이끌며 불가능해 보였던 많은 업적을 남겼다. 그는 인간의 상상력이 갖는 무한한 힘에 대한 신봉자였으며 철저히 이를 실천에 옮겼다.

정주영 회장의 정신은 대 전환기를 맞고 있는 지금의 우리에게도 여전히 주효한 것이다. 그의 정신을 지금 되새겨보는 이유다.

02

'바퀴 달고' 세계를 누비는
국산 자동차의 오늘과 내일

"자네 혹시 현대 자동차 주식 가지고 있는 것 있으면 빨리 처분해. 선대 정주영 회장이니까 지금까지 해냈지만 앞으로는 어림없어. 첫째는 아무리 현대라도 엄청난 자본이 안 될 거고, 둘째는 막강한 선진국 자동차 회사의 기술력과 디자인, 그리고 마케팅 분야의 도전이 엄청날 거야."

이 말을 한 사람은 선대 정주영 회장과 가까이 지냈고 후에 과학기술처 장관을 지낸 한 인사가 현대자동차가 정몽구 회장 시대를 맞았을 때 내게 해준 진지한 조언이었다. 능숙치 않은 말씨와 사람들 앞에 서기를 싫어하는 정몽구 회장의 특성 때문에 이러한 추측은 세인들 사이에 더욱 확산되었다.

그러나 정몽구 회장은 그 나름대로 특유의 뚝심과 경영관, '이봐, 해
봤어?' 도전정신의 DNA를 승계한 사람이었음을 보여주었다.

"10년 & 10만 마일 무상수리 보장." 2000년 1월 자동차 본고장 미
국 디트로이트 자동차 전시장 현대관 상단에 크게 써서 내걸린 표어
였다. 자동차 역사에서 사상 초유의 선언에 대한 세상의 반응은 대체
적으로 "드디어 올 것이 왔구나, 현대가 가격을 내려도 차가 안 팔리
니까 최후의 수단을 쓰는 것 같은데 결국 저렇게 해서 망하는구나. 그
엄청난 수리비용 부담 때문에 결국 망할 거야. 아니면 소비자 상대 사
기일 거야."와 같았다. 경쟁사들은 회심의 미소를 지었다. 그때까지
내로라하는 100년 이상 역사를 가진 세계 자동차 회사들도 감히 5년
이상 무상 수리 보장을 시도해 보지 못했던 터였다.

정몽구 회장의 이러한 시도는 현대자동차 내부에서도 찬성하는 사
람이 없었던 것으로 알려졌다. 그것을 맞추기 위한 기술력도 문제였
지만 그 과정에 받을 엄청난 스트레스가 두려웠을 것이다. 그러나 정
몽구 회장의 그런 결단은 스스로에게 건 구속과 도전의 결심이었다.
가야 할 길이면 일단 결심을 하고 길을 찾아보고 길이 없으면 만들어
서 나가자는 '이봐, 해봤어?' 도전정신의 발로라고 할 수 있다. 그리고
그는 이 엄청난 일을 해냈다. 이런 과정에 현대 자동차의 기술과 디자
인 팀들은 피나는 노력으로 정몽구 회장의 의지를 뒷받침해 주었다.
그는 기술과 디자인 분야의 핵심 인력을 개별적으로 포상 격려하는
배려를 잊지 않는 것으로 알려졌다. 이 '사건' 이후 자동차 소비자들의

현대자동차에 대한 인식이 점차 바뀌게 되었다. 그리고 이것은 자동차 시장에서 현대 자동차에게 새로운 전기가 되었다.

■ ■ ■

BMW사에서 디자인 혁신을 일으켜 대성공을 거두게 한 디자이너 크리스 뱅글을 2000년대 중반쯤 만난 자리에서 필자가 물었다. "당신이 현대 자동차 공장을 돌아보았는데 실제로 기술이나 디자인 수준에 대해서 가감없이 평가해주기 바란다." 이에 대해 그는 "솔직히 납득이 안 간다. 어떻게 그렇게 짧은 역사를 가진 현대자동차의 기술과 디자인의 수준이 여기까지 왔는지 나로서는 도저히 이해할 수 없다." 어쩌면 그가 이해하지 못한 그것이 정몽구 회장의 그런 뚝심의 일면인지 모르겠다.

1998년 IMF 사태로 한국은 혹독한 시련의 시기를 겪었다. 이런 때 현대자동차는 기아자동차를 인수하게 되었다. 세상의 우려를 떨치고 그런 시기에 한 해만에 기아자동차를 흑자로 전환시켰고 2010년에는 현대기아차를 세계 5위권 자동차기업으로 성장시켰다. 오늘 날에는 세계 8개국에 16개의 생산 공장을 가동하여 연간 500만 대 가까이 생산하고 있다. 2022년에는 미국의 시장조사업체인 JD파워로부터 세계 최고 수준의 품질과 내구성을 인정받았다.

이러한 공로로 정몽구 회장은 세계 자동차산업에서 최고권위인 자동차명예의 전당에 한국인 최초, 아시아에서 두 번째로 헌액되었다.

앞으로 자동차 공업은 엄청난 기술 발전과 디자인을 놓고 어느 때보다 치열한 경쟁이 예고되고 있다. 자동차제조가 컴퓨터에 전기모터, 구동장치와 바퀴를 다는 개념으로 바뀌어가고 있다. 부품수도 1/3로 줄어들 것이라고 한다. 우선 근래에 들어 자동차 제조의 제일 큰 변화는 전기차의 출현이다. 주행거리, 충전 속도와 용량, 수명, 경량화, 안전하고 저비용의 배터리 개발의 경쟁이 치열하다. 구동 에너지로 수소, 태양열 이용기술 개발도 꾸준히 진행되고 있다. 전기 자동차 판매를 2021년 14만 대에서 2030년에는 국내 33만 대, 세계시장 180만 대로 의욕적인 목표를 세우고 있다. 2022년 현대차의 아이오닉 5가 미국에서 '올해의 전기차'로 선정되는 개가를 올렸다. 무인 주행 자동차 개발뿐만 아니라, 공중 공간을 이용하는 에어 도심항공교통UAM 기술, 로봇기술을 놓고 기술과 시장선점에 세계 각국의 경쟁이 가속되고 있다. 특히 하늘을 나는 전기차로 일컬어지는 UAM 분야에서 2028년 상용화의 야심찬 목표를 내세우고 있다. 세계 UAM 시장규모는 2023년 8조 원에서 2040년엔 807조 원으로 급성장할 것으로 전망되고 있다. 치열한 경쟁이 예상되는 가운데 현대의 위상이 주목되고 있다.

최근에는 국내 6개 연구기관과 달 탐사와 표면 운송을 위한 모빌리티 프로젝트를 발표했다. 지상 표면뿐만 아니라 우주공간을 향해 발을 내디딘 것이다.

■ ■ ■ ■

　1967년대 경부고속도로 공사에 밤낮없이 한창 50대의 뜨거운 열정을 불태우던 정주영 회장의 가슴속에 자동차 독자개발의 대야망이 꿈틀거리기 시작한 이후 50여 년이 지났다. 그는 틈 있을 때마다 강조했다 "한 국가의 도로망을 인체에 비유하여 말하자면 혈관이야. 그 혈관을 원활하게 돌아다니며 산소와 영양을 공급하여 산업을 활성화하고 성장시키는 것이 바로 자동차야." 그리고 그는 말했다. "자동차는 전자, 기계, 철강, 화학 등 첨단공업기술이 다 동원되는 2만 개가 넘는 부품으로 이루어지는 종합 작품이야. 이것을 가지고 있지 않으면 선진공업국이 될 수 없어. 그래서 자동차를 세계를 누비며 국가의 기술력을 자랑하는 바퀴달린 국기라고 하는 거야." 그는 일찍이 현대자동차뿐만 아니라 국가경제의 장래에 대한 원대한 꿈을 품었던 것이다.

　그는 평소 "자동차는 엔진과 성능도 중요하지만 껍데기가 예뻐야 소비자들이 좋아해."라며 자동차 스타일링에 대한 중요성을 갈파했다. 포니의 디자인이 처음 나왔을 때 그는 "무슨 놈의 차가 꽁지 빠진 오리처럼 생겼어!" 하며 불평했다고 한다. 그러나 정 회장은 전문가의 의견을 수용했다. 그도 그 시대 세계 소비자 취향 트랜드를 이해한 것이다. 그 후 50여 년 사이 한국이 '자동차도 만드는 나라'에 더하여 이제는 '첨단 자동차를 만드는 나라' 대열에 서 있는 것이다.

　세계 자동차 생산 순위도 2022년에는 3위를 차지할 것으로 예상된다. 유럽 시장에서 판매 순위도 같은 해 상반기 폴크스바겐, 스탈렌티

스에 이어 3위를 차지했다. 전기차 시장에서도 선두주자인 테슬라의 강력한 경쟁자로 부상하고 있다. 같은 해 자동차 업계에 주어지는 권위 있는 상들을 석권했다. '세계 올해의 차', '북미 올해의 차', '독일 올해의 차', '영국 올해의 차' 같은 것들이다. 이러한 눈부신 발전은 변화하는 환경변화에 발 빠르게 대응하며 현장을 누비고 적극적인 인재 영입에 나서는 정의선 회장의 활동이 크게 기여하고 있는 것으로 알려졌다. 선대 정주영 회장이 온갖 역경을 딛고 포니 모델을 세상에 내놓은 후 불과 50년 사이 이룩한 실로 눈부신 발전이다.

■ ■ ■

정주영 회장은 초기의 시련과 더불어 한국을 미국자동차 산업의 하청공장화하려는 압력 등 끊임없는 도전을 극복했다. 참으로 세계에 선례가 없는 엄청난 거보의 기록이다.

이제 바톤은 3세대인 정의선 회장에게 넘어갔다. 그는 국제 감각이 뛰어나고 영어도 능숙한 것으로 알려져 있다. 자동차 공업의 첨단 기술에 대한 지식도 우수하다고 한다. 경쟁과 도전은 쉼이 없는 현재 진행형이다. 살아남고 뛰어넘기 위한 기술과 디자인 개발은 후대의 몫이다.

03

국가의 명운을 걸고 뛰어든
뜨거운 열사의 땅 중동 건설시장

정주영 회장은 1970년대 초 거듭된 석유파동 당시 해외건설 진출을 두고 국내 각계의 논란이 분분할 때, 전경련 회장단 모임에서 다음과 같이 소신을 피력했다. 요약하면 다음과 같다.

"우리나라는 기름이 한 방울도 나지 않는다. 우리는 산업이 돌아가자면 자동차를 굴려야 하고 추운 겨울을 얼어죽지 않고 나려면 외국에서 기름을 사와야 한다. 그런데 우리 외환은 바닥이 났다. 수출해서 외화를 벌어 와야 하는데 우리의 수출품이 돈이 되는 게 별로 없어 기대하기가 어렵다. 그런데 석유파동으로 세계의 돈이 어디로 몰리고 있는가? 중동 산유국이다. 돈을 벌려면 돈이 몰리는 곳으로 가야 한다. 그들은 넘쳐나는 돈으로 도로, 항만 등 산업 인프라와 주택 건설에 엄청난 돈을 쏟아붓고 있다. 당장은 하루에 차가 몇 대 지나다니지 않는 곳에도 장래를 보고 8차선, 10차선 도로를 내는 정도다. 이 지역이 기술과 경험을 가진 선진국들의 독무대가 될 판이다. 우리가 가진 것은 몸뚱이와 잘 살아보겠다는 정신뿐이다. 그걸로 할 수 있는 것이 바로 건설이다. 사람들은 우리가 경험과 기술이 하나도 없다고 한다. 누구나 처음 시작하는 일엔 경험이 없는 것이다. 기술은 배워가며 하면 된다. 그런데 우리는 무엇보다 중요한 것을 가지고 있다. 그것은 건설노동자들의 어느 나라에도 뒤지지 않는 근면성과 잘 살아보겠다는 강한 의지다. 이것이 있으면 된다. 사람들은 우리가 열사 사막에서 일한 경험이 없다고 한다. 현지에는 물도 없다고 한다. 그렇게 부정적으로 생각하면 있는 길도 안 보인다. 한창 뜨거운 낮엔 에어컨 켜고 자고 선선한 밤에 일을 하면 되고, 물은 차로 길어오면 된다. 좋은 점도 있다. 건설에 절대 필요한 모래와 석재가 얼마든지 있다."

해보지도 않고 부정적인 생각에 미리 주눅이 드는 데 대한 "이봐, 해봤어?" 발상이었다.

정 회장이 노렸던 가격 경쟁력의 비책은 공기 단축에 있었다. 정 회장은 기회 있을 때마다 역설했다. "건설 공사의 경쟁력은 공기 단축이 핵심이다. 공사를 빨리 끝내면 돈 빨리 받지, 빌려 쓰는 고가장비 임대료 절약하지, 인건비 줄이지…" 실제 많은 공사 수주 때 낙찰을 위해 저가 입찰을 했을 때 큰 손실을 볼 것이라는 업계의 예측을 따돌리고 성공한 배경에는 공기단축을 위한 경쟁력이 있었다. 거기에는 물론 한국 건설 노동자들이 특유의 근로정신으로 따라주었기 때문이다. 현대건설은 계속해서 각종 도로공사, 주베일 산업항 공사 등 성공 신화를 쌓아 나갔다. 당시 현대건설이 건설대금을 받으면 그게 바로 한국의 외환 보유고를 좌우하는 결과를 초래하는 실정이었다.

■ ■ ■

이렇게 해서 한국 정부나 건설업계의 우려 속에 진출한 중동의 건설시장 진출은 한국 경제사에 대단히 중요한 한 획을 그었다.

무엇보다도 국가부도 직전에 놓였던 한국 경제를 구했다. 그때 만약 우리가 위기를 못 넘기고 외환위기를 맞았다면 우리가 1997년 맞은 외환위기와는 그 양상이 크게 달랐을 것이라는 것이 중론이다. 1997년대에는 우리 수출구조가 기술경쟁력이 있는 반도체, 자동차, 조선, 중화학 제품과 국제시장기반이 갖추어진 상태였기 때문에 단시일 내 극복이 가능했다. 그러나 1970년대 초는 수출품이라는 것이 싸구려 섬유제품과 값싼 노임에 의존한 가발과 경공업제품이 주를 이루던 때였다. 그런 상황에서 국가 경제가 부도를 맞았다면 그 뒤 우리 경제사는 다른 길을 걷지 않았을까 하는 생각이다. 현대건설의 중동진출의 성공은 국내의 삼성, 대림, 경남기업, 쌍용, 한양 등 쟁쟁한 건설회사들이 그 뒤를 따르게 하였다. "한국 회사에 맡기면 아무리 어려운 공사라도 완벽하게, 그리고 빨리 잘해낸단 말이야"라는 현지 사람들의 평가는 이렇게 해서 얻은 것이다. 그리고 이들이 이때부터 쌓은 해외공사 경험과 기술은 아랍 에미레이트 그리고 싱가포르 등 동남아에서 첨단 기술을 요하는 초고층 빌딩을 짓는 실적을 올리게 된다.

■ ■ ■

정주영 회장은 건설회사를 중요한 인재 양성소로 활용했다.

"건설 사업이란 무에서 유를 창조하는 전형적인 모험과 도전 정신을 필요로 한다. 허허벌판이나 난관이 도사리고 있는 지형을 놓고 시장성, 설계, 환경, 인허가, 기후, 기술 등 다방면으로 불확실성과 도전요소를 극복하고 대형 건물이나 공공 또는 산업시설이라는 결과물을 지어내야 한다. 그래서 나는 건설 사업에 유능한 인재는 무엇을 맡겨도 훌륭히 해낼 수 있다고 생각한다." 실제로 이후 현대그룹을 이끌었던 인재들은 특수 기술과 전문분야를 제외하고 현대건설 출신들이 그룹 인맥의 주류를 이뤘다.

무엇보다도 현대그룹은 이때 국제무대에서의 건설 사업으로 자본과 명성을 쌓고 뒤따르는 자동차 독자개발과 현대조선의 기반을 축적해 놓았다고 볼 수 있다.

그러나 현대건설은 대북 불법송금 스캔들과 그 회오리 와중에 그룹 회장을 맡은 정몽헌 회장이 타계를 하는 비극을 겪은 후 계속되는 불황으로 옛날의 화려한 명성을 뒤로하고 채권단관리에 들어가는 위기를 맞았다. 이것은 현대그룹의 모태라고 할 수 있는 현대건설이라는 상징성과 선대회장을 생각할 때 대단히 중요한 일이었다.

정몽구 회장의 자동차 그룹이 현대건설을 되찾아오는 데 성공했다. 이것은 특히 장자로서 정몽구 회장에게는 대단히 의미가 큰 일이라고 할 수 있다.

■ ■ ■

여기서 정몽구 회장의 스케일과 면모에 대하여 짚고 넘어가야 할 한 '사건'이 있다. 2014년에 현대자동차 그룹이 서울 영동대로 일대 한전부지 7만 4천 148평방 미터에 달하는 세계 비지니즈센터(GBC) 부지를 매입한 건이다. 당시 이 부지는 감정가가 3조 3346억 원이었다. 강남권에 마지막 남은 노른자위 대단지 인수전에 뛰어든 현대와 삼성전자의 경쟁은 국내외 경제계의 커다란 관심을 받았다. 결과는 10조 5500억 원에 현대그룹에 낙찰이었다. 2위를 하여 고배를 마신 삼성 그룹이 얼마를 써냈느냐는 공식적으로 알려진 게 없지만 4조에서 6조 정도가 아니겠느냐 하는 전문가들의 추측이 지배적이었다. 아무리 그 부지가 사업성이 뛰어 나서 승부를 건다고 해도 감정가를 놓고 볼 때 현대가 써넣은 액수는 지나쳤다는 것이 세평이다. 그렇게 볼 때 약 4~5조 정도를 더 써낸 셈이다. 정몽구 회장만이 할 수 있는 희대의 베팅이다. 세계는 경악했다. 이러한 반응에 대하여 정몽구 회장이 한 대답이다. "그 돈이 나라에 가는 돈인데 뭐, 괜찮아." 다음 날 현대기아 자동차의 주가는 7.8% 곤두박질쳤다. 그러나 다시 0.92% 상승했다. 그 뒤 불과 17년 뒤인 2021년 그 땅의 싯가는 22조 원으로 평가된다. 그게 정몽구 회장의 사업을 내다보는 안목이고 스케일이었다.

■ ■ ■

현대건설에게는 새로운 중동시장의 기회가 열리고 있다. 약 1500조 원에 달하는 사우디아라비아의 네옴NEOM 시티 프로젝트가 그것이다. 이 프로젝트는 홍해 인근에 장장 2만 6500㎢에 달하는 최첨단 친환경 도시를 통유리 안에 건설하는 프로젝트다. 서울크기의 44배에 달하는 어마어마한 규모다. 세계 초유의 거대한 프로젝트다. 2030년까지 완성을 목표로 하기 때문에 2022년 중으로 발주 계획이 임박한 것으로 알려졌다. 세계경제의 장기 침체가 예상되는 상황에서 한국경제 활력에 기폭제가 될 것으로 전망되고 있다. 이 중에 1/4정도가 현대 건설을 비롯한 한국 업체의 몫이 될 것으로 기대하고 있다. 고용창출효과는 약 35만 명에 이를 것으로 예측되고 있다. 여기서 주목해야 할 것은 1970년대에는 주로 인력 수출을 하던 우리가 이제는 원자력을 비롯한 최첨단 기술 수출을 한다는 점이다. 우리 산업 기술이 그만큼 발전하였기 때문이다. 코로나 사태로 2022년 해외건설 수주가 부진한 상태에서 대단한 기회다. 아랍에미레이트와 다른 중동 산유국들의 대형 투자에 따른 건설 수주도 뒤따를 것이 예상된다. 제 2의 중동 붐을 일으키는 데 현대건설의 역할이 기대된다. 정 회장이 일찍이 무모하다는 소리를 들으며 "이봐, 해봤어?" 개척정신으로 중동에 깔아 놓은 기반이 다시 빛을 보게 되는 것이다.

04
한국인의 저력을 세계에 알린
전시장 조선소

현대 조선의 출범과 성공은 국내뿐만 아니라 세계에 충격적인 것이었다.

1970년대 초 한국의 조선 공업 현실은 거의 불모지에 가까웠다. 경험과 기술, 인력 기반이 그랬고 자본도 없었다. 그리고 만든 배를 반드시 수출을 해야 되는데 당시 한국 같은 나라가 만드는 배를 사주기를 기대하기도 난감한 일이었다.

게딱지 같은 어촌 가옥이 몇 채 있는 모래벌판 항공사진이 거의 전부인 사업계획서를 들고 다니며 수주와 자본 유치를 통해 조선소를 세우고 최단시일 내에 한 번도 경험이 없는 거대 유조선을 진수시킨 것은 어느 면에서 봐도 기적이라 아니할 수 없다. 상식을 뛰어 넘는 정주영 회장의 발상과 추진력의 대표적인 사례 중의 하나라고 할 수 있다.

당시 조선소 현장은 한국 국민이 가지고 있는 저력을 국내외에 과시하는 대단한 상징성을 가진다. 하늘 높이 치솟은 크레인과 선체를 올려다보는 우리 국민들의 가슴에 진한 감동을 불러 일으켰다. 그리고 우리 미래에 대한 벅찬 자신감을 심어 주었다. 외국인들에게도 감동은 마찬가지였다. 그들은 "어떻게 한국이 이렇게 갑자기 이런 어마어마한 현대식 조선소를 세울 수 있었을까?" 하며 경이로움을 감추지 못했다. 현대조선은 당시 한국을 잘 모르던 외국 경제계에 한국인의 저력과 가능성에 확신을 심어준 전시장이 되었다. 당시 전경련 국제부 업무 중에 하나가 방한하는 선진국 투자사절단의 국내 산업 시찰 안내였다. 따라서 이 업무를 담당했던 필자는 수시로 울산 조선소를 방문했는데 갈 때마다 매번 벅찬 감동과 함께 가슴에 뿌듯한 긍지를 느꼈던 기억이 지금까지 새롭다. 이런 가치를 정주영 회장이 누구보다 잘 알고 있었다. 그래서 외국 경제사절단이 왔을 때 그들의 업종을 불문하고 가능하면 반드시 조선소 방문을 일정에 넣도록 지시했다. 그가 국내에 있는 한 아무리 바빠도 직접 울산에 내려가서 이들을 맞아 안내하고 접대했다.

■ ■ ■

현대중공업을 승계한 정몽준 회장에 대한 정주영 회장의 사랑과 집착은 유별났다. 공부도 잘하고 영어도 유창한 그를 세계경영의 무대에 올려 놓으려는 준비를 일찍부터 염두에 두지 않았나 한다. 엘리자베스 영국 여왕을 비롯해서 세계 정상급 인물들을 만날 때면 상황이 허락하는 한 미국에서 수학 중인 정몽준 회장을 불러와서 함께 만나곤 했다. 아울러 국내에서도 그의 정치적 지명도와 위상을 높이기 위한 의도도 있었을 것으로 보인다. 이러한 연장선에서 그는 2002년 월드컵 유치를 하여 크게 성공을 했고 세계 축구연맹FIFA에서 중책을 맡게 된다. 그는 2018년 대선 출마에도 나섰지만 뜻을 이루지는 못하였다.

■ ■ ■

정몽준 회장이 맡은 현대 중공업은 그동안 부침을 거듭했다. 조선 불황 경기 사이클과 맞물려 한때 해상 플랜트 분야에서 경험과 설계 기술 부족으로 인한 시행착오를 겪은 것으로 알려졌다. 그러나 이런 시행착오를 통하여 축적한 경험과 기술은 기회가 왔을 때 중요한 기반이 되었다. LNG 운반선 수주에서 기술우위로 세계 수주를 선점하고 있다.

현대중공업지주는 2021년 기준 역대 최고인 매출 28조 1587억 원, 영업이익 1조 854억을 기록했다. 2022년부터 향후 5년간 21조 원을 투자해서 자율운항 스마트 선박 건조와 수소 암모니아 추진선, 조선 이외의 분야로 신재생 에너지 분야, 무인화 로봇, AI분야까지 영역을 넓혀 갈 것이라고 한다.

현대 중공업 그룹에서도 정기선 현대지주사장을 그룹 경영에 참여 시키면서 본격적인 3세 체제로 들어서고 있다. 그는 특히 자율 주행, 친환경 기술에 역점을 둘 것으로 알려졌다.

그리고 한국조선해양 지주회사를 출범시켰다.

05

40년 숙원 고로에
불을 당긴 현대 제철

현대 제철은 2010년 1월 5일 선대의 숙원이었던 대망의 일관제철소 1기 고로에 화입식을 가졌다. 1977년 1차로 사업 계획을 낸 후부터 36년 만이라고 하지만 사실은 그보다 앞서서 추진하였던 것을 감안하면 40년 만의 일이다.

정주영 회장이 일관제철소의 꿈을 가슴에 품은 것은 1970년대 초쯤으로 추정된다. 이 시기는 현대자동차와 현대조선의 본격적인 태동기와 일치한다.

여기서 먼저 박태준 회장의 포항제철 창업 이야기부터 해야 되겠다.

국가 기간산업의 명운을 걸고 모든 것이 열악한 여건에서 포항제철 건설에 몰두했던 박 회장은 1968년 창설 이후 수많은 전설적인 일화를 남기며 헌신적인 노력을 증명하였다. 창업에 부족한 재원을 대일청구권지금을 보태어 성공시켰다. 거기에는 박정희 대통령의 적극적인 지원이 있었다. 박 대통령과 박 회장 사이에는 매우 특별한 신뢰 관계가 있었다. 박 대통령과 박 회장은 육사 6기 생도 때 포병 탄도학 교관으로 처음 인연을 맺는다. 그 후 두 사람의 사이는 대단히 돈독한 관계로 발전한다. 박 대통령이 소장계급으로 5.16 혁명을 계획할 때, 박태준을 5.16 거사의 전면에 내세우지 않았다. 만약 거사에 실패할 때 박 소장 가족의 후사를 맡기기 위해서였다고 한다. 5.16 성공 후에야 국가재건최고회의 2대 비서실장직을 맡긴다. 두 사람의 신뢰 관계는 이토록 대단히 특별한 것이었다.

여기에 두 사람의 관계를 다소 길게 언급하는 데는 이유가 있다.

고철이 아닌 철광석을 녹여 철강제품을 만드는 일관제철소 고로 건설은 원래 고도의 기술과 장비, 거대한 자본이 투여되는 사업이다. 따라서 자본회임 기간이 대단히 길어 수십 년이 걸린다. 그렇기 때문에 선진국에서도 고로 제철소는 몇 개 없다. 세계적인 철광석 수출국인 브라질도 자국의 고로제철소를 가지게 된 것은 거의 반세기를 넘어서였다.

■ ■ ■

대표적인 기간산업인 고로 제철소 건설은 정 회장이 포기할 수 없는 꿈이었다. 철강제품을 많이 쓰는 자동차와 조선 사업을 시작한 정주영 회장에게는 당연한 것이기도 하였다. 고로제철소도 경쟁을 해야 기술 발전도 되고 국내와 해외시장을 향해 더 성장할 수 있다는 당연한 논리였다. 그러나 박태준 회장은 포철이 좁은 국내 시장에서 자리 잡고 해외시장까지 경쟁력을 가지기 위해서는 독점적 위치를 유지하고 정부의 전폭적인 육성 보호정책이 필요하다는 입장을 줄곧 강력하게 고수했다. 세상에 알려진 것처럼 모든 분야에서 박대통령은 정주영 회장의 적극적인 지지자였다. 두 사람은 경부고속도로 건설부터 중동건설 진출, 자동차 독자개발 등 주요 국가 발전 사업들을 서로 교호하며 발전을 이끌었다. 그러나 이런 박 대통령도 박태준 회장의 포항제철의 강력한 독점체체 주장을 들어 줄 수밖에 없었다. 이처럼 두 사람은 서로를 도우면서 주장이 다를 때는 적극적으로 의견을 교환했다. 정 회장의 박 대통령에 대한 존경심 또한 대단한 것이었다. 필자가 있었던 자리에서 박 대통령으로부터 온 전화를 정 회장이 받는 일이 몇 번 있었다. 그때마다 정 회장은 몸을 곧게 세워 자세를 가다듬고 엄숙한 자세로 전화를 받았다. 참고로 정 회장은 1915년생이고 박 대통령은 1917년생이다. 박 대통령에 대한 정회장의 존경심은 그토록 지극한 것이었다.

그러나 정주영 회장은 오랜 기다림의 시간을 견뎌야 했고 일관 제철소의 꿈을 이루지 못하고 끝내 타계하였다.

■ ■ ■

자동차에는 중형차 기준으로 대당 약 800kg의 강판이 소요되고, 대형 조선에는 엄청난 양의 후판 강판이 들어간다. 포항제철 성장과 정엔 역설적으로 라이벌 현대그룹이 크게 기여한 것으로 알려졌다.

2013년 3기 고로까지 완성한 이후 2022년 상반기 기준 현대제철의 조강생산 능력은 약 2500만 톤으로 세계 17위로 도약했다. 일관 제철소 고로 점화 후 불과 13년 만의 일이다. 포스코(2002년에 개명)는 조강 생산 능력 약 4500만 톤으로 세계 순위 6위를 유지하고 있다. 두 회사는 국제 경쟁력을 더 높이기 위하여 끊임없이 새로운 기술 개발과 친환경 분야를 비롯해서 사업 영역을 확대 하며 한국의 기간 산업의 두 축을 이끌고 있다.

좀처럼 자신의 감정을 외부에 드러내지 않는 정몽구 회장도 이날 고로 화입식에서는 감회의 미소 끝에 한편으로 숙연한 표정을 지었던 것으로 알려졌다. 거기에는 자신도 이미 고희를 넘은 나이에 선대가 그토록 간절히 품었던 일관 제철소를 드디어 이루어 냈다는 감회와 함께 순간 마음속 깊은 데서 우러나온 선대 회장에 대한 효심이 있었을 것이다.

06

가슴에 묻고 간
필생의 염원 통일

정주영 회장에게 통일은 단순한 꿈이 아니고 가슴 속 깊이 자리 잡은 하나의 절실한 한이었다, 그래서 그는 통일을 위하여 마지막까지 신명을 다 바치고자 했다. 1998년 10월 28일 한우 501마리를 이끌고 판문점을 넘었다. 앞서 6월 16일 소 500마리를 보낸 데 이은 2차 방북이었다. 이것은 정 회장이 직접 연출한 통일 염원을 담은 회대의 전위예술이요 세계를 향한 절실한 외침이었다. 그것은 그의 고향이 이북 강원도 통천 아산이기 때문만은 아니었다. 통일은 그에게 있어서 시대적 사명이기도 했다. 정 회장은 "공산주의냐 민주주의냐 하는 것은 결국 잘 사는 방법이 어떤 것이냐 하는 문제인데 인위적인 분단을 해놓고 생이별을 한 부모형제들을 반세기가 넘도록 오고가도 못하고 생이별을 하게 하는 게 얼마나 잘못된 일이냐?"며 한탄했다.

그에게는 통일에 이르는 길에 대한 실현 가능한 구상이 있었다. 그가 대통령에 출마하게 된 동기 중의 하나가 바로 통일에 대한 꿈의 실현을 위한 것인지도 모른다. 물론 통일이 한쪽만 원한다고 해서 되는 일이 아니었다. 그것은 긴 시간 동안 인내와 노력이 필요하다는 것을 그는 알고 있었다. 먼저 관광을 통한 인적 교류가 가져올 변화를 생각했다. 사람들이 오고가고 함으로써 서로를 알게 되고 신뢰감을 쌓으며 동질성을 회복하는 데 중요하게 기여하리라는 생각을 했다. 그래서 정 회장은 현대아산을 내세워 북한과 합의하여 1998년 북한 금강산 관광을 시작하여 많은 실향민들의 한을 풀어 주었다. 2008년 8월 방문객 200만 돌파를 앞두고 있었는데 2008년 7월 11일 남한 관광객이 북한 초병에 피격, 사망함으로 중단되어 많은 아쉬움을 남겼다. 계속 되었더라면 지금쯤 남북 관계에 어떤 변화를 가져왔을까 하는 생각을 해 본다.

그다음으로 정 회장이 가졌던 생각은 "사람들이 통일 비용을 자꾸 이야기하는데 이것은 잘못된 생각이야. 통일이 가져오는 이득도 생각해야지"였다. 세계에서 가장 근면한 북한 노동력의 활용, 북한의 미개발 천연 자원, 남한의 기술과 자본, 경험, 해외 시장기반을 합치면 그 결과는 일본, 대만, 중국을 따돌리는 엄청난 경쟁력을 갖게 된다는 것이다. 흡수 통일이든 일국 두 체제든 그것은 멀리 보고 국민들이 선택하게 하면 될 것이라는 지론을 폈다. 그의 주장은 이런 과정을 통하여 북한 사람들의 생활이 나아지고 외부 세계에 대한 이해를 넓히게 되면 그들의 변화를 기대할 수 있다는 데 근거를 두고 있다. 근래에 들어 장마당의 확산과 핸드폰 등 모바일 기기의 보급으로 이런 변화의 조짐이 일고 있으며 이러한 대세는 멀리 볼 때 북한 당국도 어쩔 수 없지 않을까 한다.

그러나 핵개발을 포기하지 않는 북한정책이 커다란 걸림돌이다.

이것은 북한의 체제위협에 대한 불안과 자구책에서 오는 것이라고 생각된다. 따라서 당분간 북한의 변화를 기대하기는 어려워 보인다. 그 끝이 어디일지는 불안하기 그지없다. 그러나 변화의 싹은 북한 인민들 내부로부터 올 가능성이 크다. 원래 독재 정권이라는 것이 종국을 맞기 직전까지는 속을 알 수 없는 것이다. 세계의 독재 정권의 말로가 다 그랬다. 우리가 바라는 북한의 변화는 흡수통일이 아닐 것이다. 독일식 함락에 의한 통일도 아닐 것이다. 이것은 어쩌면 우리가 감당하기 어려운 경제 사회적 재앙을 가져오게 할 수 있다.

북한 내부에서 변화가 일어나되 우리가 체제유지를 도와주는 형태가 바람직하다. 그리고 그들이 생활 향상을 위하여 스스로 남쪽과 세계를 향하여 문호를 개방하게 하는 것이다. 베트남 같은 체제를 상상할 수 있다.

그런 노력의 일환으로 실현 가능한 '북한 경제개발 5개년계획'의 비전을 제시하는 것도 한 방법이다. 당장 북한의 반응은 문제 삼지 않아야 한다. 이것은 어떤 경로를 통하든 북한 당국과 인민들에게 들어

가서 전파 될 것이다. 경제개발 5개년계획을 성공한 한국이 낸 계획이라 세계의 관심도 사게 될 것이다. 그리고 북한 당국이 원하든 원하지 않든 이의 확산 전파는 통일 분위기 조성에 기여하지 않을까 하는 생각을 해 본다.

금세기 최고의 미래학자 알빈 토플러, 조지 프리드먼, 그리고 세계적인 투자가 짐 로저스는 앞으로 통일된 한국이 발휘할 엄청난 폭발력을 다 같이 예고하고 있다. 그 잠재력은 남한과 북한의 잠재력을 더하는 것이 아니라 곱하는 것이 될 것이라고 역설하고 있다. 그런데 한반도 통일에는 지정학적으로 강대국들의 민감한 이해관계가 얽혀있다. 우선 미국의 입장이다.

미국은 한국 분단 이후 얼마 전까지 한반도 통일에 대하여 유보적인 입장을 취해 왔다고 볼 수 있다. 그동안은 한반도 분단상태의 현상 유지가 한국에 대한 영향력을 행사하는데 보다 유리하다고 판단하였기 때문일 것이다. 그러나 미국의 입장이 변화하고 있다. 미.중 두 나라 사이의 역학관계와 대립이 근래에 들어 급격히 첨예화 되고 있기 때문이다. 이러한 현실에서 미국으로부터 멀리 떨어져 극동에 위치하고 있는 역사적으로 맹방 한국이 강대국이 된다는 것은 어느 모로 보나 미국 국익에 극히 바람직한 일일 것이다. 문제는 중국이다. 남북통일이 북한의 주도로 이루어 질 수 없는 것이 현실일 때 한반도 통일은 중국에게 그야말로 재앙일 수 밖에 없는 일이다. 더욱 막강해진 국력의 한국, 자유민주주의 한국, 미국을 비롯한 친 서방주의의 한국이 국경을 맞대고 있게 된다는 것은 체제가 다른 중국의 앞날에 재앙이 될 수밖에 없는 일일 것이다. 한편 일본은 분명한 입장을 표명하고 있지는 않지만 한국이 한층 더 막강한 이웃이 된다는 것을 반길 수 없는 일일 것이다.

이러한 변화를 어떻게 효과적으로 우리의 것으로 만들어 통일을 앞당기는 것은 순전히 우리의 몫이다.

북한은 2022년 9월 9일을 기하여 최고인민회의에서 적대세력으로부터 피격 시 핵무기를 자동 사용한다는 내용의 '핵무력 법제화'를 발표했다. 그만큼 경제와 내치, 외교 고립이 절박해지고 있다는 증거다.

역사를 살펴볼 때 대체로 역사의 흐름을 주도해온 힘은 빵과 자유를 위한 대중의 욕구였다. 북한은 이 두 가지가 임계점에 다다르지 않았나 한다.

정주영 회장이 일찍이 뿌려 놓은 통일의 씨앗이 싹트는 날이 올 것을 기대해 본다.

07

중국,
가깝고도 멀 수밖에 없는 나라

전 미 국무장관 헨리 키신저가 1984년 한국을 방문해서 정주영 전 경련 회장을 만났다. 그는 닉슨 행정부에서 중국 개방외교를 주도한 인물이다.

키신저가 말했다. "중국이 공산주의 체제를 유지한 채 개방주의 시 장경제 체제를 도입하고 있는데 궁극적으로 실패할 가능성이 크다." 정주영 회장이 즉각 답하였다. "당신들 미국 사람들은 중국을 너무 모른다. 중국 사람들이 반세기 정도 공산주의를 했다고 해서 수천 년 피에 녹아 있는 세계 최고의 장사꾼 기질이 바뀌지 않는다. 내 생각에는 수십 년 내에 중국이 세계시장에서 미국을 꼼짝 못하게 할 것이다." 키신저가 말했다. "나는 두 체제의 모순이 종국에 가서 많은 사회갈

정주영 이봐, 해봤어?

등을 초래하지 않을까 한다. 내가 내주에 등소평 주석을 만나는데 정 회장의 말을 전하겠다." 필자가 통역을 맡았던 두 사람의 중국에 대한 대담에서 나온 말이다. 키신저가 당시 등소평 주석을 만나러 가는 길에 한국에 들러 정 회장과 만난 자리였다. 키신저에게는 중국과 경제 관계가 깊어질 것이 분명한 한국경제계의 움직임에 대하여 전경련 정주영 회장의 의중을 떠보려는 의도가 깔려 있었다.

이후 40년 동안 중국은 정 회장 예견대로 눈부신 경제 성장을 하여 왔다. 경제뿐만 아니라 정치, 외교, 군사 면에서도 주축국인 미국을 여러 면에서 좌지우지하고 있는 실정이다. 한국과의 관계에서도 중국이 한국의 최대 수출시장의 위치를 차지해왔다. 그러나 한국이 중국의 경제성장의 과실을 누리던 시기가 끝나가고 있다고 한다. 기술면에서도 우주항공, 방산, AI, 에너지 바이오 분야에서 한국을 앞섰다고한다. 이런 과정에서 외국의 특허권이 제대로 보호받지 못하는 '짝퉁왕국'이라는 오명은 많이 개선되었다고는 하나 아직도 해결되지 않고있다는 평이다. 현대기아 자동차도 중국에서 시장 점유율에서 10위권 밖으로 밀려났다고 한다. 무역 면에서도 반도체를 제외하고 이미2019년부터 무역 적자가 시작되었다고 한다.

여러 면에서 인권과 경제요소를 정치적으로 통제할 수 있는 공산주의 경제 체제와 이러한 통제력이 없는 민주주의 자유시장국들과의 경쟁은 원천적으로 한계가 있다고 본다.

중국은 자본주의 자유시장 개방사회에 기생하여 세계 제조기지와 위치를 누리며 발전해 왔다고 할 수 있다. 근래에 와서 '도광양회'를 일찍 벗어던지고 패권주의를 노골적으로 표방하고 나섰다. 미국 등 서방사회로부터 디커플링을 시도하고 '기술냉전'을 벌이고 있다.

중국의 커다란 장점은 14억이 넘는 인구를 기반으로 하는 막강한 내수시장이다. "중국에서 개발된 제품이 기술력과 품질이 외국산에 비해 부족해도 정부에서 그걸 쓰도록 하면 초기부터 엄청난 시장이 확보되고 그걸 기반으로 더 기술 개발을 해서 세계시장을 넘보게 된다. 한국 기업이 그 단계에 이르려면 5년, 10년이 걸리는 것을 중국 업체들은 불과 몇 년 만에 해낸다." 한 IT분야 중견기업 대표의 말이다. 대체적으로 일반 공산품은 말할 것도 없고 전기차 배터리 같은 기술 제품에서도 성능 면에서 한국은 물론 미국제품에 비해 같거나 더 우수해도 가격이 훨씬 싸다고 한다. 거기다 중국이 가지고 있는 천혜의 경쟁력이 또 있다. 현대 첨단 과학기술의 필수 소재 희토류의 90%를 중국이 신장 위구르 지역에 가지고 있다는 것이다.

그러나 미국의 통상외교 압박, 코로나 19 팬데믹, 인건비 상승과 국내기업과의 차별 등 '세계의 제조공장'으로서의 매력을 상실하고 있는 중국을 애플, 폭스콘, HP를 비롯한 외국의 대표적인 50대 기업들은 떠날 준비를 하고 있다. 한국의 현대기아차, 롯데, 삼성, LG그룹도 마찬가지다. 이러한 현상은 중국의 최대 과제인 경제 성장률과 고용에 커다란 부담을 주고 있다. 중국의 2022년도 경제성장률을 4%이하로 보고 있는데, 이것은 중국 당국에 심각한 우려를 안겨주고 있다.

일각에서는 중국 공산당 장래에 험로가 이미 시작된 게 아닌가 하는 관측을 하는 사람들도 있다. 1970년대 후반에 미국의 중국에 관한 세계적 권위자인 버클리 대학의 교수이자 미중관계 국가위원회 회장인 로버트 스칼라피노 교수를 전경련이 초청해서 강연회를 했다. 그는 "중국이라는 나라는 현재의 광대한 영토를 군사적으로 통제하여 일정 시기 동안은 한 나라로 유지할 수는 있지만 길게 보면 한 나라로 통치될 수 없고 역사적으로도 그런 예가 없었다."고 갈파했다. 역사, 문화, 종교, 인종적으로 중국과 이질성이 두드러진 신장 위구르 지역과 55개가 넘는 소수 민족을 염두에 두고 한 말일 것이다. 신장 위구르 지역은 중국 영토의 약 1/3을 차지하고 있다. 혹시 다양성이 넘치는 용광로 미국도 잘하고 있지 않느냐 하는 사람이 있을 수 있으나 미국은 민주주의 나라이기 때문에 자유로운 언론을 통해 자정 기능이 있는 체제를 가지고 있는 나라이다. 중국은 도농 간의 소득 양극화와 빈곤층의 증가, 정치적으로는 시진핑 주석의 장기집권 시도에 대한 저항 때문에 사회적 갈등을 더해 가고 있다. '모든 인민이 다 같이 잘사는 중국'을 표방하는 시진핑 주석의 이런 시도가 도리어 중국에 역작용하는 변환점이 될 것이라는 관측도 있다. 핸드폰 등 디지털 기기의 전인구 보급은 불만세력을 단시간 내에 연대화할 수 있다는 것이 또 하나 공안 당국이 두려워하는 것이다. 그래서 SNS에 여러 가지 제재를 가하고 있지만 거기에는 한계가 있다. 이러한 현상에 대한 대안으로 안면인식 기능, 첨단 기술 CCTV의 감시 기능 확대, 50명 이상 집회 신고제 등을 강화하고 있다. 이에 더하여 최근에는 중국 14억 인구가 사용하는 30개 IT 앱에 대한 통제권을 강화하기 위한 조치를 단행했다. 중국의 주요 IT 기업인 텐센트, 알리바바, 샤오미, 바이두 등 빅 테크 24개 업체들의 시스템기밀인 핵심 알고리즘을 정부에 제출하도록 한 것이다. 이로서 사실상 14억 인민이 언제 어디서 누구와 접촉하여 무슨 이야기를 했는지를 감시하고 통제할 수단을 가지게 된 것이다. '빅 브라더' 사회에 성큼 다가선 것이다. 그러나 궁극적으로 끓어오르는 솥의 증기압력을 언제까지 틀어막을 수는 없는 일이다.

중국과 우리나라는 역사적으로, 문화적으로 뗄래야 뗄 수 없는 관계다. 어쩌면 지정학적으로 숙명적일 수밖에 없는 관계다. 지금까지 역사가 그랬고 앞으로도 그럴 것이다. "가까이 있는 나라와는 싸우고 멀리 있는 나라와는 친하게 지내라"는 손자병법의 국제 관계의 원칙은 우리에게 어떤 시사점을 주는가? 쉬운 선택의 문제가 아닌 것은 분명하다. 우리나라 국방, 외교 통상정책의 큰 과제다.

중국은 지금 많은 문제들에 봉착하여 있다. 세계가 베이징, 상하이, 광조우 지역의 최첨단 빌딩들이 보여주는 스카이라인과 항공 우주 기술, 세계시장에서 성공을 거둔 공업기술 제품을 보며 중국 현실에 대한 착시를 일으키고 있다고 말하고 있다. 2020년 현재 중국의 일인당 GDP가 일만 불인 것도 마찬가지다. 중국의 내면을 지켜보고 있는 전문가들의 견해다. 14억 인구 중 내륙에 사는 10억 인구의 생활수준이

7~80년 전과 크게 달라진게 없다고 한다. 이들 낙후지역에서 대도시로 이동하는 소위 농민공들은 지속적으로 사회불안의 그림자를 드리운다. 이는 신장위구르 지역주민들 문제에 더하여 또 다른 심각한 문제다. 근년에 들어 경제적으로도 심각한 문제에 직면해 있다. 연평균 두자리 수 안밖의 경제 성장을 하다가 최근 들어 3%대가 되었다. 이를 단순히 선진국과 비교해서는 안된다. 이런 성장률은 중국에게는 커다란 사회적, 경제적 스트레스가 된다. 거기에 더하여 GDP대비 부채비율 누적 적자가 2021년 1년 새 6배가 늘었다고 한다. 전문가들은 이를 두고 돌려막기 식의 숨겨진 뇌관으로 보고 있다.

■ ■ ■

중국에 드리우는 어두운 그림자를 생각해 볼 때 스칼라피노 교수와 키신저 박사의 예견이 떠오른다. 그들이 추구하는 '중국몽' 그리고 '중국 중심의 세계 질서'는 가능할 것인가? 아니면 좌절될 것인가?

진정한 의미에서 정 회장이 말한 '중국 사람들의 수천 년 피 속에 내려온 장사꾼 기질'을 꽃피우는 데 공산주의 체제에서는 한계가 있을지 모른다. 거기에는 궁극적으로 자유 민주주의라는 토양이 필연적으로 필요하기 때문이다. 지금까지 세계역사의 흐름이 그랬다. 그동안 자본주의에 물들어 변화한 중국인들은 앞으로 점점 더 어제의 중국 인민이 아닐 것이다. 어쩌면 정 회장이 말한 이 '장사꾼 기질'이 앞으로 중국 변화의 물꼬를 주도하게 될지 모른다.

08

국제무대 등단의 무대
전경련 회장직

정주영 회장이 전경련 활동에 본격적으로 참여하기 시작한 것은 1974년경부터이다. 그때까지 경방그룹의 김용완 회장이 전경련 회장이었고 정회장은 10여 명으로 구성된 부회장 중 한 명이었다. 이 때를 기하여 한 전기가 마련되었다.

현대조선 초기에 자본조달, 기술제휴, 시장개척을 위한 유럽진출의 교두보로서 영국은 대단히 중요한 나라로 부상했다. 이때 전경련은 한국 측에서 정주영 회장을 중심으로 협성해운과 로이드 선급협회 한국대표 왕상은 회장, 한국은행 박성상 총재, 김우근 한국 외환은행을 부회장단으로 구성하고, 정부 측에선 김동휘 외무부 국제협력국장을 적극 참여시켜 진용을 짰다. 영국 측에선 영국경제인연합회^{CBI} -

Confederation of British Industry와 영국 국제금융시장의 중심축인 시티 오브 런던City of London을 섭외하는 데 성공하여 영국 측 위원회 설립에 성공했다. 그때 일본어는 능숙하지만 영어가 안 되는 정 회장의 통역으로 필자가 소위 스카웃되었다. 당시 필자는 통역장교 전역 후 유학을 준비하면서 외신기자 보조 일을 하고 있었는데 준비하는 기간 동안 일년간만 전경련이 어떤 곳인가 보기로 하고 그 자리를 선택하게 되었다. 그 후 14년간 정 회장을 보좌하게 되었다. 유학을 가서 의사가 되겠다는 필자의 꿈을 포기하고 진로가 완전히 바뀌게 되었다.

정주영 회장의 한영경제협의회는 1974년 6월 창립총회를 개최한 이후 국제 민간 경제협의 기구로 눈부신 발전을 하게 된다. 매년 경제사절단을 교환 파견하고 합동회의를 개최하며 활발한 활동을 전개했다. 양국 간 기술 자본협력, 통상 증진을 위한 현안 문제 제기와 협력 방안을 논의했다. 물론 양측 경제계 중진인사들 간의 인적 교류와 친목 증진도 중요한 성과였다. 정 회장의 적극적인 관심과 참여가 그것이 가능하는 데 큰 역할을 했다.

정 회장의 한영경제협력위원회를 활용하는 감각은 실로 눈부신 것이었다. 첫째, 그는 이 협력위원회를 통하여 영국 및 유럽에 발돋움하는 한국 경제의 가능성을 알리는 데 성공했다.

그 당시 막 발족한 현대조선과 현대자동차를 적극적으로 활용한 것은 한국에 대한 이들의 부정적, 회의적 시각을 바꾸는 데 극적으로 주효했다.

현대그룹 회장으로서는 만나는 데 한계가 있었던 영국정부와 경제계 거물들과 폭넓게 교류하는 것이 가능해졌다. 그는 방한하는 영국위원회 대표들을 접대하는 데 아낌없이 투자했다. 영국 내에서도 정 회장이 주최하는 행사에서는 최고 수준의 접대를 하였다. 템스강의 불꽃놀이와 선상 리셉션 및 만찬은 영국 언론의 집중 조명을 받았다. 정 회장의 PR감각의 연출 작품이다. 이런 과정을 통하여 처음에는 국제무대에서 다소 어색했던 정 회장의 연설도 점점 실력을 더해 갔다. 어느새 정 회장은 국제 경제계의 일약 스타가 되어 있었다.

그러는 동안 유럽과 국제사회에 구축한 인맥과, 국제 경험과 감각을 더하여 그 특유의 "이봐, 해봤어?" 정신이 후에 아무도 그 가능성을 믿지 않았던 88올림픽 유치를 성사시키는 민족적 쾌거를 이룩했던 것으로 생각된다.

■ ■ ■

1976년 정 회장이 전경련 회장에 선임될 때 재계의 바램은 무엇보다도 그때까지 자체 건물이 없던 전경련 회관 건립이었다. 이러한 바람은 김용완 회장이 정 회장에게 바톤을 넘기면서 정식으로 언급했던 바다. 재계의 모금이라는 것이 회장되는 사람이 먼저 선뜻 큰 돈을 내야 다른 사람들이 뒤따르는 것이다. 그 전대의 회장들도 그랬듯이 김 회장은 그렇지 못한 자신의 입장을 솔직히 인정했다. 그 얼마 뒤 여의도에 가지고 있던 부지에 회관건립 착공을 하게 된다. "나더러 이것저것 단체장을 맡아달라고 요청하는 데가 많다. 그런데 나는 일을 맡을 때 돈만 내고 명예만 걸어 놓는 자리는 절대 안 맡는다. 적극적으로 관여할 여건과 자신이 없으면 안 맡는다." 전경련 회장이 된 정 회장은 적극적으로 강력한 리더십을 발휘하며 1988년까지 회장직을 연임하며 전경련 전성기를 이끌었다. 정부의 경제 현안에 대한 정책 건의, 규제개혁과 제도개선을 놓고 정부와 조율하는 과정에서 서로 입장이 맞지 않는 경우가 다반사였다. 그것은 당연한 일이었고 민간 경제계가 전경련에 부여한 역할이었다. 민감한 안건에 대해 정부에 의견 건의를 하고 이를 언론에 공표하는 문제를 놓고 일부 회장단이 정치적인 파장을 의식해 삼가자는 입장을 보일 때면, 정 회장은 "정부의 눈치를 보는 모양인데 그러면 여러분이 반대하는데 정주영이 우겨서 그랬다고 하시오. 전경련이 그런 거 하라고 있는 것이지 정부 입장에 박수만 치라고 있는 게 아니지 않소"라고 말했다. 특히 6공 군사 정권 들어서 중화학공업 통폐합 문제를 비롯해 첨예하게 대립하는 경우가 많았다. 군사 정권은 정권을 장악하자마자 자기네들 권력을 과시하기 위해서 무역협회, 대한상의, 중소기업 중앙회 회장을 자기편 인사들로 갈아치웠다.

고분고분하지 않은 정 회장만을 굴복시키는 것만은 경제계의 거센 반발과 국제경제계에서의 그의 위상 때문에 군사정부가 끝까지 뜻을 이루지 못하였다.

이렇듯 군부 세력과 대립각을 세우던 정 회장과 군사정권과의 관계에 하나의 전기가 왔다. 바로 1981년 9월 30일 바덴바덴에서 확정된 역사적인 88 서울 올림픽 유치 성공이었다. 당시 올림픽 게임을 한국이 유치할 가능성은 그야말로 전무했다. 우선 올림픽에 비하면 지역 행사라 할 수 있는 아시안 게임 개최를 치를 능력이 없다며 국제체육계에 반납한 '전과'가 있었다. 그리고 올림픽 조직위에서 제일 우선시하는 선수 안전문제에서도 최하위 평가를 받고 있었다. 서울 올림픽을 하게 되면 테러를 감행할 것이라고 노골적으로 북한이 위협을 하고 나섰다. 남북은 불과 한 시간도 안되는 거리에 중무장으로 대치하고 있다. 1972년 독일 뮌헨에서 아랍계 테러 조직인 검은 9월단에 의해 이스라엘 선수단 11명 전원이 사살된 역사를 기억하는 세계 올림픽 관계자들에게는 거의 치명적 결격 사유였다. 올림픽을 유치하는 데 필요한 최소한의 인프라도 갖추지 못했다. 거기다 경쟁 상대인 일본의 나고야는 그간 막강한 경제력을 바탕으로 올림픽위원회들을 로비해 놓은 터라 한국은 아예 경쟁국으로 보지도 않고 있었다. 실제 나고야는 올림픽 유치 기념 축제를 준비해 놓고 있었다. 사실 이때까지도 정부에서 이것이 가능하리라 믿는 사람은 아무도 없었다. 가능성은 전혀 없지만 누군가는 나서서 참석은 해야겠고 때마침 대한체육회장을 겸임하고 있던 정 회장이 지명되었다. 거기에는 군사 정권과 관계가 껄끄러운 정 회장을 보내 '못하는 것이 없는' 그의 기를 꺾어 보자는 의도도 있었다는 이야기도 들렸다. 그리고 비용지원도 없이 맨손으로 내세웠다. 정 회장은 그간 전경련 민간경제 협력위원회 활동을 통해 쌓아 놓은 명성과 인적 네트워크를 십분 활용하고 그 특유의 발상으로 유치 전략을 썼다. 그는 분단국 문제, 테러위협 등 불리한 조건들을 역으로 이용하여 그래서 한국에서 개최해야 된다는 논리를 펴 올림픽 위원들을 하나하나 설득해 나갔다. 그리고 역사적인 일을 성공시켰다. 전경련 회장직을 활용한 민족적 거사였다.

그 뒤 의외의 올림픽 유치 성공에 한껏 고무된 전두환 대통령은 이를 기념하기 위한 대규모 리셉션을 청와대에서 개최하게 된다. 행사의 성격상 경제계를 비롯하여 국내외 각계 중진들이 대거 참석하였다. 행사가 무르익을 무렵 참석 인사들에게 주목할 것을 알리는 신호가 울렸다. 전 대통령이 입을 열었다. "나는 오늘 리셉션 전에 정주영 회장과 올림픽 유치에 참여한 몇 분들을 만났습니다. 거기서 나는 참 지도자 상을 보았습니다. 올림픽 유치에 정 회장이 어떻게 어려움을 극복하고 민족적 거사를 이루어 냈는지를 들어서 잘 알고 있습니다. 그래서 거기에 대한 치하의 말씀을 드렸습니다. 그랬더니 정 회장은 '저는 영어도 못하고 해서 한 일이 별로 없고 다 주위에서 도와줘서 가능했던 일입니다'라고 했습니다." 이 '사건' 이후 전 대통령과 정 회장의 관계는 종전과는 완전히 달라지게 된다. 당시 떠도는 소문에 의하면 경제 각료를 물색할 때 전 대통령이 정 회장의 의견을 구했다는 설도 있다. 그 후의 여러 가지 사실들을 미루어 볼 때 낭설만은 아닌 것 같다.

정 회장은 올림픽 말고도 전경련의 고유영역인 경제 문제를 떠나 국가를 위하는 일이라면 서슴없이 나섰다.

1970년대 후반 카터가 미국의 대통령이 되면서 한국안보의 최대 도전은 카터 행정부의 주한 미군 철수에 대한 집요한 압력이었다. 정 회장은 "국가 안보가 위협받는 상황에서 우리가 영역 따질 때가 아니다. 안보가 불안한 나라에 어떤 외국인이 투자를 하고 물건을 주문하겠는가. 우리가 할 수 있는 것이 무엇이 있는가 찾아봐라."라고 했다. 국제부에 떨어진 주문이었다. 그래서 1977년 시작한 것이 '동북아 안보 한·미·일 국제회의'이다. 미군 철수로 동북아시아에 있어서 좌우 진영의 군사력 균형이 깨져 유발될 수 있는 문제점에 대해 동조하는 국내, 미국, 일본의 저명 국제 정치학자들을 대거 동원하여 철군이 부당하다는 국제여론을 조성하는 것이 목표였다. 흥미롭게도 본국 정부의 철군 정책에 반대하는 입장을 취하는 현역 주한 미군 사령관 벳시 대장과 참모장 싱글러브 소장이 참여하여 입장을 개진했다. 또 한 가지 특이했던 것은 북한을 대변하며 그때까지 북침설을 주장하여 눈길을 끌었던 미국의 브루스 커밍스 교수도 직접 참여는 못했지만 발표문을 보내와서 철군의 문제점을 지적하고 나섰다는 것이다. 국내 언론사는 물론 뉴스위크, 타임, 아시아 월스트리트 저널 등 저명 뉴스 미디어 주일 특파원과 일본 언론인들이 대거 동원되어 취재 경쟁을 하였다. 또한 세미나 발표문과 토론 내용을 정리하여 책자를 만들어 미국의 주요언론기관과 국회 및 연구기관에 배포했다. 후에 싱글러브 소장이 현지에서 직위 해제되어 본국 소환되는 일이 일어났고, 이는 주한 미군의 철수 규모 및 속도를 늦추는 데 많은 영향을 미친 것으로 전해졌다.

정 회장은 정부차원의 외교가 먹히지 않아 고전하는 대상국들과 막힌 외교물꼬를 트는 데도 기꺼이 나섰다. 한국에서 신화를 창조한 인물로 부상한 국제적 명성을 십분 이용했다. 정부 사절단은 사절해도 정주영 회장이 대표로 나서는 경제사절단은 전적으로 환영받았다. 1970년대 77비동맹 그룹 리더로서 한국에 비협조적이었던 인도, 이북으로부터 무기 공장을 지원받고 한국 대사관과 KOTRA 주재원까지 추방한 나이지리아, 노동당 집권 하에 매년 '평양의 날' 행사를 개최하던 호주를 상대로 한 사절단 파견이 대표적 사례였다. '세계에서 가장 바쁜 사람' 정 회장도 국가 이익을 위하여는 현대그룹의 이해관계를 떠나서 기꺼이 시간과 돈을 아끼지 않고 앞장섰다. 그리고 1987년 전경련 회장직을 구자경 회장에게 승계시키고 명예회장으로 물러났다.

■ ■ ■

이렇듯 경제문제뿐만 아니라 다방면에서 국가를 위한 전경련의 노력과 기여를 생각할 때 이의 위상을 회복했으면 하는 생각이 절실하다. 이것이 진정 국익을 도모하는 일이라고 믿는다.

특히 정 회장의 적극적인 지원 아래 구축한 20여 개가 넘는 미국, 캐

나다, 일본, 영국, 독일, 불란서 등 유럽 및 중남미, 아프리카 여러 나라들과의 국별 민간경제협력위원회와 태평양경제협의회PBEC, 아세안 등 다자협의체 위원회를 다시 활성화시켜 정부의 통상외교 노력과 시너지를 발휘할 수 있는 날이 오기를 기대해 본다.

················· 정주영 회장 탄생 100주년 기념 완결판 ·················

최빈국에서
선진국 문턱까지
놓은 다리들

01
경제성장을 위해 절실했던 대동맥
경부고속도로 건설

박정희 대통령이 경부고속도로 공사 현장의 진행 상황을 파악하기 위해 당시 정주영 현대건설 사장을 청와대로 직접 불러들였다.

박 대통령이 "정 사장, 지금 진행하고 있는 공구가 난공사라고 들었는데……" 하고 이야기를 건네는 순간, 갑자기 하던 말을 멈추었다. 현장 작업복 차림으로 앞에 앉아 이야기를 듣던 정 사장이 어느새 고개를 떨구며 졸고 있었기 때문이다. 빠듯한 작업 일정으로 며칠 밤을 새운 데다가 그동안 겹친 피로로 몰려오는 수마에 대책없이 깜빡했던 것이다. 박 대통령은 그런 정 사장을 깨우지 않고 조용히 놔둔 채로 넌지시 바라보고만 있었다. 몇십 초가 지났을까.

"아이고 이런, 각하 정말 죄송합니다!"

정 사장이 소스라치게 깨고는 당황하며 자세를 가다듬었다.

"아니오, 정 사장. 내가 미안하오. 그렇게 고단한데 좀 더 자다 깨었
으면 좋았을 것을…….."

박 대통령이 정 사장의 두 손을 잡으며 위로의 말을 건넸다.

역사적인 경부고속도로 건설 사업을 두고 두 사람이 교호하며 쏟았
던 열정과 집념, 그리고 그 둘 사이의 관계를 잘 말해주는 일화이다.
이 일을 두고 훗날 정 회장은 다음과 같이 술회했다.

박 대통령이란 분이 그 시절 얼마나 대단하고 위엄있는 분이야. 그런
데 그런 어른 앞에 앉아서 이야기를 듣다가 깜빡 졸았던 거야. 아마
내가 태어나서 옛새 동안 양말을 못 갈아 신었던 것도 그때가 처음이
었을 거야. 그 정도로 현장에서 허구한 날 날밤을 새우던 때였으니까.
내가 작업화를 벗어 놓고 자본 기억이 별로 없어. 나뿐만 아니라 당시
현장 사람들의 양말을 벗겨 보면 대부분 발가락 사이가 퉁퉁 불어 있
을 정도였으니깐. 그런 상황에서 박 대통령께서 호출을 하셔서 불려
갔다가 난처한 일이 일어났던 것이지.

그때 일이 또렷이 기억에 남아서 나도 가끔 현장에서 써먹었지. 공사
현장을 돌아다니다 보면 작업하다 말고 피로감에 현장에 앉아서 조
는 친구들이 가끔 있거든. 얼마간 자도록 놔두고는 딴 데를 돌아보고
와서는 발로 툭 깨워. 그러면 현장 호랑이로 통하던 날 알아보고 기절
초풍을 하는 거야. 그러면 "내가 미안하구먼" 하고 말하지. 놀라긴 했

어도 그들 역시 나처럼 감격했을 거야. 하, 하, 하!

아스팔트를 섞고 콘크리트를 개는 일부터 암반 굴착기를 쓰는 일까지 한국에서는 유일하게 고속도로 건설 경험을 가진 현장맨 정 회장에게는 공사 현장이 일터일 뿐 아니라 밥 먹는 곳이고 자는 곳이었다.

당시 50대 초반의 강철 사나이 정 회장은 공사를 독려하고 공사 현장의 긴장감을 유지하기 위해 하루의 대부분을 현장에서 보냈다. 그래서 미군 폐지프차를 개조해 만든 비좁은 탑차에서 그 큰 체구를 웅크리고 잠을 때우는 일도 다반사였다. 터널 굴착 시에는 수맥을 잘못 건드리게 되면 한꺼번에 토사가 섞인 이수가 폭발적으로 분출되기도 하는데, 간간히 사람이 매몰되는 사고가 발생하기도 했다. 이럴 때 함께 일하던 인부가 머뭇거리면 정 회장은 직접 착암기를 뺏어 들고 앞장서는 혈기를 보였다.

한편 청와대에서는 박 대통령이 고속도로 공사 현황이 적힌 상황판을 집무실뿐 아니라 침대 머리맡에도 비치해 놓고 직접 점검하며 수시로 착안점과 지시사항을 메모하는 열정을 쏟고 있었다. 박 대통령은 예고 없이 정 회장을 찾아와 현장을 함께 점검하고 막걸리를 나누며 격려해 주기도 했다.

■ ■ ■

5·16 군사 혁명 이후 5년 남짓한 1960년도 중반, 경제는 말할 것도

없고 정권 기반도 여전히 불안정한 시기였다. 춘궁기에 끼니를 거르는 사람들이 부지기수였고, 1인당 국민소득은 200달러를 겨우 넘긴 상태였다. 당시 우리는 절대적으로 부족한 식량을 미국 잉여농산물공여계획인 PL480원조에 의존하고 있었고, 국방 부문에서 무기, 탄약, 차량, 연료를, 군 의료 부문에서 붕대, 아스피린, 간단한 소화제를, 많은 부문의 일반 보급품까지도 미국의 군원에 의존하고 있었다. 그런데 상황을 더욱 어렵게 만들었던 것은 미국이 박정희 대통령의 군사 정권을 태동기부터 껄끄럽게 여기고 있었다는 점이다.

이러한 시기에 박 대통령이 서울과 부산, 한국의 종축을 연결하는 경부고속도로 건설 계획을 들고 나오자, 미국은 물론 미국의 영향권에 있는 세계은행도 고속도로 건설의 타당성을 부정하기에 이르렀다. 한국의 경제 수준을 고려하면 고속도로 건설은 아직 시기상조이고, 민생 등 더 시급하게 해결해야 할 부분이 많다는 명분을 들었다. 당시 국제 정치에서 오늘날보다 더 막강한 영향력을 가지고 있던 미국이었다. 더욱이 경제와 국방 등 미국에 전적으로 의존하고 있던 한국 정부가 미국의 판단을 외면한 채 고속도로 건설 계획을 밀고 나간다는 것은 엄청난 모험이었다.

그러나 박 대통령의 의지는 집요했다. 빈곤을 탈출하기 위해서는 산업발전 기반이 필수적이었기 때문이다. 그리고 산업발전 기반을 조성하는 데 있어 경부고속도로 건설은 무엇보다도 선결되어야 하는 과제라는 신념을 가지고 있었다. 이러한 확고한 신념을 갖게 된 동기는 2차 대전 이후 독일의 소위 '라인 강의 기적'을 가능케 한 중요한 요인 중 하나가 그들이 가지고 있던 기술 기반 즉, 잘 구축된 아우토반 Autobahn 고속도로였다는 것을 독일 방문으로 직접 확인하게 된 데 있었다. 아울러 군 시절 뛰어난 작전통이었던 그는 전쟁에서 주 보급로 MSR 구축이 승패를 좌우하는 핵심임을 정확히 파악하고 있었다.

박정희 대통령이 직면한 도전은 여러 면에서 엄청난 것들이었다. 최우방국인 미국의 견제는 물론이고 국내에서도 거센 반대에 부딪쳤다. 핵심 경제부처인 경제기획원과 재무부도 부정적인 입장을 취했다. 그도 그럴 것이 소요 예산이 당시 국가 예산의 24%에 달하는데 재원 조달 방안이 보이질 않았기 때문이다. 당시 수출은 겨우 3억 2,000만 달러 정도였고, 전체적으로는 석유수입 등으로 무역 적자가 5억 7,400만 달러나 되는 실정이었다. 학계 등 전문가 집단은 물론 당시 집권 세력 중심인 5·16 혁명 주체들로 구성된 공화당 핵심 그룹에서도 반대 의견이 거셌다.

야당인 신민당은 더욱 거세게 반발하며 이를 정치 쟁점화했다. 야당 주역인 김대중DJ·김영삼YS 전 대통령은 착공식 현장의 포크레인 앞에 드러누우며 농성에 앞장섰다. 극도로 궁핍한 나라 살림에 막대한 재원 조달 방안도 없고, 미국이 반대까지 하는 공사를 무리하게 강행할 경우 그나마 유지하던 국가 경제가 파국에 이르게 될 것이라는 이유였다. 또한 앞으로 경제개발계획의 성패는 차치하고라도 민생이 더 어려워지게 되면 결과적으로 민심이 이반되고, 혁명 자체가 실패할 수 있다는 것이었다.

조사에 따르면 당시 우리나라 총 등록차량 수가 10만 6,000대였고 (2014년 현재 약 2,000만 대), 서울과 부산을 오가는 일일 통행차량 수는 9,000대 정도(2014년 현재 5개 고속도로 일일 통행차량 수는 약 450만 대)였다고 한다. 쌀도 모자라는데 농지를 훼손하면서까지 고속도로를 건설한다는 것은 터무니없다는 주장이 공감을 얻어 갔다. 그러나 박 대통령의 확고한 의지와 그의 개성을 잘 아는 이들은 선뜻 나서서 박 대통령에게 반대 의사를 전하는 것을 꺼리고 있었다.

이때 등장한 인물이 있었다. 공화당 의장과 국회의장을 지낸 이효상 씨다. 박 대통령의 대구사범 시절 은사인 그가 통치에 대해 일부 부정적인 조언을 하더라도 박 대통령은 꺼리지 않고 경청하는 것으로 알려져 있었다. 그래서 중진 몇 사람들은 그를 앞세워 경부고속도로 건설 계획 철회를 위한 대통령 설득 방문을 결행하기에 이르렀다. 그러나 박 대통령은 요지부동이었다.

초기 예산은 잘 알려진 바와 같이 당시 파독 간호사와 광부의 피땀 어린 급여를 담보로 독일로부터 얻어온 약 3,000만 달러 정도의 차관과 미국으로부터 받는 파월 장병의 급여, 그리고 일부 시장에서 현금화한 PL480대금 등으로 충당했다. 그 성격으로 보아 참으로 가슴 저리고 눈물겨운 재원이었다. 그런데 부족한 예산 못지않은 난제는 또 있었다. 국내에 고속도로를 건설해 본 경험이 있는 회사가 일체 없었다는 것이다. 따라서 예산을 어떻게 세울지, 설계는 어떻게 할지, 어떻게 필요한 기술과 장비를 확보할지를 몰라 막연한 상황이었다. 이때 박 대통령의 머릿속에 떠오른 것이 정주영 회장의 현대건설이었다.

경부고속도로 건설 계획이 추진되기 몇 해 전인 1965년, 현대건설은 처음으로 태국 파타니 나라티왓 고속도로의 98km 짧은 구간을 공사했었다. 경험이 전혀 없었던 현대건설이 현지 기후, 지질, 장비, 기술에 대해 철저한 조사와 대비도 없이 그야말로 멋모르고 뛰어들어 522만 달러짜리 공사를 300만 달러나 되는 적자를 보며 완공한 뼈아픈 공사였다. 그럼에도 불구하고 박 대통령에게는 이런 경험을 가진 정 회장이 천군만마와 같았다.

공사 착공에 앞서 일차적으로 소요 예산을 파악해야 했다. 우리 국토의 지형적 특성상 산과 계곡이 많아 뚫어야 될 터널도 많았는데, 어느 누구도 이런 조건에서 일반 도로도 아닌 고속도로 예산 작업을 해본 경험이 없었다. 현대가 태국에서 해본 공사는 규모나 지형 등의 조건이 완전히 달랐기 때문에 크게 도움이 안 되는 형편이었다.

박 대통령은 두루 의견을 구해 본다는 취지에서 정부 관련 기관에 예산 작업을 지시했다. 먼저 주무부처인 건설부가 650억 원, 수도권 도로공사 경험이 있는 서울시가 180억 원, 예산 전문부처인 재무부가 330억 원, 군사도로 공사를 많이 해본 육군 공병감실이 440억 원을 제시했다. 마지막으로 민간업체인 현대건설이 280억 원을 제시했다. 되돌아보면 기가 막힐 일이다. 아무리 경험이 없다 하기로서니 고속도로라는 국가적인 대역사를 앞에 두고 한국의 엘리트들이 모인 전문기관에서 낸 예산 계획이란 것이 30~40%도 아니고 400% 가까이 차이가 났으니 말이다. 이는 경부고속도로 건설이라는 대역사에 대한 우리의 여건과 준비 상태가 얼마나 미흡했는가를 극적으로 보여주는 일례이다.

■ ■ ■

우여곡절을 거친 경부고속도로는 박 대통령과 정 회장의 혼신을 다 바친 열정과 집념, 처음 해보는 공사지만 사력을 다해 일한 현장 근로자들의 헌신과 희생을 딛고 1970년 7월에 완공됐다. 1968년 2월 착공한 지 2년 5개월 만의 일이었다. 건설비는 428km 길이에 305개의 다리, 12개의 터널, 19개의 인터체인지, 일부 구간 변경 등으로 인한 추가 예산을 합해 429억 7,300만 원이 들었다. 이것은 세계 고속도로 건설역사상 단위거리 대비 10분의 1 수준의 가장 저렴한 비용과 최단시일 내 완공이라는 대기록을 남겼다. 여기에는 연인원 900만 명, 현대건설을 필두로 16개의 건설회사가 참여했다. 한편으로는 경험과 기술, 장비 부족으로 인해 77명이라는 고귀한 인명의 희생이 따랐다.

혹자는 일부분의 부실공사와 후에 이루어진 보수공사 비용을 들어 부정적인 견해를 밝히는 사람도 있으나 이는 당시 공기를 앞당겨 완성하고 비용을 최소화해야 하는 절박한 현실에서 택해야 했던 우선순위의 문제라고 할 수 있다. 한 예로 언 땅이 녹을 때까지 기다릴 형편이 안 되어 농촌에서는 거둔 볏짚을 깔고 불을 때서 녹인 후 공사를 했었는데, 이런 상황을 생각하면 그 당시 얼마나 절박했는지를 짐작할 수 있다.

이토록 무리에 가까웠던 경부고속도로 건설 계획이 현실론에 밀려 유보되었다면 그 후에 우리에게 이를 다시 추진할 수 있는 경제적, 사회적 여건이 기다리고 있었을까? 그리고 만약 그렇지 못했다면 그 후 우리 경제는 어떤 길을 걸어야 했을까? 이를 생각하면 아찔해진다. 이렇게 건설된 경부고속도로는 1970~80년대 그리고 그 후 한국의 눈부신 경제발전에 역동적인 활력을 불어넣는 국가 대동맥의 결정적 역할을 하게 된다.

02
자동차 독자개발을 놓고 벌인
미국과의 비밀 담판

"정 회장님, 이미 여러 계제階梯에 말씀드렸지만 오늘 다시 말씀드리 겠습니다. 자동차 독자개발을 포기하십시오."

1977년 5월 어느 날 오후, 미국 대사관 측에서 예약해 둔 조선호텔 스위트룸에서 정 회장과 만난 리처드 스나이더Richard Lee Sneider 당시 주한 미국대사가 던진 첫마디였다. 통역을 위해 유일하게 배석했던 나는 순간 긴장한 나머지 마른침을 삼켜야 했다. 당시 언론을 비롯해 전경련 중진들과의 회합에서 종종 밝혀온 자동차 독자개발에 대한 그의 집념이 어떠한 것인지를 잘 알고 있던 터라 스나이더 대사의 발언이 주는 충격이 내 뇌리를 강하게 스쳤다.

"정 회장님, 한번 냉정하게 생각해 봅시다. 포니가 토리노 자동차

쇼에서 호평을 받았다고는 하지만, 그것만 가지고 자동차 사업이 성공할 수는 없지요. 아시다시피 자동차 회사는 최소 50만 대 규모의 생산량이 뒷받침되어야 살아남을 수 있습니다. 그런데 지금 한국의 자동차 산업은 어떻습니까? 외국산 자동차의 조립업체 모두를 합해도 30만 대가 채 되지 않습니다. 1인당 국민소득이 불과 몇 천 달러밖에 안 되는 마당에 내수 시장을 기대한다는 것은 요원한 일입니다. 수출 시장을 생각한다고 하시는데, 다른 공산품과 달리 자동차 수출은 기술적인 문제뿐 아니라 환경, 안전규제 등 얼마나 많은 장벽들이 있는지 잘 알고 계시지 않습니까? 또, 자동차를 만들려면 수만 개의 부품이 필요한데, 지금 한국의 공업기술 수준으로는 그 기반이 너무 취약합니다. 거기다 100년 가까이 기술과 명성을 축적한 기라성 같은 선진국의 자동차 회사들이 버티고 있는 걸요."

정 회장은 표정의 변화 없이 묵묵히 듣고만 있었다. 스나이더 대사는 계속 말을 이어갔다.

"대신 제가 다른 제안을 하겠습니다. 독자개발을 포기하신다면 제가 모든 힘을 다해서 정 회장님을 도와 드리겠습니다. 포드Ford든, 지엠GM이든, 크라이슬러Chrysler든 선택만 하십시오. 현대가 원하는 유리한 조건대로 조립생산을 할 수 있도록 미국 정부가 지원을 아끼지 않겠습니다. 그렇게 되면 장차 내수 시장은 물론 일본을 제치고 동남아와 중국 시장 진출도 가능한 경쟁력을 가질 수 있을 겁니다. 아울러 중동 건설 시장에서도 현대건설을 도와 드리겠습니다. 이것이 제가 할 수 있는 제안입니다. 이 제안이 받아들여지지 않는다면 현대는 미국뿐 아니라 여러 해외 사업에서 어려움을 겪을지도 모릅니다."

대사라는 직함이 원래 '특명 전권 대사'를 줄인 말로, 그 나라의 국가 수반을 대신해서 국가의 입장을 대변하는 자리다. 스나이더 대사의 이러한 압박은 당시 금융과 무역 등 국제사회에 대한 미국의 막강한 영향력에 배경을 둔 것이었다. 중동 건설 시장에서도 미국의 보이지 않는 영향력은 대단했다. 스나이더 대사가 단호한 어조로 말을 맺자 잠시 두 사람 사이에 침묵이 흘렀다.

얼마 후 정 회장이 차분한 어조로 말문을 열었다.

"우선 내 사업을 염려해 주시는 데 대해 감사를 드립니다. 나도 결론부터 말씀드리겠습니다. 대사님 제안은 고맙습니다만 사양하겠습니다."

순간 스나이더 대사의 표정이 굳어졌다. 그리고 정 회장의 말이 이어졌다.

"나는 한 나라를 인체에 비유한다면 그 국토에 퍼져 있는 도로는 인체의 혈관과 같은 것이고, 자동차는 그 혈관을 돌아다니는 피와 같은 것이라고 생각합니다. 몸에 피가 원활하게 흐를 때 인체가 성장하고 활력을 갖게 되듯 도로가 만들어지고 그 위를 자동차가 원활하게 다닐 때 그 나라의 경제가 생동력을 가지고 발전할 수 있게 됩니다. 좋은 자동차를 만들어 값싸게 공급하는 것은 인체에 좋은 피를 공급하는 것과 같습니다. 한국경제는 이제 막 성장하는 소년기에 비교할 수 있기 때문에 자동차 공업의 발전은 그만큼 더 중요한 의미를 갖습니다. 조만간 한국의 1인당 국민소득이 5,000달러 수준이 되면 조금씩 내수도 살아날 것입니다. 쉽지는 않겠지만 열심히 노력하면 수출도 가능하다고 봅니다. 또한 자동차 산업은 기계, 전자, 철강, 화학 등 전 산업에 미치는 연관 효과와 기술발전, 고용창출 효과가 대단히 큰 현대 산업의 꽃이라고 할 수 있습니다."

확실한 결의에 찬 정 회장의 말은 계속되었다.

"자동차 산업은 앞으로 한국이 선진 공업국 대열에 진입하기 위해서는 반드시 필요한 분야입니다. 그렇기 때문에 대사님께서 염려하신 대로 내가 건설 사업을 해서 번 돈을 모두 쏟아붓고 실패한다 해도 나는 결코 후회하지 않을 것입니다. 왜냐하면 그것이 밑거름이 되어 훗날 한국의 자동차 산업이 성공하는 데 필요한 디딤돌을 놓을 수 있다면 나는 그것으로 보람을 삼을 것이기 때문입니다."

담담하나 힘이 실린 어조로 정 회장이 말을 맺었다. 통역이 끝났는데도 스나이더 대사는 한동안 말문을 열지 못하고 정 회장을 바라보고만 있었다. 정 회장의 자동차 독자개발을 막고 한국을 미국 자동차 산업의 조립기지로 삼기 위한 초강대국 미국 정부와 막강한 자동차 업계를 대표하는 스나이더 대사의 압력을 정 회장은 그렇게 받아 넘겼다.

■ ■ ■

당시 한국의 공산품 기술과 품질 수준은 오늘날에 비해 형편없었다. 단순한 공구류를 수출하는 데도 바이어들이 품질을 믿지 못해 반드시 선적 전에 지정한 대리인에게 품질 검사를 받도록 하는 것이 상례일 정도였다. 또한 그 시기의 수출품은 저가 섬유제품과 경공업 제품이 주를 이루고 있었다. 이러한 사정을 감안해 보면 한국이 거의 불가능해 보이는 자동차 독자개발을 고집하는 대신 막강한 자국 자동차 회사와 제휴하여 대규모 조립공장을 건설하고, 부상하는 동남아와 중국 시장을 겨냥해 일본을 제치기를 바랐던 미국의 생각이 상식적으로는 타당했던 것일 수도 있다. 이즈음 정 회장은 자신의 자동차 독자개발 포부와 관련하여 측근들에게 이렇게 말하곤 했다.

외국 자동차 조립생산은 우리도 해봤지만 속 빈 강정이야. 당장은 편하고 안전할지 모르지. 하지만 차종도 그들 마음대로 고르고 생산장비도 그들 것을 들여와야지, 중요한 부품들은 그들이 정하는 곳에서 그들이 정하는 값에 사와야지, 수출 시장 진출도 맘대로 못하지, 계약 조건에 따라 특허, 라이센스비 등 이것저것 다 제하면 겨우 인건비만 떨어지는 장사야. 장래성이 없어.

정 회장이 꿈꾸던 대로 한국의 자동차 독자개발은 미국뿐 아니라 세계 전문가들의 예측을 깨고 그 후 기적 같은 눈부신 발전을 거듭하고 있다. 현재 한국의 자동차는 자동차 종주국인 미국과 유럽을 비롯하여 동남아, 중국, 인도, 러시아, 중남미 등에까지 수출되어 그 명성을 떨치고 있다.

현대기아차는 앞으로 몇 년 내 연산 1,000만 대 시대를 내다보고 있다. 그리고 세계 4대 메이커 부상을 눈앞에 두고 있다. 가장 빠르게 신장하는 13억 인구의 세계 최대 시장 중국에서 GM을 제치고 2013년 판매량 2위를 차지하기도 했다. 미국의 자동차 시장조사 최고권위 기관인 JD파워가 실시한 신차품질조사에서 2006년, 2009년에 이어 2014년에도 1위를 차지했다.

크리스 벵글Chris Bangle은 2000년대 초 혁신 디자인으로 전통의 벤츠를 누르고 BMW의 세계적 붐을 일으킨 세계적 명성의 자동차 디자이너다. 몇 해 전 나는 그를 만날 기회가 있었다.

"현대자동차의 성공에 대해서 많이들 이야기하는데, 이에 대한 당신의 솔직한 견해를 듣고 싶다."

세계적 권위자의 객관적 의견이 궁금했던 내가 물었다.

"나는 현대자동차의 동향을 오랫동안 지켜봐 왔다. 생산현장도 볼 기회가 있었다. 세계 시장에서 경쟁할 수 있는 품질과 디자인을 갖게 된다는 것은 몇십 년을 가지고도 가능한 일이 아니다. 지금까지 자동차 산업 역사에 그런 일은 없었다. 그런데 역사도 짧고, 개발과 발전 기술, 경험이나 자체 시장과 전문인력 등 환경이 열악하다고 할 수 있는 한국의 현대자동차가 어떻게 100년의 전통을 가지고 있는 세계적인 자동차 회사들과 어깨를 나란히 할 수 있는 수준까지 왔는지 나는 도저히 이해할 수 없다."

그가 머리를 저으며 한 대답이었다. 포니Pony 개발 당시 일제 차와 Ford, GM 등의 미국 차 조립생산을 포함하여 한국의 5개 자동차 회사 전체 생산량이 연산 30만 대도 못 미쳤던 것을 생각하면 실로 꿈같은 일이다.

자동차는 말이야, 일종의 바퀴달린 국기야. 좋은 자동차를 만들어 세계 여러 나라에 팔면 이것들이 굴러다니면서 한국의 기술과 공업 수준을 세계에 선전하고 다니는 것이 되거든.

정 회장이 틈날 때마다 자동차 산업의 보람을 드러낸 말이다. 자동차 산업이 한국의 공업 선진화와 경제발전에 미친 공헌, 그리고 한국 공산품에 대한 세계인의 인식 제고에 미친 영향은 그 가치를 가늠하기조차 힘든 것이다. 되돌아볼 때 그의 무서운 예지력과 집념, 그리고 도전정신에 숙연해지지 않을 수 없다.

03

모두 안 된다던 조선소 발상,
그리고 세계를 놀라게 한 기록

게딱지만 한 집 몇 채만이 보이는 어촌, 그곳에 자리한 조선소 부지의 모래사장 사진과 어설픈 설계 도면을 보고도 대형 유조선 두 척을 선뜻 주문한 인물이 있었다. 바로 그리스의 세계적 선주 리바노스Livanos였다. 현대조선의 활로를 열어준 그에 대하여 정 회장은 '그때 나처럼 미쳤던 또 한 사람'이라며 후일담을 털어놓았다.

현대조선 초기의 수주 활동에는 어려운 일들이 많았다. 수주 팀은 배 한 척을 수주받기 위해 모든 수단을 동원하며 사력을 다했지만 선주들에게 현대조선에 대한 확신을 심어 주기에는 역부족이었다. 그래서 수주 상담이 계약 단계에 이르기라도 하면 조선소 사장과 현장 임원들 모두 성취감에 들떠 있곤 했다.

"계약서 최종 서명은 인사도 드릴 겸 정 회장님을 직접 뵙고 합시다."

선주 대표의 제안에 사장과 담당 임원들은 선뜻 응했다. 계약 조건들은 이미 합의가 이루어진 상태로 서명만이 남아 있는 단계였다. 그렇기에 가볍게 생각하기도 했고, 정 회장님 앞에서 그동안의 수고에 대해서 칭찬을 들을 수도 있는 기회이니 잘된 일이었기 때문이다.

"회장님, 그동안 만족할 만한 협상 과정을 거쳐 계약을 하게 되어서 대단히 기쁩니다."

선주 대표가 먼저 말을 꺼냈다. 조선소 간부들은 득의양양해서 미소를 짓고 있었다.

"그런데 마지막으로 한 가지 부탁이 있습니다."

협상 내용을 두고 몇 달에 걸쳐 줄다리기를 한 끝에 여기까지 왔기에 추가 부탁이라고 해야 별것 있겠는가 생각한 조선소 간부들은 이번에도 대수롭지 않게 여기고 이야기를 듣고 있었다.

"본사에서 오늘 연락이 왔습니다. 우리가 확보해야 할 선복량이 일정보다 빨리 필요하게 되었다고 해요. 이전에 합의한 계약서상의 배인도시기를 3개월 정도만 앞당기는 것으로 수정해서 계약해 주시면 감사하겠습니다."

선주 대표의 이야기에 조선소 간부들은 일순간 경악했다. 도저히 가능한 일이 아니라고 판단되었기 때문이다. 공정관리가 완전히 자리잡지 못한 초기 단계인 데다 이미 건조가 진행되고 있는 다른 배에 안배해야 할 작업량이 남아 있었다. 그보다도 더 큰 문제는 새로 수주한 배의 건조에 필요한 새로운 중장비와 기자재의 확보 일정이 빠듯하다는 것이었다. 사실 기존 계약상의 인도기일을 지키기도 벅찬 상태였다. 조선소 간부들은 이 엄청난 이야기에 조바심이 났지만 그 누구도 감히 정 회장과 선주 대표와의 대화에 끼어들 엄두를 내지 못했다. 다만 정 회장을 바라보며 절대 수락해서는 안 된다는 간절한 눈길만을 보낼 뿐이었다.

"그렇게 합시다."

회의장에 흐르던 긴장감과는 달리 몇 초의 주저함도 없는 정 회장의 즉답이었다. 선주 대표의 표정에는 쾌재를 부르는 기색이 역력한 반면 조선소 간부들의 얼굴은 사색이 되었다. 계약서 서명은 그렇게 끝이 났다.

■ ■ ■

선주 대표가 나간 뒤 정 회장과 조선소 간부들과의 후속 회의가 바로 열렸다.

"회장님, 그 납기를 맞추는 것은 도저히 불가능합니다."

죽을상이 된 현장 책임임원이 용기를 내 읍소했다.

"왜 안 된다는 거야?"

정 회장이 차분한 어조로 물었다. 보통은 이럴 경우 날벼락이 떨어질 터인데 사정을 듣고자 하는 정 회장의 태도에 그는 용기를 얻어 말을 이어나갔다.

"회장님, 원래 인도 계획도 그들의 요구에 맞춰 대단히 빠듯하게 잡은 것입니다. 지금 진행되고 있는 다른 배의 작업량도 있지만 그보다 더 큰 문제는 이번 배를 건조하는 공정에 지금 우리가 가지고 있는 용량보다 훨씬 큰 대형 운반 크레인을 수입 발주해야 하는데, 크레인 회사 사정으로 볼 때 오늘 발주해도 제때 도착시키는 것이……."

그 임원이 말을 계속 이으려 할 때였다.

"이봐, 해봤어?"

이윽고 정 회장의 단호한 표정과 함께 보고하던 임원의 위아래를 훑어보는 시선이 이어졌고, 질문 아닌 질책의 말이 던져졌다. 그곳에 있던 사람들은 그 다음 말은 들을 필요도 없다는 것을 너무나 잘 알고 있었다. 불가능해 보일 만큼 어려운 일이긴 하지만 모든 방안을 강구하면 가능할 수도 있지 않느냐는 정 회장의 의중을 간파하고 있었기 때문이다.

이때 보였던 정 회장의 모습은 간부들과의 회의 중, 특히 어려운 일을 놓고 보고 내용이 맘에 안 들어 불편한 심기를 드러낼 때 볼 수 있는 특유의 제스처와 표현 방식이다. 먼저 그는 상대에 대한 호칭부터 '김 사장', '이 전무', '박 상무' 등 성과 직급을 생략하고, '이봐'로 대신한다. 그 다음 얼굴 위아래를 훑어보며 질책을 한다. 이때부터는 긴장하고 경계 태세에 들어가야 한다는 것이 그를 오래 보좌한 현대그룹 계열사 간부들 사이의 암묵적 요령이었다.

인도시기를 3개월 앞당긴 계약은 정 회장의 '이봐, 해봤어?' 한마디로 마무리가 됐지만 조선소 현장 임원들에게는 앞으로의 일이 막막했다. 조선 산업은 건설이나 토목 공사와 마찬가지로 공기의 단축이 채산성의 중요한 요소이다. 특히 조선 산업에서는 계약한 인도기일이 지연될 경우 지연된 일수에 따라 지연 배상금을 원래 계약상의 배 값에서 깎는 것이 통례이다. 이러한 조건을 노린 약삭빠른 선주들은 의도적으로 그들이 실제 필요한 것보다 인도기일을 빠듯하게 요구하곤 했다. 무리하게 앞당긴 인도기일에 배가 인도되면 크게 불리할 것이 없지만, 조선소가 인도기일을 못 맞추면 지연 배상금을 제한 만큼 배를 계약 가격보다 싸게 인수할 수 있기 때문이다.

모든 사정으로 보아 조선소 현장 책임자들에게는 3개월이나 인도기한을 단축시킨다는 것이 물리적으로 불가능해 보였다. 또한 무리한 공기를 맞추기 위해 건조 과정에서 현장맨 정 회장이 밤낮을 가리지 않고 소매를 걷어붙이며 무섭게 몰아붙일 것을 생각하니 눈앞이 아찔해짐을 느꼈다. 정 회장은 후일 이런 상황에 대해서 다음과 같이 소회를 밝혔다.

물론 해내기가 벅찬 일이야. 그러나 어떤 일이 힘들다는 것은 그것이 그만큼 가치 있는 일이고 그것을 해내면 그 대가가 그만큼 크다는 뜻이기도 하지. 더 큰 용량의 크레인을 수입하는 문제만 해도 그래. 제작회사가 정해 놓은 관례대로 발주하는 것을 전제로 하여 제때 조선소에 도착시키기가 어렵다고 하면 안 되지. 어차피 우리가 중요한 고객인데 주문을 해놓고 기다리고 있을 것이 아니라 직접 사람을 보내 특별히 부탁하여 제작해서 가지고 온다든가 그래도 안 되면 웃돈을 줘서라도 앞당겨 선적하게 하면 될 것이야. 왜 일상적인 관행이나 고정관념에서 벗어나지 못하나. 인원이나 장비가 부족하면 더 늘리면 되고 그래도 시간이 부족하면 작업시간을 늘리면 되는 일인 것을. 우리는 기술이나 경험이 뒤처져 있어. 그런데 선진국 근로자들이 어떤 일을 일 년 걸려 완성하는 일이라고 우리도 일 년 걸려 한다면 어느 세월에 그들을 따라잡을 수 있겠어? 열 달, 여덟 달, 아니 할 수 있으면 그보다도 더 빨리 완성시킬 수 있는 의지와 노력이 필요해. 그렇게 해서 앞당긴 납기를 맞추면 이익도 많이 나고, 그 과정에 우리의 역량도 늘어나. 또 이런 소문이 세계 선주들 사이에 퍼지면 우리 조선소가 좋은 배를 가장 싸고 빠르게 만드는 회사로 알려져 다음 수주를 하는 데도 크게 도움이 돼. 만사는 된다고 생각하면 안 보이던 길도 보이고 안 된다고 생각하면 있는 길도 안 보이게 되는 법이야.

정 회장의 이런 발상과 도전정신은 조선소 도크 건설 완공과 동시에 26만 톤급 대형 선박을 최단시일에 가장 저렴한 비용으로 완성하고, 진수進水시키는 초유의 기록을 달성하게 했다.

"도크 없이도 미리 할 수 있는 공정이 많이 있는데, 왜 기다려?"

고정관념을 거부하는 정 회장식 발상의 결과였다.

■ ■ ■

"정 회장이 조선소 사업에 성공하면 나는 내 열 손가락에 장을 지지고 하늘로 오르겠소."

정 회장이 대형 조선소 사업을 성사시키기 위해서 국내외로 동분서주하고 있을 당시 한국 정부의 경제 각료가 한 말이다. 그는 해외 유학파 출신으로 국제 감각이 뛰어난 경제 전문가였다. 당시 열악하기 그지없던 한국의 기술, 경험, 자본, 인력 수준과 선진국들이 장악하고 있는 국제 조선업계 상황을 비추어 볼 때 그가 그렇게 생각하는 것도 무리가 아니다.

지금 세계 바다에 떠다니는 대형 선박 3척 중 1척은 한국에서 건조한 것이라고 한다. 게다가 세계 10대 조선소 중에 상위 7위까지가 한국의 조선소라고 한다. 근래 일부 저가 대형 조선의 일감이 싼 임금 때문에 중국으로 이동하고 있다고는 하나, 엔진이나 주요 장비, 부품은 현대중공업이나 삼성, 대우 등 한국업체 것을 탑재하도록 선주가 지정하는 경우가 많다고 한다. 그동안 선박 엔진 등 주요 선박 장비들에 대한 기술 개발로 세계적인 경쟁력을 확보해 놓은 결실이다. 특수 기술을 요하는 고부가가치 선박이나 해양 플랜트 분야에 우리 조선업계는 세계적인 경쟁력을 가지고 있다. 또한 한국 조선 산업의 성공은 포철 등 한국 철강 산업 발달의 젖줄 역할을 해주었다.

정 회장의 '이봐, 해봤어?' 정신으로 성취한 한국 조선 산업은 한국경제가 선진 공업국 대열에 진입하는 데 막중한 역할을 담당했던 것이다.

04

석유파동으로 빈사 상태가 된
한국경제를 구한 기상천외한 발상,
중동 건설 진출

1974년 말, 삼일로빌딩 28층에 있던 전경련 회장실에서 긴급 회장단 회의가 소집되었다. 박정희 대통령의 요청으로 진행된 특별면담이었다. 국제 에너지 파동으로 심각해진 국내 경제상황에 대한 내용이었는데, 특별면담이 끝난 당일, 김용완 당시 전경련 회장이 그 내용을 곧바로 전달하기 위해 회의를 소집한 것이었다.

"대통령께서 상황이 너무 심각해 정부로서도 당장 뚜렷한 대책을 내놓을 수 없는 형편이라고 말씀하셨습니다. 불과 2년도 안 되는 기간 동안 석유가가 5배 이상 뛰었고 수출 길도 막혀 공장에 일거리가 없는 형편입니다. 기업이 수명을 연장하며 기회를 기다리는 길은 공장 문을 당장이라도 닫고 직원들을 출근시키지 않게 하여 비용을 줄이는 것이라는 것을 대통령께서도 잘 알고 있지만, 이 상황을 잘 부탁한다고 하셨습니다."

상황의 심각성을 어느 정도 짐작하고 있던 회장단 사이에 무거운 침묵만 흐를 뿐 누구도 선뜻 입을 열지 않았다. 일흔 중반을 넘긴 나이에 고혈압으로 건강이 좋지 않았던 김 회장은 목소리를 가다듬으며 말을 이었다.

"일터를 폐쇄하여 노동자들이 거리로 뛰쳐나오게 되면 경제문제와 더불어 사회적 불안감이 높아져 사회 전반적으로 요동치는 등 걷잡을 수 없는 상태가 될 것이 뻔하니, 큰 기업들이 솔선하여 급여를 일부라도 지급하며 고용을 유지해 달라는 말씀이셨습니다."

이는 당시 상황이 얼마나 심각하게 돌아갔는지를 잘 말해주는 실화다. 통계에 따르면 당시 우리의 가용 외환보유액은 3,000만 달러 정도로 거의 바닥난 수준이었다고 한다. 이는 오늘날 중소기업 한 곳의 1년 수출액 정도에 불과한 액수이기도 하다. 그간 아무리 우리 경제규모가 커졌다고 하더라도 요즘 우리의 외환보유액이 3,500억 달러에 이르는 것을 고려하면 그 당시 상황의 심각성을 극적으로 말해주고 있다. 거리를 다니는 자동차에 쓸 석유도, 발전소를 돌릴 석탄을 수입할 외화도 대책 없이 바닥난 셈이었다.

■ ■ ■

"돈을 벌려면 세계의 돈이 몰리는 곳으로 가야 돼!"

정 회장의 중동 진출 발상은 여기에서 출발했다. 몇 차례 중동전쟁에서 이스라엘에 참패를 거듭한 중동 산유국들이 세계에 앙갚음이라도 하듯 OPEC이라는 석유수출국 카르텔을 결성하여 인정사정없이 석유가격을 올리고 있었다. 선·후진국을 막론하고 세계의 돈이 중동 산유국으로 빨려 들어가고 있었다. 현대 사회의 에너지 시스템이 석유소비 기반 위에 구축되어 있어 석유가 없으면 모든 것이 순식간에 마비되었기 때문이다.

정 회장의 중동 출사표는 언뜻 그럴싸하게 들릴 수도 있었다. 그러나 현실은 달랐다. 당시 한국 사회는 경제계를 포함해 중동에 대하여 아는 것이 거의 없었다. 그나마 중동전이라는 사건으로 말미암아 이 지역에 대한 관심이 조금씩 생겨나는 정도였다. 중동의 문화·언어·사회·경제에 대한 지식이나 경험이 일천하였고, 이 분야 전문가도 거의 없었다. 한국 기업이나 인력 역시 사막이라는 기후환경을 체험해본 경험이 전무한 상태였다.

더구나 중동 건설 시장은 과거 식민지 시절부터 독립하는 과정까지 관계를 돈독히 해온 영국을 비롯한 유럽과, 2차 대전 이후 세계 주도 세력으로 부상한 미국이 외교적 영향력과 앞선 기술, 자본, 인맥을 기반으로 탄탄한 기득권을 구축하고 있는 시장이었다. 즉, 당시 중동 건설 시장은 이들 선진국들의 내로라하는 세계적 토목, 건설, 엔지니어링, 컨설팅 회사들이 선점하고 있는 독무대였다.

이런 상황에서 해외 공사 경험이 거의 없는 한국의 건설회사들이 해외 공사 입찰 자격을 따내는 것은 하늘의 별따기였고, 만에 하나 입찰에 성공한다 해도 국제 기준에 맞추어 입찰 서류를 만드는 것조차 간단한 일이 아니었다.

당시 우리에게는 국제 기준에 맞게 설계에 필요한 자료를 만들거나 그것을 제대로 이해하는 건설 분야 전문가들이 거의 없었습니다. 그냥 죽기 살기로 부딪치고 밤낮없이 배워가며 해냈지요.

중동 건설 진출 초기에 참여했던 한 건설 기술자의 술회다. 이렇듯 현실적으로 무모하기 짝이 없어 보였던 정 회장의 중동 건설 진출 계획은 세상에 알려지자마자 사람들의 반대와 비웃음에 직면했다.

"정 회장이 경부고속도로 공사를 박 대통령이 밀어준 덕에 성공하더니 보이는 것이 없나 봐, 중동이 어디라고."

"정 회장이 뭘 모르기 때문에 그런 터무니없는 생각을 하는 거야. 현대건설이 망하는 건 그렇다 치고 한국이 망신당하게 생겼어. 그게 더 문제야."

이러한 반대는 외부에만 있는 것이 아니었다. 그룹 내 2인자인 동생 정인영 부회장이 적극적으로 반대하고 나섰던 것이다.

"형님, 불가능합니다. 우리가 갖춘 것이 하나도 없습니다. 전에 우리가 잘 모르고 덤볐다가 큰 손해를 감수한 태국 고속도로 공사와는 비교가 안 되게 어려운 여건이에요. 절대 안 됩니다."

정 회장에게 감히 이런 반대의 말을 하며 맞설 사람은 그뿐이 없었다. 보통학교 졸업이 학력의 전부였던 정 회장과는 달리 정인영 부회장은 일본 유학을 다녀왔고, 6·25전쟁 발발 전 동아일보 공채 1기 기자로 일했었다. 전쟁 중 형 정 회장과 함께 부산으로 피난을 갔다가 일거리를 찾던 그들은 그의 능통한 영어 실력 덕분에 미군부대 공병대의 영선반 통역 일자리를 얻게 된다. 그때 역시나 일거리를 찾던 정 회장은 동생의 주선으로 부산으로 물밀 듯 입항하는 참전 미군 병사들의 막사를 짓는 일을 맡게 되었고, 정 회장은 이 일을 계기로 전후 복구공사에 참여하며 현대건설의 토대를 만들게 되었다.

그 후에도 정인영 부회장은 명실공히 2인자로서 형을 도와 그룹 내 국제통으로 회사 성장에 중요한 역할을 담당해 왔다. 그런 그가 이번에는 정 회장의 야심찬 중동 건설 계획을 필사적으로 반대하고 나서니 정 회장으로서도 보통 일이 아니었다. 당시 현대건설 사장이 이명박 전 대통령이다.

"이 사장, 오늘 오후 회장님이 주재하는 중동 진출 회의 때 말이지, 자네도 반드시 반대해야 돼. 자네도 알다시피 말도 안 되는 일 아냐?"

정인영 부회장은 이명박 사장뿐 아니라 그룹 내 주요 사장 및 임원급 간부들에게 같은 어조로 중동 건설 반대 대열에 동참할 것을 강요하고 나섰다. 부탁이 아니라 협박에 가까운 것이었다. 형 정주영 회장의 중동 시장에 대한 야망은 국제 사정과 경제에 밝은 그에게 그만큼 터무니없는 일로 보였던 것이다. 어떤 일이 있어도 회사를 위해서 반드시 저지해야 한다는 확신을 갖고 있었다.

■ ■ ■

그러나 정 회장은 좀처럼 생각을 바꿀 기미를 보이지 않았다. 그리고 얼마 지나지 않아 주위를 놀라게 하는 결단을 내렸다. 그룹 내 알짜 기업으로 건설 중장비와 발전 설비 등을 만드는 현대양행(후에 한국중공업을 거쳐 오늘날 두산중공업이 됨)을 떼어 그룹에서 내보냄으로써 그룹 내 중동 진출 반대 세력을 제거해 버리는 극단적 선택을 감행했던 것이다.

"아직 해보지 않아 모르는 부분은 배우면서 해나가면 되고, 길이 없으면 만들며 해결해 나가면 돼. 사막이 뜨겁다고는 하지만 밤에는 서늘하다고 하니, 일하는 사람들을 낮에는 에어컨 켜놓은 데서 재우고 밤에는 불 켜놓고 일하게 하면 되잖아? 또 물이 부족하다고 하는데 그 문제는 차로 길어 오면 되고, 어차피 건설 장비는 임대해서 쓰는 거니까 문제없다고. 그리고 비가 오면 아무 것도 할 수 없는 게 건설업인데 일 년 내내 비가 안 온다니 얼마나 좋아. 게다가 건설에 절대적으로 필요한 모래와 자갈이 지천이라니 큰 덤이지. 자금도 현대 신용을 가지고 빌려서 해결하면 돼."

정 회장의 해답은 간결하고 단호했다. 사실 그가 내심 품고 있던 비장의 승부처는 입찰 가격이었다.

"정 회장이 수주 욕심에 무리한 최저가로 낙찰은 받았지만 그 가격으로는 턱도 없는 공사야. 보나마나 엄청난 손해로 두 손 두 발 다 들고 말거야. 공사 이행 보증을 선 한국의 은행들도 큰 손해를 볼 걸."

초기 정 회장이 중동 건설 사업 낙찰에 성공한 수주 가격을 보고 그와 입찰을 놓고 겨뤘던 세계의 건설회사 대표들은 혀를 찼다. 그리고 결과를 주시하며 벼르고 있었다.

또한 정 회장은 이 일을 성공으로 이끌 또 하나의 승부수를 가지고 있었다. 바로 공기工期 단축이었다. 건설 사업에서 공기는 바로 돈이다. 공기를 단축하여 완공을 앞당기면 그만큼 공사대금을 빨리 받고, 장비 임대료, 인건비, 융자금의 금융비용 등을 절감해 돈을 벌 수 있었다.

사실 그의 자신감은 약 7~8년 전 경부고속도로 건설 현장에서 체험한 한국 건설 인력 특유의 근면성과 적응력에 대한 믿음에서 나왔다. 정 회장은 경부고속도로 건설이라는 악조건 하에 체득한 장비와 물류 조달, 현장관리 경험을 중동에서 백분 활용하여 엄청난 수익을 내며 공사를 완공시켰다. 당연히 세계 건설업계는 경악했고, 중동 각국의 지도자들은 성장하는 한국 건설 산업 역량을 다시 보게 됐다.

정 회장의 중동 진출은 여러 면에서 많은 극적인 요소를 가지고 있다. 중동 건설이라는 황금 기회를 위해 건널 수밖에 없었던 다리, 그러나 동시에 수많은 불확실성과 위험요소로 아무도 감히 건널 엄두를 못 내던 위험천만한 다리. 이 다리를 정 회장은 과감하게 먼저 건너 성공시키고 세계 시장에 알림으로써 한국의 다른 건설업체들이 중동 건설 시장에 뒤따라 뛰어들게 했다. 그리고 국제적인 에너지 파동으로 빈사 상태에 놓여 있던 우리 경제에 절실했던 외화를 벌어들여 회생하는 계기를 만들었다. 당시 3,000만 달러도 안 되던 외환보유고는 1975년 진출 첫 해에 1억 3,000만 달러를 송금했고, 다음해에는 9억 3,000만 달러라는 실로 꿈 같은 규모의 외화를 본국에 송금했다. 이는 당시 우리 국가 총 예산의 3분의 1에 해당하는 규모였다.

■ ■ ■

여기에서 우리가 짚고 넘어가야 할 것들이 있다.

첫째는 당시 중동 건설 진출이라는 활로가 없었다면 그 후 우리 경제는 어떤 길을 걸어야 했었을까 하는 질문이다. 둘째는 가발, 저가섬유 제품, 봉제완구 등 저기술 노동집약적 제품을 저임금에 의존하여 수출 발돋움을 하고 있던 그때, 우리 경제가 부도났더라면 20여 년 후 자동차, 조선, 반도체, 고급가전 제품, 철강, 중화학 제품을 수출하는 능력을 갖춘 상태서 맞았던 1997년 외환위기와 그 양태와 후유증에 있어 어떻게 달랐을까 하는 것이다. 셋째는 '정 회장이 무식하기 때문에 말도 안 되는 생각을 하고 있다'고 모두들 매도했던 그때, 만약 그가 아니었다면 중동 건설 진출이라는 위험천만한 모험을 감행할 다른 한국 건설업체가 과연 있었을까 하는 것이다.

05

88서울올림픽 유치가 가능하다고 믿었던 천하에 오직 한 사람

1981년 초, 88서울올림픽을 한국이 유치할 수 있다고 믿었던 사람은 대한민국에서, 아니 천하에 정주영 회장 한 사람 외에는 아무도 없었다. 이렇게 단언하는 데에는 그럴 만한 충분한 이유가 있다.

한국은 올림픽 유치 이야기가 나오기 약 10여 년 전인 1970년 제6회 아시안 게임을 유치했었다. 아시안 게임은 개최국의 능력, 참가국수, 동원될 수 있는 자원의 규모 면에서 올림픽과 비교가 안 될 정도로, 지역 행사에 불과하다고 볼 수 있다. 그런데 한국은 이런 아시안 게임마저 개최 능력이 안 된다는 이유로 포기하고 반납한 적이 있었다. 그 결과로 이미 1966년에 5회를 개최했던 태국이 어쩔 수 없이 다시 6회 아시안 게임을 개최하게 하는 파행을 초래하게 만들었다. 이것은 국제 스포츠계에 약속을 어긴 일종의 '전과' 기록과 같은 것이었다.

그리고 올림픽을 유치할 수 없다고 생각했던 결정적인 복병으로 북한이 있었다. 북한은 한국이 올림픽 유치에 성공하지 못한다 해도 지지표가 많이 나오게 된다면 국제적 위상이 남한에 뒤떨어질 수 있을 것이라는 불안감에 신경을 곤두세우고 있었다. 특히나 이 시기는 북한이 남한의 신군부 권력을 강력히 비난함과 동시에 북한의 위상 강화를 위해 세계 비동맹국들을 중심으로 적극적인 외교전을 펼치고 있었던 때였다.

아랍 무장 게릴라 집단인 '검은 9(구)월단'이 이스라엘 선수단을 습격, 집단 사살한 1972년 뮌헨 올림픽의 악몽 때문에 테러 가능성이 있는 국가는 올림픽 개최국 선정에서 배제해야 한다는 절대적 금기 사항이 있기도 했다. 그래서 북한은 한국에서 올림픽이 개최될 경우 대대적인 테러를 감행하겠다는 말을 암암리에 국제 사회에 퍼뜨렸다. 이러한 위협을 가하는 북한과 불과 차로 한 시간 거리에 있는 서울이었다. 남북을 가르는 비무장지대 양쪽으로 엄청난 살상무기로 중무장한 양 진영이 살벌한 긴장 속에 대치하고 있었다. 상식적으로 생각해도 올림픽 개최지로는 적절하지 않은 힘든 선택임이 분명했다.

또 다른 복병은 일본이었다. 나고야名古屋를 개최지로 내세운 일본은 한국과는 비교가 안 되는 기반시설과 풍부한 자금력, 과거 도쿄 올림픽 개최 경험, 국제 스포츠계에 퍼져 있는 막강한 인맥과 로비력을 가지고 있었다. 모든 면에서 한국은 일본의 라이벌이 될 수 없었다. 일본 역시 본인들의 88올림픽 유치를 기정사실화했고 대대적인 유치 성 공 기념 축제까지 준비하고 있었다.

부정적인 시각은 한국 내에도 팽배했었다. 올림픽 유치가 성공할 리도 만무하지만 유치한다 해도 턱없이 부족한 재원과 엄청난 시설 건설에 따른 재정 적자에 대한 우려의 목소리가 높았다. 올림픽 개최 후 막대한 적자 부담을 겪은 이전 개최국들의 낭패 사례들이 이슈화 되었다. 정부마저 소극적이었는데, 국가 체면상 개최국을 결정하는 올림픽위원회에 참가를 안 할 수는 없었다. 승산이 없는 뻔한 결과였 지만 누군가는 이 달갑지 않은 일에 앞장서야 했다.

■ ■ ■

이 역할을 떠밀려서 맡게 된 것이 정주영 회장이었다. 여기에서조 차 그는 물러서지 않고 '해보기'로 결심한다. 그리고 일을 성사시키기 위해 없는 길도 찾아 만들어 내며 그 특유의 발상력과 기지를 발휘한 다. 산재한 걸림돌들을 디딤돌로 만들며 유치 작전에 앞장섰고, 그 나 름의 논리를 펴나갔다.

1980년 모스크바 올림픽은 소련의 아프가니스탄 무력 개입에 항의한 미국과 그를 지지하는 국가들이 불참하는 바람에 반쪽 올림픽이 되 었어. 4년 후 개최된 미국 LA 올림픽은 소련이 보복 차원에서 그 지지 국들과 함께 불참을 선언하고 나와 또 반쪽 올림픽이 되었지.

그런데 올림픽 정신이 무엇일까? 인종, 종교, 정치적 이념을 초월한 세계 평화와 친선, 화합이야. 한반도는 아직도 동서 이데올로기가 대립하는 분단 지역이지. 올림픽 정신이 두 번이나 손상되었기 때문에 한국에서 차기 올림픽을 개최하게 된다면 올림픽 정신을 회복하고 실현할 수 있는 큰 역사적인 가치와 의미가 될 수 있을 것이야.

비록 북한이 테러 위협을 하고 있지만 현실적으로는 그렇게 할 수 없어. 왜냐하면 그럴 경우 전 세계로부터 지탄을 받게 될 터인데, 그것이 그들에게 감당하기 힘든 엄청난 손해를 끼칠 것을 스스로도 잘 알고 있기 때문이지. 그리고 한국은 국제 사회와 협조하여 그들도 서울 올림픽에 참가할 수 있도록 노력을 아끼지 않을 것이야.

그러고는 올림픽 개최 후 재정적자 부담을 완화하기 위한 방안을 내놓았다. 외국 선수들의 숙소를 처음부터 일반 시민용 아파트로 지어 올림픽 기간 동안 사용하게 한 다음, 올림픽이 끝난 후에는 시민을 대상으로 일반분양하는 방안이었다.

88서울올림픽이 확정된 직후 한 세계적인 시사주간지는 다음과 같은 요지의 기사를 실었다.

5,000년 역사를 가졌다는 한국, '고요한 아침의 나라' 그리고 '은자의 왕국'이라는 정체와 퇴영을 연상케 하는 이미지와 함께 일본의 식민지 지배, 참혹했던 한국전쟁, 빈곤과 끊임없는 사회 소요로 점철되었

던 한국이 역사상 처음으로 올림픽이라는 세계적인 축제로 60억 세
계 사람들의 긍정적 관심의 대상이 되었다.

자존심을 조금 가렵게 한 글이었지만 사실이었다. 세계 사람들이
'한강의 기적'이라 일컫는 한국의 경제성장과 산업고도화 명성에 88
서울올림픽은 한 차원 더 나아가 한국 사람들의 역량을 세계에 부각
시킨, 우리 역사에 중요한 이정표를 추가하게 한 것이다.

다음은 1987년 정 회장이 전경련 회장직을 이임하면서 가졌던 기
자들과의 간담회에서 직접 밝힌 88서울올림픽 유치 일화를 정리한
것이다.

내가 전경련 회장을 하며 경제 외적인 일로 내놓고 얘기할 것
을 굳이 찾는다면 88서울올림픽을 꼽을 수 있습니다. 체육계의 협력
을 얻어서 전경련이 주도한 88서울올림픽은 우리 경제인들이 유치했
다고 얘기해도 크게 잘못된 말은 아니라고 생각합니다.
여러분도 잘 아시겠지만 88올림픽은 당시 일본을 이기고 한국이 유치
한다는 것을 아무도 예상하지 못했을 겁니다. 대한체육회가 김집 부회
장을 동경에 보내 일본 측에 제의하기를 88올림픽을 한국과 일본이 경
쟁하고 있는데, 일본이 유치할 수 있도록 해줄 테니까 대신 86아시안
게임을 우리가 하도록 해달라고 얘기했답니다. 체육계 비사지만 일본
이 이 제안을 퇴짜 놨다고 해요. 당연히 88올림픽은 자기네가 유치하

는 걸로 믿고 자축 건배까지 다 했는데 구질구질하게 86아시안게임 한 국 개최 지원이라는 짐을 굳이 왜 지냐 하면서요. 이 이야기만 봐도 당 시 88올림픽은 대한체육회가 포기한 거나 같은 거죠.

그때는 문교부에 체육국인가가 하나 있을 때예요. 올림픽 개최국이 1981년 9월 30일에 결정되는 일인데 그렇게 생각한 것이 그해 4월이 었어요. 물론 내가 전경련 회장으로 있을 때입니다. 문교부 장관이 대 통령 결재까지 맡았다고 하며 '민간7인위원회'라는 것을 누런 종이에 시커멓게 프린트해 나한테 들고 왔어요. 국장이 정부의 체면이 서도 록 해주면 좋겠다고.

그런데 거참, 88올림픽을 어떻게 유치하는지, IOC위원이 누구인지 내가 알기나 합니까? 그래서 회의를 한번 갖자고 했지요. 88올림픽은 대한민국 국가가 유치하는 것이 아니라 서울시가 유치하는 것이므로 서울시장, 문교부 장관, 대한체육회, KOC위원들 다 나오라고 해서 롯 데호텔에서 회의를 했습니다. 그런데 서울시장 대신 국장이 나왔고, 조상호 KOC 회장, 최만립 총무가 나왔습니다.

올림픽을 유치하려면 서울시가 올림픽을 유치할 만한 여러 가지 환 경과 제반 여건을 갖추고 있다는 것을 보여 주는 30분짜리 영상을 만 들어서 전시장에서 홍보를 해야 됩니다. 경기장 모델을 만들고 그것 을 가지고 IOC위원회가 열리는 나라에 가서 활동을 해야 하는 거죠. IOC위원을 모시고 보여주고 해야 하는데 그 당시 영상을 만드는 데 1 억 7천 몇백만 원이라는 비용이 필요했습니다. 그것을 서울시에서 받아 즉각 시작하지 않으면 안 되는 상황이었습니다.

그런데 서울시는 예산이 없다고 했어요. 그것은 국회가 예산 주는 것이 아니라 국무총리에게 추가 예산을 받으면 되는 것 아니냐 했더니 그렇게는 안 하겠다고 해요. 가봐야 비용만 들고 돈만 없어진다 그런 뜻이었겠지요. 그러면 예산은 언제 세우는 거냐 하니까 명년에 세운다는 겁니다. 일단 내가 비용을 부담할 테니 내년에 예산을 세워서 그 돈을 줄 수 있느냐고 물으니까 그렇게 할 수 있다 못하겠다 말을 않더라고요. 그러나 나는 답변과 상관없이 입체해서 만들었습니다. 그 후에 예산을 짜서 내 돈을 돌려줄 줄 알았지만, 기부체납 도장 찍으라고 하는 바람에 내 돈만 날아가고 말았습니다.

그런 분위기였어요. 거기에 가서 활동을 하는데 민간 측인 전경련에는 유럽 각국 경제협력위원장이 있어요. 한영韓英 경제협력위원장은 그때 내가 겸임을 했고, 한불韓佛은 조중훈 씨 등등 각국 담당이 있었습니다. 우선 담당자들을 동원했고, 그 다음엔 국제적 감각이 있고 안면이 있는 유창순 씨께 부탁해서 동원했고, 그 다음엔 건설회사들을 동원했습니다. 가령 동아가 스웨덴에서 무엇을 한다 하면 스웨덴을 책임지게 하고 건설업자를 통해 그 나라 IOC위원을 만나게 했지요. 각 위원들이 자기네가 친한 그 나라 업체를 통해서, 경제협력위원장을 통해서 그 나라 IOC위원을 만나는 것이었지요.

올림픽을 개최한 나라는 IOC위원이 2명이고, 안 한 나라는 1명입니다. 우리나라는 1명이고 일본은 2명이었죠. IOC위원이 전부 82명이 없는데 몰라서 그렇지 얼굴만 알면 82명 쫓아다니고 표만 모으면 되는 거죠. 그래서 난 그때 거기 가서 영국, 벨기에를 쫓아다녔습니다. 그때 남덕우 총리가 스칸디나비아 쪽에 회의가 있어 그 길에 영국으로 갔는데 스칸디나비아국 IOC위원들이 안 만나 주더랍니다. 한국은 머릿속에 없다 이거죠. 난 영국, 벨기에, 룩셈부르크 등 몇 개국을 돌고, 전상진 대사는 남미 쪽, 김운용 IOC위원도 다른 몇 개국을 돌았습니다.

IOC위원을 쫓아다니며 점심이나 저녁을 대접해야 했는데 자동차 없이 걸어다닐 수는 없고. 정부에서는 1전도 지원해 주지 않고, 어쨌든 가능한 모든 방안을 동원해서 열흘 동안, 참, 아마 내 생애에 그렇게 계획적으로, 그리고 열심히 뛰어다녀 보긴 처음이었습니다. 거기 와 있는 모든 사람들이 특파원들까지 동원하고, 각국 대사들에게는 자녀들을 데리고 오라고 해서 현지에 한 6~70명이 왔는데 그렇게 한 표라도 모으기 위해 합심했지요. 자유진영 표 중 20표라도 얻으면 체면유지가 된다고 말할 정도였어요. 그래서 새벽부터 밤까지 뛰고 10시에 모여서 표를 점검하는 생활을 계속했지요. 매일 그렇게 하는 첫 번째 목표는 체면유지였어요. 그 다음엔 어떻게 하면 가능성이 있을까 하고 생각하게 된 거고요.

일본이 전시장을 만들었고, 우리도 만들었고, 동계올림픽 신청국도 세 군데 만들었어요. 다들 혼신의 정력을 기울이는 거죠. 그런데 라이벌인 일본은 물론 북한이 우리를 방해하는 일이 생겼어요. 일본은 남한과 북한이 대치해 있기 때문에 휴전선에서 자동차로 불과 1시간 거리인 서울에서 올림픽을 하는 것은 88올림픽을 취소하는 거나 같다고 선전해요. 그러니 북한은 일본을 위해서 일하는 셈이었죠. 또한 소위 중간지역 국가 단체가 있죠? 비동맹국가들. 우리는 거기에 못 들었는데, 북한은 들어가 있잖아요. 북한은 비동맹국가와 동구권의 표를 일본에 모아 주는 활동을 하는 거죠. 그리고 일본이 IOC위원들에게 세이코 시계를 나눠 준다는 정보까지 들었어요.

일본은 20일에 일본 선전관 개관을 하고, 일본 IOC위원, 나고야 시장 등이 18일에 다 입국해서 활동을 하는 반면 우리는 IOC위원도, 서울시장도 안 오는 거죠. IOC위원이 안 들어오면 어떤 어려움이 있느냐 하면 IOC위원들은 신변보장 때문에 한 호텔에 머물게 하는데 다른 사람은 절대 못 들어가게 되어 있어요. IOC위원이 만나겠다고 허가한 사람만 들어가서 만날 수 있는 거죠. 건물에 들어가야 활동할 수 있을 텐데 IOC위원이 안 들어오니깐 그 호텔에 들어갈 수가 없는 거죠. 다행히 장기영 씨와 월터 정이 IOC위원과 면식이 있어 그들 덕분에 그 호텔에 묵게 됐습니다. 그 양반들을 면회한다고 들어갔죠. 그분이 들어오라고 해서 활동을 하기는 했지만 아무래도 부자유스러웠죠.

그 후에 김택수 씨가 22일 저녁에 왔습니다. 그래서 우리가 잘 왔다고 하며 IOC위원들에게 당신 이름으로 화환을 보내려고 준비를 해놓았다고 하자 그분 얘기가 영어로 뭡니까, 무슨 '콜'(프로토콜 - 의전)에 위배되어서 안 된다는 겁니다. 내가 같은 IOC위원인데 IOC위원들에게 꽃을 보내는 게 말이 되냐는 거였어요. 한국이 올림픽 유치하려고 하니 그런 거 상관하지 말고 보내자 했더니 자기 격이 떨어져서 안 된대요. 할 수 없이 내 이름으로 보냈습니다. 하지만 그 사람들이 날 알기나 합니까. 어쨌든 꽃은 꽃가게에서 일일이 정성을 들여 기가 막히게 해서 보냈습니다.

한 이틀 있다가 서울시장이 왔어요. 앞서 보낸 꽃이 3~4일 지나면 시드니까 과일상자를 시장 이름으로 보냈는데, 그것이 아무것도 아닌 것 같았지만 주효했어요. 리셉션 때 만나면 일본 사람에게 시계를 받았다고 고맙다고 인사하는 사람은 아무도 없는데, 아름다운 꽃을 보내서 고맙다고는 드러내 놓고 인사를 해주는 거예요. 방 안 제일 좋은 곳에 근사한 꽃이 있으니까 잘 만나주고요. 아무것도 아닌데 큰 효과를 봤던 것입니다. 미국 IOC위원들한테도 많은 도움을 받았고요.

'잘해 보라'고 하는 이들은 미심쩍었지만 일본이 이러저러하니까 한국은 이렇게 하라고 코치하는 사람은 우리 표라는 감이 왔어요. 독일의 아디다스Adidas가 올림픽 공식후원업체인데 그 사람들을 내세워 남미 국가들 표를 얻고, 남미나 아프리카의 가난한 나라 IOC위원들에게는 부부를 한국에 초청하고 싶다고 전하며 조중훈 씨가 왕복 비행기표를 보냈는데 그것 역시 주효했어요. 이렇게 해서 표를 얻었는데 그 방법이 잘못된 것은 아닙니다. 초청하는 사람이 왕복 비행기표를 주는 거니까요. 그 사람들 입이 떡 하니 벌어졌어요. 마지막에는 될 것 같다는 생각까지 들었지요.

한편 우리를 방해하고 다니는 북한 사람들에게는 더 잘 대해 주었습니다. 거기에 온 북한 사람들이 우리에게 무슨 욕을 해도 우리는 웃으면서 대응하자고 했습니다. 우리가 같이 싸우면 IOC위원들이 남북한이 긴장 상태라 역시나 안 되겠다고 생각할 수 있으니까요. 북한 사람들이 목청을 높여도 우리가 웃으면서 대응하면 외국 사람들은 우리가 농을 언성을 높여서 하는 줄 알 거다 하면서요. 좋은 얘기만 하고 이북의 명산대천, 온천, 원산해수욕장 등 좋은 것만 칭찬해 주니까 하나도 싸울 일이 없었어요.

개표 전날 서독신문이 우리를 비방하는 기사를 냈지요. 하계올림픽은 일본에서 하는 걸로 다 끝났는데 울면서 돌아가야 할 한국 사람들이 아직도 웃으면서 표를 얻으러 다닌다고. 그날 북한 대표도 만났는데, 그가 웃으면서 저한테 말을 건네더라고요.

"정 선생, 그만 수고하고 돌아가시죠."

"왜 돌아갑니까? 끝장을 보고 돌아가야죠."

"엊저녁 서독신문 못 봤습니까?"

"독일 말 몰라서 못 봤습니다."

"다 끝났다고 써 있었습니다. 그러니까 돌아가시죠. 도저히 되지도 않을 것, 몇 표 나오지도 않을 텐데, 왜 애쓰고 다닙니까?"

이 말에 나는 오히려 웃으며 물었어요.

"몇 표 나올 것 같습니까?"

"세 표 나올 겁니다."

"어디어디 표가 나오겠습니까?"

"한국 표 하나, 대만 표 하나, 미국 표입니다."

"세 표면 됐습니다. 안심입니다."

이렇게 나는 대답했습니다. 그들과 다투어도 소용없거든요. 개표 전날 우리나라 어느 특파원이 나를 보고서 또 묻더라고요.

"회장님은 어느 나라가 될 거라고 생각하십니까?"

"난 한국이 된다고 생각합니다."

"저는 안 될 것 같습니다. 그럼 회장님, 저와 내기하시죠."

"그래요, 당신 걸고 싶은 대로 걸으시오."

그가 20달러를 걸길래 나도 마음먹고 20달러를 걸었습니다. 그 돈은 이병규 부장에게 맡겨졌고, 결국 내 돈이 되었습니다. 개표하니까 52표 대 27표라는 결과가 나왔거든요. 각국 경제협력위원장들, 회장단 등 우리 경제인들이 모두 분발해서 직접 발로 뛰며 노력한 결과였습니다. 대한체육회가 포기했던 것을 독일 바덴바덴Baden-Baden에서 우리 경제인들이 유치하는 데 성공했던 것이죠.

내가 전경련 회장을 안 했으면 끌고갈 힘도 없었고 생각해볼 수도 없는 일이었습니다. 전경련 재임 중에 전경련 바깥일이긴 하나 국가를 위해서 한마음이 되어서 그렇게 일해본 것이 내 생애에 있어서 가장 보람되고 기쁜 일이었습니다.

Part

3

················· 정주영 회장 탄생 100주년 기념 완결판 ·················

그의 정신, 그의 기상

01

통일에 대한 갈망과 집념은
그에게 하나의 신앙이었다

1998년 6월 16일, 정주영 회장은 83세의 노구를 이끌고 평생 그리던 북쪽의 고향을 향했다. 500마리의 소떼를 몰고 온갖 살상과 파괴의 무기로 동족끼리 대치하고 있는 휴전선을 직접 걸어서 넘었다. 반세기가 넘는 분단 이래 처음 있는 일이었다.

소는 큰 몸집과 강력한 힘을 가지고 있지만 가장 비폭력적이고 인내심이 강한 동물이다. 그리고 근면과 희생정신의 상징이기도 하다. 그는 이데올로기를 떠난 순수한 한민족 민초의 상징을 소에 부여했다. 여생이 얼마 남지 않은 그가 소떼를 이끌고 휴전선을 넘은 것은 남북한 동포, 그리고 세계를 향하여 통일의 열망을 알리는 그의 마지막 절규였고, 세기의 시위였다.

정 회장이 특히 그의 말년에 이르러 보인 통일에 대한 갈망과 집념은 거의 신앙에 가까운 것이었다. 다음은 그가 기회가 있을 때마다 여러 계제에 측근들에게 피력한 통일에 대한 그의 생각들을 정리한 것이다.

생각해보면 인간은 참 어리석은 데가 많아. 거기에는 배운 사람이나 못 배운 사람이나 마찬가지야. 이데올로긴가 뭔가 하는 것이 도대체 뭐야. 제각기 더 살기 좋은 세상을 만들자고 내놓은 것인데 그 결과가 뭐야? 서로 내세우는 이데올로기로 인한 전쟁으로 얼마나 많은 사람들이 죽었어. 더욱 큰 모순은 이런 비참한 전쟁으로 고통받고 목숨을 잃은 희생자들 대부분 '이데올로기'의 '이' 자도 모르는 민초들이고 노인들이고 어린이들이고 부녀자들이란 말이야. 잘 들여다보면 각기 추종자들이 내세우는 이데올로기가 정말 백성을 위하는 건지 저희들 기득권 쟁취를 위한 구실인지 분명하지 않은 경우가 많아. 특히 우리나라의 경우 이런 모순에서 초래된 비극이 너무 오래 지속되고 있어.

북한 사람들이 누구야? 다 김씨, 이씨, 박씨, 정씨, 최씨 아닌가? 남한의 우리들하고 말이 다른가 피부색이 다른가? 그런데 비참한 살상의 전쟁을 치른 후 반세기가 지난 지금까지 땅 한 군데를 떡하니 갈라놓고 피붙이 부모형제 처자식 간에 만나게 하기를 하나 죽었는지 살았는지 마음대로 소식을 전하게 하나. 외세의 영향이 어쨌건 이것은 결국은 우리 민족의 수치야. 인류에 대한 배반이고. 그래서 통일은 가능한 한 가까운 장래에 꼭 성사되어야 해. 그런데 내가 보기에는 우리 사회의 정치하는 사람이나 지식인들이 절실해야 할 통일 문제에 대해 너무 소극적이고 좁은 생각들을 가지고 있는 것 같아. 도리어 통일을 두려워하는 것처럼 보일 때도 많아. 그 이유 중 하나가 소위 통일비용에 대한 부담 때문인 것 같은데, 이건 아주 잘못된 생각이야. 왜 엄청난 분단 비용은 생각 못 해? 매년 늘려야 하는 국방비 부담과 한창 공부하거나 일할 나이에 모든 것을 중단하고 군복무를 해야 하는 젊은이들을 생각해봐. 그 기회비용이 얼마야. 북한은 일반 사람들의 비참한 실상에서 알 수 있듯이 그 정도가 더욱 심각하지.

또 하나 아주 중요한 게 있어. 그것은 통일이 가져오는 엄청난 통일이익이야. 통일이 되어서 우리 국력이 한층 강력해지면 미국, 일본, 중국, 러시아 같은 나라들은 한반도와 동북아에서 저희들의 영향력과 입지가 좁아지는 것을 우려하지. 그런데 우리들이 통일에 대한 부담을 걱정하는 것은 변화를 두려워하고 현실에 안주하려는 아주 잘못된 생각이지.

통일이 가져다주는 이익에는 여러 가지 구체적인 것들이 있어. 북한에는 발전이나 제련 등에 절대적으로 필요한 유연탄, 철광석, 동, 희토류 등 중요 광물자원이 약 7,000조 원어치가 있는 것으로 알려져 있어. 그런데 이런 자원들은 남한에는 거의 없어서 지구 정반대쪽 브라질에서까지 막대한 외화를 들여 수입해 온단 말이야. 반면 북한은 돈도 없고 기술도 부족해서 가지고 있는 자원들을 제대로 개발하지 못하고 있지.

또 한 가지는 북한의 노동력이야. 북한 정권이 강도 높은 노동 동원으로 단련시킨 북한 노동자들은 세계에서 가장 근면하고 생산성이 높아. 남한이 가지고 있는 기술, 자본, 경험, 세계 시장 기반의 경영 능력과 북한의 노동력을 결부시켜 봐. 그 경쟁력이 얼마나 대단하겠어? 일본이나 중국이 두려워할 일이지. 이렇게 되면 북한 사람들의 소득이 올라가게 되고 생활수준이 향상되면 가전제품이나 생활용품에 대한 구매력이 크게 늘어날 것은 당연한 일이지. 남북한을 통틀어 7,000만 인구의 활발한 내수 시장이 생기게 되는 거지.

여기엔 중요한 정치적 의미도 있어. 북한 사람들의 생활수준이 올라가면 그들이 살고 있는 체제와 정치 현실에 대한 인식에 변화가 생기게 되어 있어. 민주화에 대한 의식이 자연히 싹트는 것이지. 배고픈 사람이 많은 사회에서 공산주의가 잉태되지만 정작 배부른 사람이 많아지게 되면 공산주의가 자리를 잃게 되는 거야. 그러니까 사람들이 서로 왕래하고 경제협력을 원활히 하는 것이 통일을 조속히 이룰 수 있는 길이지.

너무 늦어지면 안돼. 왜냐하면 북한 역시 도로를 넓히고, 발전소와 항만을 건설해야 하고, 광산 개발도 해야 하는데, 돈도 없고 기술도 없어. 당연히 중국이나 러시아에 손을 내밀게 되어 있지. 그렇게 되면 나중에 통일이 되어도 이러한 사업은 다른 나라들이 기득권을 갖게 되거든. 통일이 늦어지면 남한의 사업 기회는 그만큼 그들에게 선점 당하게 되어 버려. 그런데 북한을 접근하는 데 우리가 알아야 할 것이 있어. 그것은 정부 차원에서 그들에게 필요한 어떤 좋은 협력을 제안해도 대개는 어떻게든 거부를 하거나 우리가 받아들이기 어려운 조건을 제시하게 되어 있다는 것이야. 정치적으로 체면과 위신을 세워야 하기 때문이지. 그들이 밤낮으로 북한 사람들에게 남한 국민들이 고생하고 못사는 것으로 귀에 못이 박히도록 선전을 해놨는데 그런 남한 정부로부터 도움을 받는다는 것이 정치적으로 얼마나 감당하기 어려운 부담이야. 체제유지에 위협이 될 수도 있지.

그러나 민간이 나서면 북한의 부담이 덜하게 돼. 여러 가지 명분을 붙일 여지가 많이 있거든. 교류도 비정치적인 분야인 스포츠 · 문화 · 관광 같은 분야를 많이 내세워야 해. 경제 분야에서는 우선 북한 인력을 활용하는 것이나 나아가 그들이 추진하는 수출자유지역 사업, 국제 관광시설 개발 사업 등에 적극 참여하는 것을 생각할 수 있어. 사회간접자본 건설 사업이나 광산개발 사업 같은 것은 분위기가 성숙된 이후에 기회를 보면 돼.

어찌됐든 중요한 것은 더 많은 사람들이 왕래하고 만날 수 있는 계기를 만드는 것이야. 관광 사업이 단순한 수익 사업 차원을 넘어 중요한 의미를 갖는 이유가 여기에 있어. 정치적인 부담이 적은 일들부터 시작해 자주 만나면 서로를 알게 될 기회도 많아지게 되지. 그러면 서서히 경계심도 늦춰지게 되고 신뢰감도 쌓이게 되지. 물론 지금까지 체험한 것같이 북한의 체제 특성상 중간중간에 우여곡절을 겪게 되는 일이 생길 것이야. 그러나 그걸 두려워한 나머지 위축되어선 안돼. 역사 흐름의 대세는 통일로 가고 있기 때문이야.

문제는 얼마나 빨리, 그리고 어떤 과정을 거쳐 통일을 이루느냐 하는 거야. 그리고 결국 그것은 우리 손에 달려 있어. 🗨

■ ■ ■

북한의 강원도 깊은 산골짜기 통천通川은 그에게 만감이 서린 고향이었다. 가난과 배고픔, 그리고 뼈가 채 굳기도 전인 어린 나이에 아버지를 따라 농사일을 했던 곳이었고, 그가 평생토록 추모했던 아버지와 어머니, 형제들과의 어린 시절 애절한 추억이 서린 그의 영혼의 고향이었다. 아무리 열심히 일해도 배고픔을 면할 수 없는 것이 싫어서 떠났지만 분단되어 맘대로 갈 수 없는 곳이 되었기에 더욱 안타깝고 그리운 고향이기도 했다.

세계적인 기업인이 되고 억만장자가 된 그는 가난했던 어린 시절 시골 초가집에서 식량 대신 찐 감자를 으깨 고추장을 넣고 쓱쓱 비벼 먹던 일을 입맛을 다시며 이야기하곤 했다. 그는 굶주리고 헐벗은 가난한 북한 동포의 실상에 유난히 가슴 아파했다. 그래서 그의 인생에서 그 분단의 벽을 허무는 일을 마지막 헌신할 사명으로 삼은 것은 너무나 당연해 보인다.

정 회장은 남한의 정부나 정치인이 아니고 민간경제인 자격인 자신이 북한의 권력층에게 가장 정치적 부담이 적은 대상일 것이라는 데 착안했다. 또한 그의 고향이 이북이고 세계적으로 성공한 기업인으로서 북한 경제 문제에 대하여 남다른 관심을 가지고 있으며 실질적으로 기여를 할 가능성이 높은 인사로 그들이 인식하고 있다는 데에 자신감을 가졌다.

그는 중점적으로 몇 가지 구체적인 사업계획을 가지고 있었다. 우선 금강산 관광개발사업이 있었다. 그에게 있어 금강산은 잊을 수 없는 고향이고 세계적으로 드문 명승지다. 뿐만 아니라 경제적 타당성 못지않게 통일 분위기 조성을 위해 반드시 개발해야 할 중요한 상징적 가치를 가진 사업이었다. 그렇기 때문에 금강산 관광사업은 사업의 채산성 측면만 가지고 그 가치를 평가해서는 안 된다는 것이 그의 생각이었다.

정 회장이 대북경협에 가졌던 또 다른 비전이 있었다. 그것은 북한을 경유하여 가깝게는 자원의 보고인 시베리아, 멀게는 소련 대륙을 횡단하거나 중국 대륙을 횡단하며 옛 실크로드를 거치는 유럽 대륙으로의 무역물류 철도수송로를 여는 것이었다. 시베리아는 우리가 절대로 필요한 원유, 가스, 임업 자원과 광물의 보고이다. 북한을 육로로 경유하여 남한으로 이들 자원의 수입로를 확보한다면 한국경제에 큰 활력을 가져다줄 계기가 될 것을 확신했다. 그래서 그는 러시아 지도자 고르바초프Gorbachev 같은 인사들을 열심히 만나기도 했다.

해상으로 부산을 출발해서 유럽의 독일이나 프랑스까지 가려면 약 2만km 거리에 27일이나 걸리는 데 반해 철도로 북한을 경유해서 중국이나 소련을 횡단할 경우 그 운송거리가 절반가량 줄어 시간이 약

10일로 단축된다. 컨테이너당 수용비용도 해로보다 반 이하로 줄어들어 우리 수출이 그만큼 경쟁력을 가질 수 있다는 사실 때문에 그는 이를 실현하는 데 강한 의욕을 가졌다.

김대중 정부가 들어서면서 정 회장은 정부의 햇볕정책에 힘을 얻어 적극적으로 대북사업을 추진했다. 비료와 곡물 지원, 우호적 관계 개선을 위한 일부 현금 지원, 개성공단, 경수로 프로젝트, 남북 연결 경의선 철도 복원, 금강산 관광 등이 햇볕정책 안에 포함되었던 정부의 경제지원정책이었다. 이러한 대북경제지원은 특히 국내 보수진영으로부터 '퍼주기식' 지원이라는 비난을 받기도 했다.

■ ■ ■

요즈음 들어 북핵 문제가 심화됨에 따라 대북경제지원에 대한 타당성 논란이 일고 있다. 그렇다면 현재 우리가 목격하고 있는 남북 문제에 대한 정 회장 평생의 집념과 노력에 대해서는 어떠한 평가를 할 수 있을까? 그동안 남북 문제에 대한 각계의 견해가 대단히 혼란스런 양상을 보여 왔다. 진보와 보수, 그리고 여러 계층이 받아들일 수 있는 평가의 기준과 방향을 제시하는 것부터가 쉬운 일이 아니다.

그러나 역사의 흐름은 통일이라는 방향으로 가고 있음을 분명히 느끼게 한다. 최근 박근혜 대통령의 통일에 대한 독일 드레스덴Dresden 연설은 이런 흐름에 중요한 비전을 제시했다고 볼 수 있다.

인생의 마지막 혼신의 열정을 남북 간 경제협력사업들을 내세워 통일사업에 쏟아부었던 정 회장도 유한한 생명의 천리를 거스르지 못하고 많은 미완의 과제를 남긴 채 2001년 타계했다. 그리고 남북한 문제에 있어서 북한을 포용하는 햇볕정책으로 정 회장과 호흡을 같이 했던 김대중 대통령도, 이러한 남북 관계 기조를 이어받았던 노무현 대통령도 이제는 다 고인이 되었다.

앞서 김대중 정부와 합세하여 민간경제계의 대북사업을 주도하였던 현대그룹은 그 후 새로 들어선 정부로부터 화를 모면할 수 없었다. 특히 북한과의 관계 개선을 위하여 전달되었다는 지원금의 적법성 문제가 온 나라를 뒤흔들기도 했다. 이러한 과정에서 현대그룹을 이어받았던 정몽헌 현대건설 회장이 검찰 수사의 중압감을 견디지 못하고 회사 사옥에서 투신자살하는 비극이 발생했다. 결과적으로 정몽헌 회장의 극단적 선택에 대한 시비를 떠나 정 회장은 그가 말년에 열정을 불태웠던 남북 통일사업이라는 제단에 그의 아들을 의도치 않게 바치게 된 셈이 되었다.

그러면 이토록 '무리'에 가까운 열정을 바치고 뼈아픈 상처를 감내하면서까지 남북경협사업에 몰두한 정 회장의 심중에는 어떤 의지와 신념이 자리잡고 있었는가를 생각해볼 수 있다.

정 회장은 나라의 법은 원칙적으로 존중되어야 하지만 그것이 민족적 숙원인 남북통일이라는 진로에 결정적 장애가 된다면 어쩔 수 없이 뛰어넘을 수도 있다는 생각을 측근에 비치기도 했다. 왜냐하면 그것이 이데올로기든 실정법이든 어디까지나 한 시대의 사상가나 정치 세력이 만들어낸 것이고 이해집단의 의지에 의해, 그리고 시대의 상황과 가치관에 따라서 변화될 수도 있는 것이라는 것을 역사가 보여주고 있다고 생각했다.

그는 민족 통일이라는 대역사가 이러한 것들에 의해 방해받기엔 너무나 절실하고 지고하며 영속적 가치를 가지고 있다고 믿었다. 그래서 그는 그러한 시비에 대한 평가를 최종적으로 후대와 역사에 맡기고 그의 신념을 그 특유의 행동력으로 실천했던 것으로 생각된다.

북핵 문제가 한반도뿐만 아니라 전 세계를 들끓게 하고 있다. 북핵 문제가 해소되기까지는 아직 먼 길이 남아 있다. 특히 김정은 체제 이후 그들이 보인 행태로 보아 언제든지 돌발 상황이 발생할 소지를 안고 있다. 경륜이 없고 권력 기반이 불안한 김정은이 정권을 잡은 이후 남북 관계의 휘발성이 그 어느 때보다 높아져 그 향방을 예측하기가 어려운 상태다.

그러나 북한 내부 권력층 간의 내분, 더 버틸 수 없는 경제적 피폐와 민생고, 국제적인 고립에 저항하여 '이판사판'의 결단으로 남한에 대하여 군사도발을 하는 것은 절대 허용되어서는 안 된다. 북한이 내부통제력을 상실하여 동독과 같은 형태로 하루아침에 붕괴되어 남북한이 '폭발적'으로 통일되고, 중국 등 주변 강대국이 개입하고, 남북한 사회가 대혼란에 빠진다면 우리 민족은 장기간에 걸쳐 고통스런 대가를 지불해야 한다. 이런 상황이 발생하지 않도록 적극적으로 우리가 할 수 있는 일을 해야 한다. 남북 간의 경제 격차를 줄이고, 이질성을 좁히고, 적개심을 완화하고, 신뢰성을 쌓아가는 것이 우리 앞의 통일로 가는 길에 놓인 과제다. 거기엔 무엇보다도 냉철한 지혜와 끈질긴 인내, 시간이 필요하다. 그리고 지금의 현상 너머에 존재하는 장래의 민족적 가치와 비전에서 그 타당성의 근원을 찾아야 한다.

시간은 자유민주주의와 시장경제체제를 유지하고 있는 우리 편이다. 그것은 다른 체제에 대한 역사의 실험 결과가 우리에게 주는 확신이다. 동시에 남한의 민주주의와 시장경제의 혜택을 누리고 살면서도 수백만의 국민을 굶어 죽게 만드는 북쪽의 체제를 추종하는 남한 내부 세력도 일부 존재한다. 이와 같은 모순 또한 양극화 해소와 계층 간 갈등 극복을 통하여 해결해야 할 과제다.

마지막으로 중요한 것은 북한 문제를 대할 때 김정은 정권과 그 체제를 북한 동포와 구분해야 한다는 점이다. 이것은 통일에 대해서 생전 정 회장이 가졌던 비전과 집념, 그리고 그의 유업을 올바르게 이해하는 길이기도 하다.

통일을 위한 길은 앞으로도 험난할 것이다. 그간 우리 민간경제계에서는 어느 누구도 엄청난 위험과 불확실성이 도사리고 있는 북한과의 경제협력사업에 감히 나서지 못했다. 하지만 정 회장, 그는 과감하게 앞장서 나섰다. 그리고 그 과정에서 많은 시련과 영욕을 겪었다. 그러나 우리 민족의 지고한 과제인 통일로 가는 길에 그가 생전에 깔아 놓은 유·무형의 발자취는 앞으로 통일을 위하여 대단히 중요한 밑거름이 될 것이다.

02

정치쇄신, 더 잘사는 사회…
통일을 위해 던졌던 비장한 출사표

정 회장은 타계하기 몇 해 전에 출간한 자서전에서 자신이 대통령에 출마했던 일과 관련해서 다음과 같이 심경을 밝혔다.

어떤 사람들은 내가 대통령 선거에 출마했다 낙선한 것을 내 인생의 결정적 실패라고 말하는 모양인데 나는 그렇게 생각하지 않는다. 쓴 고배를 들었고 보복 차원의 시련과 수모도 받았지만 나는 실패한 것이 없다. 실패자는 오히려 그를 선택한 바람에 부도를 맞은 국가, 그 아래 고통을 받은 국민이고, 그 다음은 역사에 국가를 부도낸 대통령으로 영원히 기록될 사람이 가장 큰 실패자다. 나는 단지 선거에 나가 뽑히지 못했을 뿐이다. 후회는 없다.

그리고 그는 말미에 '나는 내 평생 늘 그랬듯이 내가 확신을 가졌던 바를 위해 세평에 연연하지 않고 해봤다'라고 덧붙이고 싶었을 것이다. 그의 일생에 있어서의 일관된 도전과 행동원칙, 그리고 정신이 그대로 드러난 말이다.

한편 국민이 정 회장 대신 선택한 대통령은 재임 기간 동안 국가를 부도내어 국민을 혹독한 고통 속으로 몰아넣었다. 세계경제 환경과 한국의 주요 수출 시장의 호황, 무역 환경, 환율, 원유와 주요 원자재 값 안정 등에 힘입어 당시 한국경제의 선진국 진입 기반을 확실히 다질 수 있는 호기를 무산시켜 버렸다.

■ ■ ■

1961년부터 1979년까지 박정희 정부는 강력하고 일관된 정책주도 하에 대기업들을 독려하여 사회간접자본 확충과 공업기반을 구축하고 수출을 증대시켰다. 그렇게 함으로써 100달러에도 못 미쳤던 1인 당 국민소득을 1만 달러 수준으로 끌어올리는 성과를 올렸다. 수출주도 성장정책, 새마을운동, 중화학공업 육성 등으로 대표되는 소위 '개발 독재'의 개가라고 평가되는 시기라고 할 수 있다. 이 시기의 정부 주도 경제정책은 부분적인 왜곡은 있었다 치더라도 경제성장 목표에 맞추어 제한된 투자 재원을 일관되게 효율적으로 배분해 한국의 경제 발전에 크게 기여한 점은 긍정적으로 평가된다.

그러나 1979년 박정희 대통령이 시해되는 것을 계기로 전두환 정부가 들어섰고, 이때부터 노태우 정부까지 약 12년간의 신군부 통치가 이어졌다. 이 시기는 한국경제에 있어서 국민 경제적 당위성이나 자유시장경제의 원칙보다는 집권 세력의 정치적 입지와 권익이 우선시되었던 시기이다. 경제력 집중, 부정축재 제재, 기업 통폐합, 인허가, 세금, 금융 제재 등 그들이 사용할 수 있는 명분과 수단이 얼마든지 있었기 때문이다. 민간경제계 위에 군림하는 집권 세력의 막강한 영향력은 필연적으로 불법 정치자금과 정경유착을 유발시켰고 경제정책이나 시장의 기능에 모순과 왜곡을 가져왔다.

이러한 와중에 특히 이들에게 고분고분하지 않았던 일부 한국의 대기업들은 엄청난 고충을 겪어야 했다. 그중에서도 정 회장은 현대그룹이 한국 경제계에서 차지하는 위상과 10여 년에 걸쳐 한국 민간경제계의 중심인 전경련 회장으로서의 역할 등으로 보아 명실상부 한국 민간경제계의 대표라 할 수 있었기 때문에 매번 그 격랑의 중심에서 시련을 겪어야 했다. 그리고 부조리와의 타협을 싫어하는 정 회장의 강한 성격은 집권 세력의 핵심 인물들과의 갈등과 대립을 더욱 격화시켰다.

한 예로 전두환 정부가 들어선 지 얼마 안 된 시점에 전경련 회장 사퇴 압력, 기업 강제 통폐합 등 압력이 있었다. 그런데 정 회장이 다른 재벌 총수들과는 달리 고분고분히 응하지 않고 반발하자 신군부 실세 일부는 '공수부대를 동원해서 현대그룹을 싹 쓸어버리겠다'며 위협했다는 일화도 있을 정도였다. 민간경제계에 대한 그들의 의식 수준과 함께 정 회장과의 갈등 정도를 잘 말해준다고 할 수 있다.

이러한 정권에서 비롯된 격동과 부조리를 그 중심에서 절실하게 체험한 정 회장은 그것을 단지 아픈 경험으로만 간직하지는 않았다. 그의 심중에는 이러한 체험과 경륜을 바탕으로 정치 풍토 개선과 보다 나은 국가 경영, 경제정책 아이디어가 차근차근 쌓여가고 있었다.

■ ■ ■

그는 평생 그가 처한 위치와 틀에 스스로를 가두어 두지 않고 닥쳐오는 시련과 도전에 분명히 대응하며 언제나 획기적인 발상과 아이디어, 무서운 행동력으로 세인의 상상을 뛰어넘는 무수한 업적들을 남겼다. 이러한 극적인 삶의 궤적을 볼 때 그가 정치 일선에 직접 나서서 경륜을 펼쳐 볼 꿈을 꾸게 된 것은 너무나 당연한 귀결이다. 잘못된 정치꾼이나 군인에게 나라를 맡겨 피해자나 방조자가 되는 것이 아니라 직접 정치에 나서는 것, 그것은 그가 국가와 민족을 위하여 해야 할 일생일대의 사명이 되었고, 기성 정치인 누구보다도 잘할 수 있다는 자신이 있었다. 그는 대통령 출마 결심을 술회하는 자리에서 다음과 같이 말했다.

대통령책임제에서 나라가 잘 되고 못 되는 것은 나라의 선장인 대통령에게 달려 있다. 크게 비약해야 할 21세기 문턱에서 경제는 중병에 걸려 있고 잘못된 정치는 나라를 망치고 말 것이라는 불안감과 위기감이 확산되고 있다. 그들은 권력을 막강한 힘으로만 알지 막중한 책임에 대한 인식은 없다. 한 나라의 국력은 그 나라의 경제력이다. 정치는 잘못되고 있는데 경제만 잘 나갈 수 없는 일이라는 것을 나는 누구보다도 잘 알고 있다. 나라가 이 모양인데 그냥 앉아서 정치하는 사람들 욕이나 하며 내 자신과 내 기업의 안전만 도모하는 것이 소위 사회 지도층이라는 사람이 할 일이 아니라고 생각했다.

지금까지 어려운 여건 하에서도 경제성장을 가능하게 했던 근로자의 의욕과 기업인의 열의, 국민의 힘을 한데 모아 정치를 개혁하고 선진 한국, 통일 한국을 완성해 보고 싶은 것이 나의 꿈이자 목표다. 그리고 나는 구체적인 계획이 있고 성공할 자신도 있다. 지금까지 엄청난 시련 가운데 기업을 성공시켰듯이 나는 새롭게 도전할 일감으로 5년 임기의 대통령직을 위한 정치 참여를 결심했다.

그리고 그는 덧붙였다.

나는 이날까지 살아오면서 고매한 인품을 가진 사람을 만났을 때 존경의 마음으로 고개를 숙이며 그 인품을 부러워한 일은 있지만 대단한 권력에 존경심을 품거나 그것을 부러워해 본 일이 맹세코 단 한 번도 없다.

그가 1992년 국민당을 창당하고 대통령 출마를 공표하자 예상대로 여론이 들끓었다. 그의 나이 78세의 일이었다. 그가 획기적인 사업을 발상하고 추진할 때처럼 그의 가족과 형제들을 포함한 주위 모두가 반대하고 나섰다. 대부분의 언론과 정치권은 격렬한 비난을 퍼부었다. "부와 권력을 모두 탐하는 노욕이다", "노망의 발로다", "기업 성공 경험만 믿고 오만해서 비롯된 돌출 행동이다" 등. 그를 아끼는 지인들의 만류도 대단했다. "지금까지 열심히 일하고 그만큼 성공했는데 왜 그 나이에 편한 여생을 보내야지 그 고생의 길을 택하느냐?", "만약 실패하면 현대그룹이 당할 보복을 어떻게 견뎌내려 하느냐?", "아무리 정 회장이 건강해도 건강이 걱정된다" 등등. 그러나 지금까지 결심이 섰을 때 언제나 그랬듯이 그에게는 어림도 없는 논리다. 그는 개의치 않고 계획대로 밀고 나갔다.

그의 신생 국민당은 창당 45일 만에 치른 국회의원 선거에서 총득표율 16.3%인 400만 표를 얻어 31명의 의석을 확보하는 성과를 거두었다. 그러나 아쉽게도 거기까지가 한계였다.

반세기 가까운 세월 동안 뿌리 깊게 박힌 기존 정치권의 이해관계, 지연, 동서 지역 감정은 국가 장래를 위한 타당한 명분만으로 변화를 구하고자 한 정치 아마추어인 그에게 넘어설 수 없는 벽이었다. 기성 정치권은 '장사해서 부자가 된 그에게 정치 권력까지 주어서는 위험하다'라는 주장과 반기업정서를 조화시켜 유권자들을 이간질시켰다. 그리고 실제 많은 유권자들이 그의 고령을 들어 노망든 노인으로 매도하는 흑색선전에 주입되었다.

그가 품었던 국가의 장래를 위한 이상과 포부, 이의 실현을 위한 특유의 창의성과 도전정신이 국민들에게 이해되고 채택되기에는 그가 너무 앞서 있었던 것인지도 모를 일이다.

■ ■ ■

80년대 전경련 회장 자격으로 경제부처 고위 공무원들을 대상으로 하는 강연에서도 그는 그들을 직접 겨냥하며 규제와 관피아의 적폐를 질타했었다. 정권을 잡은 집단의 능력과 전문성을 떠나 논공행상 형태의 나눠먹기식 요직 배분에서 오는 부조리를 기회 있을 때마다 질타했고, 이를 위해 정치를 '정치꾼'들로부터 해방시켜야 한다고 주장했다.

오늘날까지도 지속되는 정부의 규제와 간섭도 경제발전과 운용효율을 위한 당위성보다는 민간경제계에 대한 관이나 정치 권력의 힘을 행사할 수 있는 여지를 유지하기 위한 요소가 많다고 볼 수 있다. 엄청난 파워와 기득권의 연대화로 반세기 이상 동안 뭉쳐진 관피아의 적폐는 이미 깊게 뿌리내리고 있다.

이의 혁파는 그야말로 혁명에 준하는 거국적 결의가 없이는 음양으로 막강한 저항에 부딪쳐 유야무야되기가 십상이다. 이러한 규제 폐해는 사업을 하면서 가장 많이 경험했을 그에게 가장 우선순위가 높은 목표 중의 하나였을 것이다. 실제로 그는 대통령 선거 유세 중 이러한 규제와 적폐에서 비롯되는 간접비용 제거와 토지공급제도를 혁신하여 서민아파트 반값 공급 계획을 선거 공약으로 제시하기도 했다.

역사는 되돌려서 다르게 재현해 볼 수는 없다. 단지 가정만이 가능할 뿐이다. 그리고 그 가정에도 많은 논란이 있을 수 있다. 그러나 한평생 창조와 혁신, 세상이 불가능하다고 했던 많은 일들을 획기적 발상과 도전정신으로 성취해냈던 경륜을 내세워 국가를 경영해 보고자 나섰던 정주영 회장을 20여 년 전 우리가 선택했다면 오늘날 우리 정치, 경제, 남북한 관계의 현실은 어떻게 달라져 있을까 하는 질문을 해보게 된다.

결국 정 회장이 치열한 도전정신으로 점철된 일생의 마지막 단계에 선택한 대통령 출마라는 대모험은 운명적인 것이었는지 모른다. 왜냐하면 그는 평생 옳다고 생각하고 그가 해야 할 가치 있는 일이라는 확신이 서면 상식이나 세인의 평가를 두려워해 행동에 옮기는 것을 주저해 본 일이 없었던 사람이기 때문이다.

그의 일생을 통해 일관되었던 행동 선택의 기준은 그것이 쉬운 길이냐 어려운 길이냐가 아니라 그것이 해야 할 일이냐 아니냐였다. 상황을 지켜보는 것이 아니고 상황을 직접 주도하는 것이었다. 분명한 것은 그가 자신이 가졌던 신념을 행동으로 옮겨 '해봤던' 것이다. 그렇게 그는 끝까지 정주영이었다.

03
평생 노동자의 가슴을 품고 살았던
'성공한 노동자'

나는 열심히 일해서 성공한 노동자일 뿐 재벌이 아니다.

그가 자주 했던 이 말은 언뜻 의례적인 말로 들릴지 모르겠지만 여기에는 평생 그의 심중 깊이 자리잡았던 노동이라는 가치에 대한 숭상, 노동자에 대한 애정과 그들과의 동료의식이 배어 있는 말이다. 실제 그가 전경련 회장으로 재직하는 동안 방송이나 인쇄물 등에 '재벌'이라는 표현이 들어가면 역정을 내곤 했다.

인간에게 가장 큰 비극은 굶주리는 것이고, 그 다음은 병들어도 돈이 없어 치료를 못 받는 것이고, 그 다음이 똑똑한 자식을 돈이 없어 못

가르치는 것이다. 이런 이웃을 그대로 내버려 두는 것은 동시대를 사는 우리 모두의 책임이고 죄이다. 이것이 방치되는 사회에서는 결국 돈 있는 사람이나 가난한 사람이나 온전할 수 없다. 이것의 해결책은 일자리를 많이 만들어 가난한 사람들이 일할 수 있게 해주는 것이다. 이것이 기업인들의 무엇보다 중요한 책무다.

그가 틈날 때마다 했던 말이다. 어린 시절 굶주림의 고통이 무엇인지를 체험했고, 보통학교에서 음악을 빼고 일등을 놓치지 않은 우수한 성적임에도 불구하고 중학교에 들어갈 형편이 못 되어 아버지를 따라 농사일을 해야 했던 그의 말이라 각별한 울림이 더 느껴진다.

식구들이 비를 가리고 살 수 있는 방 한 칸을 마련할 수 있고, 자식들이 세 끼니를 굶지 않을 수 있고, 학교에 갔던 애들이 월사금을 못내 집으로 쫓겨 오지 않게만 할 수 있다면……. 해뜨기 전에 일터로 나가 달을 보며 집으로 돌아와야 하는 힘든 일자리라 해도 감지덕지하던 현실이 우리의 60~70년대였다. 그렇게 그 시대 노동자들은 열악한 환경에 박봉을 받으며 수출공장에서, 봉제공장에서, 고속도로 공사장에서, 해외 공사장에서 땀 흘려 일하며 한국의 경제성장의 밑거름을 만들었다.

그러는 동안 경제는 성장했고 세상도 바뀌었으며 노동자들의 권리와 몫에 대한 의식도 변화했다. 그러나 수출주도 성장정책하에서 국제 경쟁력에 턱없이 못 미치는 기술력과 경쟁력을 가지고 경쟁하려니, 임금과 처우 면에서 노동자들의 희생이 요구됐다. 노사문제에 대한 욕구 표출이 억압되었던 것이다.

1970년에 평화시장 봉제공이었던 전태일의 분신자살 사건이 터졌다. 1974년엔 밀린 임금을 떼어먹고 외국으로 달아난 악덕 사업주로부터 임금을 받아 달라고 야당 당사를 점거하고 농성하던 어린 여공 한 명이 강제 해산 과정에서 추락사한 사건도 있었다. 소위 YH사건이 발단이 된 김영삼 제명 파동, 그리고 이것이 도화선이 된 부마민중항쟁 확산은 끝내 박정희 대통령이 시해되는 10·26 사건이라는 비극으로 이어졌다. 이를 계기로 집권한 신군부 세력은 사회 안정 유지라는 명분으로 정치 탄압과 함께 노동계의 목소리를 억압하는 정책을 견지했다. 1987년 전두환 정권이 끝나가던 즈음, 본질적으로 같은 군부를 기반으로 재집권을 노리던 노태우 세력은 6·29 민주화 선언으로 국민에게 어필했고 대통령에 당선되었다.

신군부 강압 통치하에서 억압되었던 각계의 욕구는 사회 전반에 걸쳐 폭발적으로 분출되기 시작했다. 특히 과격한 노동자들의 시위는 전국적으로 거의 모든 사업 현장에 불길처럼 번져 나갔다. 오랫동안 억압, 밀봉되었던 욕구와 의사 표출인 만큼 반동의 강도가 컸고 걷잡을 수 없는 폭력 사태로 번졌다. 여러 산업 현장이 불에 타고 있었다. 분출하는 노동자들의 쟁의 형태는 많은 경우, 노동 쟁의의 본질과 목적을 벗어나고 있었다. 경인고속도로 가도의 공장 벽에는 붉은 스프레이 페인트로 'XXX 사장아 너 죽고 나 죽자!'라는 표어가 쓰여질 정도였다.

그러나 6·29 민주화 선언을 내걸고 집권한 세력은 그 정신을 견지한다며 국가적인 경제 붕괴 위기 상황에서도 '노사문제는 노사 스스로가'를 되뇌며 뒷짐진 채 방관하고 있었다. 중소기업 사주들의 절망감은 말할 것도 없고, 대규모 사업장의 생산시설 파괴는 물론 당장 수출 납기를 지키지 못하게 된 대기업 총수들로 구성된 전경련 회장단의 위기감도 극에 달해 있었다. 회장단은 거의 매일 모여 비상대책회의를 열었으나 상황을 종합해 보는 일 외엔 할 수 있는 것이 없었다. 아무리 대기업 집단을 가지고 있는 이들일지라도 쟁의 현장의 폭력적 상황은 이들의 한계를 넘어선 것이었다.

"정부가 뒷짐지고 있는 가운데 산업현장이 파괴되는 것을 속수무책으로 앉아서 보고 있지만 말고 우리 스스로 대책을 강구해 봅시다. 과거 일본의 대기업들이 쟁의현장 불법 폭력 사태에 대응하기 위해 일종의 자경단 같은 것을 만들었던 일이 있는데 우리도 그런 방안을 모색해 봅시다."

사업장의 심각한 사태를 울먹이며 설명하던 한 재벌 총수가 격정 끝에 낸 제안이었다. 지금 생각하면 우리 노사관계 역사와 경제사에 큰 오점을 남길 수 있었던 위험하기 짝이 없는 제안이었다.

"김 회장, 지금 상황이 아무리 급박해도 그건 위험한 생각이오. 당장은 고통스럽고 힘들어도 더 인내하며 멀리 봅시다."

원로급 총수들의 신중론으로 그 안은 더 이상 논의되지 못했다. 그

러나 이는 그 당시 노사관계가 얼마나 심각했었는지를 잘 말해주고
있다.

■ ■ ■

한국 최대 규모의 노동현장인 현대중공업 울산조선소도 예외일 수
는 없었다. 현대조선소의 격렬해지는 노동자 시위현장은 가늠자 격
으로 온 국민의 관심이 집중되었다. 조선소 임원들과 사장이 앞서서
수습해 보려 했지만 역부족이었다. 정 회장이 직접 나서기로 했다. 군
중 심리에 휩싸여 이성적인 대화와 통제가 어려운 시위현장의 위험
성을 들어 모두 만류했으나 철저한 현장주의자인 정 회장에게는 통
할 리가 없었다.

수천 명의 시위 노동자들과의 직접 대화가 어려운 상황이라 대형
작업장 건물 내에서 일정 기준을 정하여 대표들을 들어오게 한 다음
이야기를 시작하려 했다. 그러나 건물 밖의 수천 명의 시위자들은
"밀실 야합 반대!"를 외치며 정 회장이 밖으로 나와서 전체를 상대로
얘기할 것을 요구했다.

정 회장이 밖으로 나와 급조된 연단에 섰다. 급히 마련한 마이크와
스피커 성능도 문제였지만 통제가 안 되는 상황에서 여기저기서 제가
끔 구호와 함성, 야유를 외쳐대는 수천 명 시위 노동자들로 인해 대화
는 불가능했고, 현장은 순식간에 아수라장이 되고 말았다. 정 회장은
대책 없이 수천 명의 시위 노동자들에게 둘러싸이게 되었다. 정 회장

을 보호하려는 몇 명의 조선소 간부들의 필사적인 노력은 큰 파도 앞의 갈대와 같았다.

더 이상 현대조선소의 노사대화 문제가 아니었다. 당시 이미 70대 중반에 들어선 노구라 할 수 있는 정 회장 신변의 안전이 전 국민 초미의 관심사가 되었다. 주요 TV 방송과 라디오가 상황을 생중계하는 상황이었는데, 이런 사태가 거의 4시간 이상 지속되었다. 시간이 지나고 시위 노동자들의 흥분이 어느 정도 가라앉은 틈을 타 현장을 빠져나온 정 회장은 그제서야 서울로 향할 수 있었다.

"정 회장이 아무리 건강해도 그 연세에 4시간 동안이나 선 채로 흥분한 시위 노동자들에게 둘러싸여 있었으니 심신이 탈진 상태일 거야. 병원에라도 가서 며칠 회복하는 시간이 필요할 거야."

뉴스를 지켜본 사람들, 특히 전경련 임원들은 많은 걱정을 했다. 그러나 그것은 예상을 빗나가는 완전한 기우였다. 상경한 정 회장은 그날 저녁 전경련 명예회장 자격으로 당시 회장이었던 구자경 회장을 비롯한 전경련 사무국 임원회의를 소집하여 대책 논의에 들어갔다. 그의 심신과 표정에서는 바로 몇 시간 전 그런 일을 겪었던 흔적을 찾아볼 수가 없었다.

"그런데 말이야, 그 친구들한테 둘러싸여 한참 구호와 함성을 듣고 있자니까 한순간 나도 머리띠를 두르고 그 친구들 사이로 내려가 함께 하늘로 주먹을 뻗으며 구호를 외치고 싶어지더라고. 원래 내가 노동자라서 그런 생각이 들었나 봐. 그런데 나는 누구를 향해서 구호를 외쳐대야 하나 생각하니 안 되겠어. 그래서 그만두었어. 하, 하, 하!"

회의 중간에 느닷없이 던진 그의 말에 우리는 어안이 벙벙해 태연히 미소를 짓고 있는 그의 얼굴만 쳐다보고 있었다. 언뜻 수긍이 가지 않는 일이었다. 그러나 거기에는 그가 평소에 가지고 있던 노동에 대한 경외심과 노동자들에 대한 속마음이 담겨져 있다. 그는 자신이 젊은 시절 부두 노동자로, 건설 현장 노동자로, 무거운 돌짐을 지고 가파른 비계를 오르며 허리가 휘는 노동을 해봤던 경험을 고난의 시기로 기억하기보다 노동과 땀의 참된 가치와 보람을 느끼게 했던 값진 수양의 기회로 회고하며 흡족해하였다. 따라서 그의 말에는 일의 귀천을 가리지 않고 자기가 맡은 일을 열심히 하는 햇볕에 그을고 땀 맺힌 모습의 현장 노동자에 대한 지극한 애정과 동료 의식이 깊게 배어 있었다.

"어떤 일이건 각자가 맡은 일을 열심히 하고 그들이 하는 일들이 모여서 조화를 이루면 좋은 세상이 되는 거야."

■ ■ ■

이런 생각을 가졌던 정 회장의 면모를 엿볼 수 있는 일화가 있다. 지금은 없어졌지만 80년대까지 광화문 교보빌딩 뒤 어디쯤에 '장원'이라는 고급 한정식집이 있었다. 나이든 재계 원로들이나 한식을 좋아하는 외국 경제계 인사들을 대접할 때 정 회장이 자주 애용하던 곳이었다.

여기에 고등학교 1~2학년쯤 되었을까 한명옥이라는 아르바이트 여학생이 있었다. 자그마한 키에 볼이 항상 사과같이 빨개서는 수줍음을 많이 타고 눈빛이 유난히 맑았다. 그는 항상 뛰다시피 하는 종종걸음으로 음식을 나르며 잰 손놀림으로 정성스럽게, 그러면서도 그릇 놓는 소리가 나지 않도록 극진하게 조심하며 상을 놓는데, 정 회장은 그런 모습을 놓치지 않았다.

"나는 자기가 맡은 일을 열심히 하는 사람이 제일 예쁘더라."

연회가 끝나고 나올 때 그 소녀가 안 보이면 조리실 입구까지 찾아가서라도 머리를 쓰다듬으며 칭찬을 하곤 했다. 한국 재벌 총수 정주영 회장 '할아버지'에게 칭찬을 받은 그 소녀는 얼굴이 더욱 빨개져서는 어쩔 줄 몰라 했다. 지금쯤 50줄에 들어섰을 그 소녀도 어디선가 이따금씩 옛날 정 회장의 모습을 떠올리고 있을 것이다.

한때 젊은이들 사이에 장발이 유행하고 있었을 때였다. 정 회장이 장발을 대단히 싫어해서 현대그룹 내 젊은 직원들은 장발을 엄두도 못 낸 것으로 알려졌었다.

"나도 젊은이가 장발을 자연스럽게 하고 있는 모양이 싫지는 않아. 그러나 머리가 길면 감을 때 물 많이 쓰지, 비누 많이 들지, 말리고 빗질하는 데 시간 많이 걸리지, 공부를 하든 일을 하든 한창때 시간과 신경을 사소한 일에 써서는 안 된다고 생각해. 짧은 머리를 하면 수건으로 몇 번 툭툭 털고 바로 일하러 갈 수 있는데 이게 얼마나 좋아."

학생들과의 대담에서 장발을 싫어하는 이유에 대한 그의 대답이었다. 그에게 있어 노동은 항상 그 자체가 삶의 절대 가치와 보람을 주는 숭앙의 대상이었다.

"땀 흘려 열심히 일한 뒤의 밥맛은 얼마나 꿀맛이야. 소화불량이 어디 있어. 게다가 시원한 막걸리 한 잔은 천상의 맛이지. 비싼 서양 술이 왜 필요해?"

그는 회사 고위 간부들에게도 일렀다.

"경영자나 사무·연구직 같은 지식 노동을 하는 사람들도 가끔은 현장에 가서 땀을 흘려 봐야 현장을 가슴으로 이해할 수 있어. 그래야 '책상물림'의 한계를 벗어날 수 있는 거야."

그리고 계속해서 말을 이어나갔다.

"사람들은 아직 내가 현대건설을 기업공개하여 주식을 시장에 내놓지 않는 것을 가지고 내가 욕심이 많아서 그렇다고 하는 모양인데, 그렇지 않아. 주식을 공개하면 주식을 사는 사람들이 누군가? 그것은 돈 있는 사람들과 기관들이야. 그런데 현대건설을 오늘에 이르기까지 키운 사람들은 누굴까? 사랑하는 가족을 떠나 국내에서, 이역만리 뜨거운 열사의 중동 공사 현장에서 땀 흘려 일한 노동자들인데, 정작 그들은 주식을 살 형편이 못돼. 엉뚱한 사람들한테 혜택이 돌아가서는 안 되지. 사실 나도 따로 생각이 있어 준비를 하고 있어."

당시 전성기에 있던 현대건설의 기업공개는 그 엄청난 가치와 주식시장에 미칠 파급력 때문에 경제계뿐만 아니라 사회의 관심이 집중되고 있었다. 80년대 초 기업공개가 늦어지는 데 대한 여러 가지 억측이

나돌고 있었던 것에 대해 사석에서 밝혔던 그의 입장이었다.

그 후 정 회장은 현대건설 기업공개를 했다. 그리고 지분의 반 정도를 이미 1977년에 설립한 아산재단에 할당했고, 재단의 재원으로 여러 개의 사회복지, 교육사업에 투입했다. 병원은 첨단장비를 갖추게 되었고, 지방 의료시설로 치료가 안 되는 환자의 진료를 위한 서울 아산병원과 의료시설이 부족한 강릉, 보성, 정읍, 영덕, 울산과 같은 소위 돈이 안 되는 지방 도시에 여러 개의 병원을 설립했다. 그렇게 그는 평생 그의 도전과 성취에 동참해준 노동자들에 대한 존경과 의리를 실천했다.

한편 정 회장이 창업한 현대자동차 역시 오늘날 유사한 기능의 다른 일터와 비교하여 단연 월등한 대우를 받고 있다. 그리고 경영권 참여와 회사 이익배분을 더 많이 요구하며 파업을 일삼는 강성 노동조합이 자리잡고 있다. 이것은 한치 앞을 예측하기 힘들 정도로 치열한 기술개발과 시장경쟁의 세계 자동차 공업계에서 연산 1,000만 대 생산과 세계 4대 메이커로 발돋움하려는 현대자동차의 발목을 잡고 있기도 하다. 이 모습이 생전의 정 회장이 생각했던 노사협력의 모양새는 아닐 것이다.

우리 사회가 성숙한 산업국가로 발전하기 위해 노사관계를 어떠한 방향으로 발전시켜 가야 할지 그의 생각이 자못 궁금해진다.

04

돈 액수의 자릿수보다
쓰임 가치를 챙겼던 '큰손'과 '구두쇠'

"첫 번째 질문은 재벌 회장님이신 정 회장님께서는 지금 주머니에 돈을 얼마나 가지고 계신지 궁금합니다. 두 번째 질문은 정 회장님에 대해 대단히 씀씀이가 큰 분이라는 소문이 있는가 하면 반대로 대단한 구두쇠라는 소문이 있습니다. 어떤 것이 진짜인지 궁금합니다. 특히 구두쇠에 대한 얘기가 많은데 회장님 댁 소파는 몇십 년도 지난 낡은 것이고, 시계도 옛날부터 차시던 오래된 것이고, 구두도 그렇고 옷도 새것을 안 입으신다는 얘기가 있습니다."

부산의 모 대학에서 정 회장의 강연이 끝나자 한 학생이 던진 질문이었다. 1980년대 중반 대학가에는 정주영 회장의 강연이 인기를 모으고 있었다. 젊은이들을 좋아했던 정 회장은 바쁜 일정을 쪼개 강의 초청에 응했다.

"세어 보지는 않았지만 내 주머니에는 몇만 원쯤은 있는 것 같고, 두 번째 질문에 대한 답은 내가 큰손이라는 말과 구두쇠라는 말 두 가지가 다 맞는 말인 것 같습니다."

정 회장의 답변에 실망한 듯 학생들 사이에서 다소 웅성거리는 소리가 들렸다.

"언뜻 말장난같이 들릴지 모르지만 내가 큰손도 되고 구두쇠도 된다는 말은 맞는 말입니다. 무슨 말이냐 하면 나는 돈을 쓸 때 돈의 자릿수를 생각하지 않고 그 돈이 쓰이는 가치를 먼저 생각하기 때문입니다. 가치 있는 일이라면 큰돈이라도 선뜻 써야 하고 그렇지 않으면 단돈 몇만 원이라도 나는 그 용처를 조목조목 따지기 때문입니다."

정 회장이 언급한 대로 그 말은 모두 사실이었다.

"열심히 땀 흘려 번 돈을 모았다가 귀중한 데 써야지 왜 한 번 지나가고 말면 없어지는 일에 돈을 써버려? 양복만 하더라도 추울 때 입을 것하고 더울 때 입을 것 해서 두 벌이면 되지 왜 그런 데 돈을 써?"

틈날 때마다 젊은 직원들에게 강조하던 말이었다. 사실 15년 가까이 국가 수반과의 회합이나 연회 등 국내외 중요한 자리에 정 회장을 수반했던 나도 가끔은 정 회장의 이런 면에 다소 아쉬움을 느낄 때가 종종 있었다. 말쑥해 보이는 새 옷을 입는 경우가 거의 없었고 늘 수수한 분위기의 입던 옷이 대부분이었다.

원래 건강한 체질이라 겨울에도 내복을 입는 경우가 드물었고 다만 추운 날에는 늘 초록색 털실로 짠 조끼를 입었다. 그런데 이 조끼를 잘 들여다보면 고색창연하기가 그지없는 것이었다. 변중석 여사가 손수 굵은 털실로 뜬 것으로 알려진 이 조끼는 세련미나 맵시와는 관계없이 그야말로 다소 소박하다 못해 투박한 느낌이 드는 것이었다. 게다가 몇 십 년을 입어서 가장자리에는 낡은 모양이 역력했다. 색깔도 배추 초록색인 이 조끼는 정 회장이 즐겨 입었던 진한 회색 계통의 정장과 조화도 안될 뿐더러 격에도 맞지 않았다. 그러나 바로 이런 소박한 면을 좋아해서 그 조끼를 애용하는 정 회장에게 그 옷에 대해 감히 이견을 내놓을 사람은 아무도 없었다.

십 년도 넘었을 그의 구두 또한 예사로운 것이 아니었다. 정 회장은 신고 벗을 때마다 끈을 매고 풀어야 하는 구두를 싫어했다. 끈 없이 신고 벗을 수 있는 슬리퍼형 구두를 주로 신었다. 이는 구두를 신속히 신고 벗을 수 있다는 '기동성'이 뛰어나다는 면에서 정 회장의 성향과 부합했기 때문인지도 모른다. 회의석상이나 손님을 대할 때를 제외하고 사무실에 혼자 있을 때나 차 안에서는 늘 뒤축을 찌그려 슬리퍼처럼 구두를 신는 습관이 있었다. 아마도 필요한 때 손가락을 넣어 쉽게 구두 뒤축을 올려 신을 수 있어서 이런 구두를 애용했음 직하다. 그러나 단정한 옷차림에 대한 그의 기준은 엄격했다.

사람을 만날 때 좋은 옷이건 수수한 옷이건 단정한 의관을 갖추는 것은 나를 드러내 보이고자 하는 것이 아니고 상대방에 대한 존중과 예

의를 갖추는 것이야.

■ ■ ■

1985년 7월 중순, 몹시 더운 어느 날의 일이었다. 나는 정 회장을 수행하여 미 백악관에서 온 경제관련 인사들과 신라호텔 23층에 있는 별실에서 아침 식사를 겸한 회의를 마치고 엘리베이터를 타게 됐다. 외국 인사들 3~4명이 함께였다. 중간 층에 엘리베이터가 서자 햇볕에 검게 그을린 모습의 50대쯤 되어 보이는 한 남자가 엘리베이터 안으로 들어섰다. 그는 밝은 색 남방셔츠와 반바지 차림으로, 맨발에 샌들을 신고 있었다.

"아, 회장님 안녕하십니까?"

정 회장과 눈이 마주치자마자 그가 황급히 인사를 했다.

"안녕하세요."

외부 사람을 대할 때 늘 그랬듯이 정 회장은 상냥한 미소를 지으며 인사를 받았다. 그런데 그 다음이 문제였다.

"회장님, 저는 현대 사우디 현장의 김정석 소장입니다. 본사에 현장소장들 회의가 있어서 귀국했습니다."

그가 현대 식구라는 것을 알게 된 순간 정 회장은 입을 굳게 다문 얼굴로 표정이 갑자기 돌변하였다. 순간 냉기가 돌았다. 회사에 돌아온 정 회장은 건설 사장과 담당 임원들을 긴급 호출하였고, 곧이어 날벼락이 떨어졌다.

"가족들을 떠나 멀리 현장에서 고생하는 것은 알지만 뭐하는 짓들이야! 외부 사람들을 만나는 것도 아니고 회사 식구들끼리 회의하는 건데 왜 서울에 와서 그런 비싼 호텔에 묵고 그래. 그리고 업무회의를 한다고 온 자들이 호텔에서 슬리퍼나 질질 끌고 다니고 복장이 그게 뭐야! 서울이 휴양지인 줄 알아?"

추상같은 불호령이 떨어졌다. 그날로 모든 것을 다 바꿔야 했다. 신입 사원들과 휴양지 모래밭에서 씨름을 하고, 회식 장소에서 한번 마이크를 잡으면 몇 곡이고 몸을 흔들며 메들리로 노래를 불러대는, 격의없이 '화끈'한 것으로 알려진 정 회장이지만 한편으로는 절도의 기준을 철저히 지켰다.

정 회장의 의복과 관련한 일화 하나를 더 소개한다.

정 회장이 극히 혐오하는 옷이 한 가지 있었다. 화려한 복식과 겉치레를 싫어했는데, 그 옷은 입고 안 입고에 대한 선택의 여지가 없는 옷이었다. 바로 턱시도라는 의전용 검은색 정장이었다. 외국에서 국가 수반이 주최하는 만찬이나 리셉션에는 턱시도가 의전 복식으로 정해지는 경우가 많았다. 정 회장이 싫어했던 이 복식은 특히 와이셔츠의 구조가 문제였다.

나비넥타이를 매게 되어 있는 이 와이셔츠는 위 칼라가 있는 아래 세 개의 단추 부분에 단추가 없고 대신 안팎 양 겹에 단춧구멍만 뚫려 있다. 이것을 세 개의 커프링크스와 같은 것으로 각각 하나씩 잠그게끔 되어 있는데, 여기에 문제가 하나 더 있었다. 이 링크 버튼의 크기가 보통 와이셔츠 소매 끝에 하는 커프링크스의 몇 분의 일밖에 안 되는 작은 것이었다. 그리고 밖으로 보이게 되어 있는 머리 부분이 콩알보다 작은 오닉스라는 검정색 준보석으로 되어 있었다. 그러니 안쪽의 잠그는 장치도 아주 작을 수밖에 없다. 손이 작은 편에 속하는 나도 이것을 제대로 하자면 몇 번씩 놓치는 경우가 많았다.

1980년대 중반 전두환 대통령을 수행하여 한국의 30대 그룹 총수들로 구성된 대규모 경제사절단이 독일을 방문했을 때 일이 터지고야 말았다. 정 회장이 민간 측 단장이었기 때문에 그들에게는 전 대통령 다음으로 중요한 귀빈이었다. 그날 저녁 독일 수상 주최의 공식 만찬이 예정되어 있었고, 의전 복식은 역시나 턱시도였다. 모두들 정해진 출발시간에 맞추어야 했기 때문에 분주했다. 특히 약속시간에 민감한 전 대통령을 기다리게 하는 것은 의전상 있어서는 안 되는 일이었으므로 총수들의 보좌진을 포함하여 모두들 실수하지 않으려고 긴장한 채 서두르고 있었다.

내가 민간경제사절단 전체 일정을 총괄해야 한다는 사정을 안 정 회장은 현대그룹 독일지점의 정 과장을 불러 현지에서 수행하게 했다. 그런데 전 대통령을 필두로 한 한국 대표단이 출발할 시간이 다 되어 가는데 정 회장이 나타나지 않았다. 사태가 심상치 않음을 느낀 나는 급히 정 회장이 머무는 호텔방으로 달려갔다. 방에 들어선 나는 눈앞에 벌어지고 있는 광경에 아연실색하지 않을 수 없었다. 턱시도 바지와 와이셔츠를 겨우 입은 정 회장은 그 큰 몸집을 구부려 침대 밑에 머리를 들이밀고는 무언가를 황급히 찾고 있었고, 정 과장은 혼비백산한 모습으로 땀범벅이 되어 방 한편에서 침대 시트를 털어대고 있었다.

사정은 이랬다. 정 회장은 옷을 입거나 하는 일에 옆에서 거드는 것을 싫어하는 성격이어서 턱시도 와이셔츠 링크 단추를 채워 주겠다는 정 과장의 호의를 마다했다. 그런데 당신이 직접 채우려다 단추 한 개를 바닥에 떨어뜨렸고, 이것이 어디 가서 박혔는지 내내 안 보였던 것이었다. 보통 사람보다 월등히 크고 굵은 정 회장의 손가락으로 그 작은 물건을 다루다 보니 놓치기 쉬웠을 것이다. 단추 세 개 중에 한 개만 안 채워져도 와이셔츠 앞을 가려 주는 넥타이가 없기 때문에 벌어진 와이셔츠 틈새로 앞가슴쪽 속옷이 보였다. 그냥 나갈 수도 없는 일이었기에 정 회장은 몹시 짜증을 냈지만 그런다고 해결될 일이 아니었다.

나까지 포함한 세 사람의 합동 작전으로 침대 및 한편에서 잃어 버렸던 것을 찾았고, 약 10분 늦게 대통령 일행과 합류하여 출발할 수 있었지만 이미 벌어진 의전상 큰 실수는 어쩔 수 없었다. 호텔 방을 나올 때 세 사람 모두 얼굴에 땀이 흥건하였다. 후에 정 회장은 측근들에게 그 일을 떠올리며 "무슨 놈의 옷이……" 하며 쓴웃음을 지었다.

정 회장의 이런 면모는 음식에서도 마찬가지였다. 세계 도처를 다니며 각 문화권에서 최고의 음식 접대를 받아 왔던 정 회장은 못 먹는 음식이 없을 정도로 가리지 않고 다 잘 먹었다. 그리고 여간해서는 남기는 일이 없었다. 사실 다 입에 맞아서 그랬던 것은 아니었는데, 가끔 식사 후에 다소 거북해하는 기색을 보일 때가 있었다.

"회장님, 좀 남기시지 그러셨어요."

"이봐, 내가 그걸 맛있어서 다 먹은 줄 알아. 대접을 받으면 그게 입에 안 맞더라도 맛있게 다 먹어 주는 게 예의야."

철저한 국제 비즈니스맨다운 그의 일갈이었다.

아주 젊었을 때는 어땠는지 모르지만 내가 정 회장을 처음 만났던 당시 50대 후반의 정 회장은 담배를 안 피웠다. 술을 취하게 마시는 것을 본 적도 없었다. 리셉션이나 만찬장에서 웨이터가 정 회장에게 들고 싶은 위스키나 와인의 이름을 물어 왔을 때 상류층이면 다 아는 흔한 위스키나 와인 이름 하나 제대로 대는 것을 들은 적이 없었다.

"자네가 아무거나 주문해."

항상 선택은 나의 몫이었다. 그리고 그의 입맛은 대체적으로 양념이 복잡한 음식보다는 담백하고 단순한 음식을 좋아했던 것 같다.

"자네 감자 푹 쪄서 으깬 다음 고추장 넣고 쓱쓱 비빈 것 먹어 봤어?"

"네, 먹어 봤습니다."

나의 고향이 정 회장과 같은 강원도는 아니었지만 모두 어려웠던 5~60년대 성장기를 보냈기 때문에 먹어본 맛이었다.

"그거 참 맛있는데 요즘 사람들은 그 맛을 모르는 것 같아!"

입맛을 다시며 그 맛을 그리워하던 재벌 총수, 그의 모습이 새삼스

럽게 떠오른다. 몸에 밴 소박하고 검소한 품성은 재벌 총수가 된 후에
도 평생 변함없이 자리잡고 있었다.

■ ■ ■

다시 돈에 대한 그의 가치관 이야기로 돌아가보자.

정 회장은 잘 알려진 대로 이북 출신 실향민이었고, 젊은 시절 온갖
고된 노동을 했던 사람이었다. 그는 그런 시절 알고 지낸 옛 지인들을
만나는 것을 좋아했다. 뿐만 아니라 사업 관련 인사들, 문화·예술계
를 망라하고 사람 만나는 것을 좋아했다. 개중에는 이북 고향에서 내
려온 옛 친구도 있었고, 재벌 총수가 된 그의 도움을 받아보려고 찾아
오는 지인도 있었다. 문화사업이나 사회사업을 한다며 후원을 요청
하는 사람들도 많았다. 그러나 그는 누가 되었든 그들을 막는 인의 장
막을 치는 것을 허용치 않았다. 어떤 경우든 그를 찾아온 사람을 그냥
돌려보내지 않았다.

그럴 때마다 진땀을 빼야 되는 것은 다름 아닌 비서진이었다. 분명
히 촌지를 주라고 할 터인데 손님과 만날 때 배석을 하는 것도 아니
고 그렇다고 대화 내용을 엿들을 수도 없는 일이었다. 따라서 어느 정
도를 준비해야 하는가를 가늠하기가 난감하기 짝이 없는 일이었다.

"이봐, 세 개만 준비해 와."

손님과의 이야기가 끝나고 정 회장이 비서를 불러 하는 지시는 이
런 식이었다. 세 개가 30만 원인지, 300만 원인지, 3,000만 원인지 대

화의 내용을 모르는 비서진으로서는 도저히 감을 잡기가 힘든 일이었다. 더구나 쓸데없는 일에 돈쓰는 것을 누구보다 싫어하는 정 회장이 아닌가. 어쨌든 야단을 맞을 각오로 좀더 안전한 쪽을 택하는 것이 낫다는 생각에 가급적 낮은 단위서부터 올라가는 요령을 썼다. 당시 정 회장을 비서팀장으로 오래 보좌했던 이전갑 씨나 이병규 씨 같은 사람들은 정 회장이 심중에 두고 있는 액수를 비교적 잘 짚어내는 편이었지만 매번 그런 것은 아니었다.

"아니, 세 개라니까."

정 회장이 생각했던 돈의 단위가 틀렸을 때 다시 가져오라는 지시였다. 이렇게 착오가 몇 번 반복되고 난 후에 최종 준비하게 되는 액수는 때에 따라서는 억대가 되는 경우도 있었다. 그렇게 그는 씀씀이가 큰 '부자'였고, 한편으론 검소하기가 비할 데 없는 '구두쇠'였다.

05

앞서는 비결,
남다르게 생각하고
남다르게 행동해야

정 회장을 처음 보면 결코 미남이거나 자상한 인상을 주는 그런 모습이 아니다. 그 세대 사람으로는 드물게 180cm에 이르는 큰 키에 소박하다 못해 무뚝뚝하고 투박한 전형적인 시골 사람의 풍모를 가졌다. 그러나 회사 간부회의를 주재할 때는 집요하게 몰두하는 자세와 핵심을 찌르는 질문으로 회의에 참석한 사람들을 긴장시킨다. 성격이 매우 급한 편이라 보고 내용이 산만하거나 쓸데없이 길어지면 바로 결론을 제시할 것을 채근한다. 또한 철저한 현장맨인 그가 현장에서 문제를 발견하여 불호령을 내리기라도 하면 현장 분위기는 순식간에 공포 분위기로 변하곤 한다. 어떤 현장 책임자는 그가 무서워서 일단 그 자리를 면피하고 보려는 속셈에서 줄행랑을 쳤다는 일화도 있다.

그러나 그의 불같은 질타와 호령은 얼마 가지 않아서 언제 그랬냐는 듯 사그라진다는 것을 그를 오래 보좌한 사람들은 익히 알고 있었다.

■ ■ ■

1979년이었다. 그해 정주영 회장과 전경련은 외교적으로 북한에 편향되어 한국에 비우호적인 태도를 보였던 비동맹국인 인도, 나이지리아 등과의 관계 개선에 정부를 대신해서 많은 공을 들였다. 세상에서 가장 바쁜 최고경영자라고 할 수 있는 정 회장은 이런 일이 생기면 열 일을 제치고 정부를 대신해 앞장섰다. 그래서 인도, 나이지리아에 머물며 자그마치 2주가 넘는 일정을 소화하는 동안 그 나라의 대통령, 경제각료, 기업인 등 지도급 인사들을 만났다. 정부의 외교적인 접근이 먹혀들지 않는 이들에게 정치외교 얘기는 쏙 빼고 경제협력이라는 화두를 가지고 접근하는 전략이었다. 세계적으로 알려진 현대그룹의 총수이며 한국 대기업 모임인 전경련의 회장인 정주영은 어느 나라에서건 장관이나 심지어 국가 원수보다도 더 큰 환영을 받았다.

그러나 성과와는 별도로 일정의 중반쯤인 나이지리아에 이르러 한국경제사절단 일행은 거의 녹초가 되어 있었다. 하루에도 몇 차례씩 진행되는 정부부처 방문과 회의, 상담에 더위와의 싸움까지, 여간 쉬운 일이 아니었다. 그보다 더한 것은 항상 일에 욕심이 넘치는 정 회장이 출발 전 계획했던 것보다 더 많은 인사들을 만나기 위해 행사를 추가시킨 것이다. 문제는 이것이 쉽게 이루어지는 것이 아니라는 점이다. 그들과의 면담 자료를 새로 만들어야 되고, 연설문도 새로 작성하는 등 엄청난 준비 업무가 따르는 일이었는데, 이런 일들은 나의 몫이었다. 행사가 없는 밤에 모두 처리해야 했기에 여러 날밤을 새우기가 다반사였다. 일정이 끝나 정 회장과 대표단이 귀국한 뒤에도 현지 기관들과 후속사항 협의 등 잔무들을 처리하게 되어 나는 며칠 늦게 귀국했다. 2주가 넘는 긴장 상태와 격무, 그리고 잦은 밤샘으로 인한 수면 부족, 20시간 가까운 비행시간, 거기에 시차까지 겹쳐 서울에 도착했을 때는 파김치가 된 상태였다.

하지만 정 회장 본인 스스로 일을 놓고 쉬는 경우가 거의 없다는 것을 잘 알았기 때문에 나는 그의 호출에 대비해 귀국 다음 날 바로 출근을 해야만 했다. 출근은 했으나 컨디션은 그야말로 비몽사몽, 말이 아니었다. 수면 부족으로 머리가 어질어질한 데다 누적된 피로로 몸은 땅속으로 가라앉을 것처럼 무겁기만 했다. 당시 전경련 사무국은 삼일로빌딩을 쓰고 있었는데, 인터폰이 울렸다. 28층 회장실에서 정 회장이 찾는다고 했다. 곧바로 나는 회장실로 올라갔다.

"박 군, 언제 도착했어?"

"어제 저녁에 도착했습니다."

"그래? 그러면 말이야 이번에 만나고 온 사람들한테 각각 내 이름으로 편지를 써."

"아, 인사 편지 말씀입니까?"

"그래. 자네 우리 만난 사람들 명단 가지고 있지? 한 사람도 빼놓지 말도록 신경을 써서 작성해. 그리고 의례적인 인사말만 쓰지 말고, 그 사람들하고 나눴던 얘기 내용들은 메모로 가지고 있지? 그걸 가지고 구체적인 후속 업무 제안까지 포함해서 우리 측 계획도 이야기하고."

"알겠습니다."

"그리고 말야, 내일 아침 전경련 회장단 회의에 참석할 예정이니까 그때 가지고 와서 내 사인 받도록 해."

정 회장이 지시한 편지란 단순히 시간을 내 만나줘서 고맙고, 이야기가 유익했고, 두 나라 사이의 이해 증진에 도움이 되었고, 베풀어 준 호의에 보답할 수 있도록 한국을 방문해 주길 바란다는 식의 형식적이고 획일적인 인사 편지가 아니었다. 한 사람, 한 사람과 나눴던 이야기를 바탕으로 경제협력 사업을 위한 실제적인 방안을 함께 모색하고, 인적 교류나 향후 추진 계획 등을 구체적으로 제시해야 되었기 때문에 일사천리로 써 내려갈 수 있는 그런 것들이 아니었다.

더구나 방문했던 사람이 어디 한둘인가. 인도의 레디 대통령, 나이지리아의 부하리 석유장관까지 포함하여 양국의 경제부처 장관들, 기업인 등 자그마치 30명이 넘는 인사들에게 각각의 상황에 맞춰서, 그것도 당장 편지를 쓸 생각을 하니 눈앞이 캄캄해졌다. 게다가 몸과 마음은 어질어질 정신이 없는 상태였고, 편지는 영문판과 정 회장 결재를 위한 국문판 두 가지로 준비해야 했다. 지금처럼 컴퓨터가 있는 시대도 아니었고 일일이 타자기로 그 수많은 편지를 그토록 짧은 시간에 정 회장 기대에 맞게 작성해 낸다는 것은 아무리 생각해도 불가

능한 일이었다. 또한 그 상황과 전후 면담 내용을 알고 있는 것은 나
뿐이라 누구의 도움을 받을 수 있는 처지도 안 되었다. 그러나 정 회
장 앞에서는 '불가능합니다', '못하겠습니다', '시간이 더 필요합니다'
는 말을 감히 할 수 없다는 걸 잘 알고 있는 나로서는 그저 '알겠습니
다' 할 수밖에 없었다.

사무실로 돌아온 내 마음은 무겁기 그지없었다. '이 일을 어떻게 하
나?' 한참 동안 고민에 빠져 있던 나는 이윽고 한 가지 방법을 생각해
냈다. 일종의 묘수를 발견한 것이다.

편지를 우선 세 부분으로 나눴다. 그것은 보통 의례적인 내용이 포
함되기 마련인 편지 앞부분의 인사와 다음 날 정 회장이 서명할 끝부
분만 영문으로 타자를 쳐 먼저 준비하고, 구체적인 내용이 따로따로
들어가야 하는 본문은 많은 구상과 기안 노력, 시간이 필요한 부분이
기 때문에 우선 그 내용을 정 회장이 결재할 수 있도록 우리말로 요
약·작성했다. 이 부분 영문은 정 회장 서명이 들어가는 부분은 아니
기 때문에 하루 이틀 시간을 두고 작성하기로 하고 먼저 앞부분과 정
회장의 서명을 받을 끝부분만 합하여 정리하는 식이었다.

나는 일단 집으로 작업장을 옮겼다. 아무래도 밤새워 일하자면 사
무실보다는 집이 편했고, 집에는 여벌의 타자기가 있었다. 그리고 정
회장이 볼 우리말 부분을 깔끔하게 정서해 줄 조수 역할을 할 집사람
이 있었기 때문이다. 나는 밤새 정 회장이 접촉한 인사들의 명단을 앞
에 놓고 하나하나 편지를 작성해 나갔다. 물론 중간의 주요 내용은 남

겨둔 채 앞부분 첫 장과 정 회장이 직접 서명할 뒷장의 인사 부분만 작성했다. 그리고 구체적인 사안이 포함되는 가운데 부분은 각각 면담 내용을 기초로 우리말로 요약해 정 회장이 검토할 수 있도록 준비했다.

밤을 꼬박 새워 겨우 마칠 수 있었다. 그리고 다음 날, 정 회장 앞에 밤새 타자 쳐놓은 영문 앞부분, 서명 부분이 있는 뒷장과 추후에 영어로 채울 본론 부분의 우리말 요약을 정 회장 앞에 내놓았다.

내가 보고드린 편지를 검토하던 정 회장은 가운데 본문 부분이 우리말 요약만 있고 영문 부분이 없다는 것을 바로 발견했다. 나는 그것이 물리적인 한계에서 최선이었다는 것을 설명할 준비를 단단히 하고 있던 참이었다. 그런데 정 회장이 갑자기 껄껄대며 웃기 시작했다. 나는 어리둥절하지 않을 수 없었다. 내가 예상했던 것은 꾸중을 듣되 얼마 정도의 꾸중을 듣느냐 하는 것이었기 때문이다.

"자네, 밤새 한잠도 못 잤지?"

"예."

"내 그럴 줄 알면서 일부러 시켰어. 자네가 어떻게 하나 보려고 말이야. 잘했어. 아주 잘했어. 이제 끝장은 내가 사인을 할 거고 중간은 여기 우리 말 내용대로 영어로 작성해서 보내면 되겠구먼."

아울러 중요한 수신인에게 보내는 본문 내용 요약을 검토한 후 몇 가지 추가사항들을 지시했다. 그리고 정 회장은 아주 밝은 표정으로 편지 마지막 장 한 장 한 장에 정성들여 자필 서명을 해주었다. 그리고 서명을 마친 편지들을 나에게 건네주며 말했다.

"박 군, 내가 왜 이렇게 일을 시키는 줄 아는가?"

"……."

나는 마땅한 대답이 생각나지 않았다.

"이봐, 사람이 일을 하는 데는 물리적인 한계라는 게 있어. 하지만 난 이렇게 생각해. 10일 걸릴 일이 있다고 할 때 기간을 20일로 주면 일을 두 배 더 잘하는가? 그렇진 않아. 또 5일만 주면 엄청나게 부실해지나? 그것도 아니지. 문제는 말이야 남들하고 똑같이 해서는 남들보다 결코 앞설 수가 없다는 거야. 남들 열흘 걸릴 일이라면 2~3일에 해치우고, 남들 두 달 걸릴 일이라면 한 달에 끝내야 앞설 수 있는 거야."

구체적인 사항이 담긴 본문 내용을 영문화한 편지는 다음 날 발송되었다.

■ ■ ■

이렇게 부하직원에게 무리한 일까지 하도록 요구하는 정 회장의 스타일은 때론 원망을 받기도 하지만, 이렇게 단련받아 성장한 사람들은 그야말로 '정주영맨'이자 '현대맨'으로 거듭나게 된다.

정 회장의 인재 단련의 또 다른 일화를 소개하고자 한다.

당시 현대중공업 유럽본부장을 지낸 황 전무 얘기다. 당시 그는 정 회장이 유럽이나 중동 아프리카 지역으로 출장을 갈 때마다 현지 동원되어 정 회장을 보필하였다. 그는 회사라는 조직 내의 충성스러운

부하와 임원 사이를 넘어서, 집안 어른을 공경하듯 마음에서 우러나오는 정성과 극진함을 보여주었다. 그의 모습은 옆에서 보기에도 감동스러울 정도였다.

정 회장은 특히 해외출장 시 온도 차가 심한 지역으로의 이동 때문에 감기가 들거나 무리한 일정으로 컨디션이 안 좋거나 일이 마음에 안 들면 현대 직원들에게 마치 편한 가족 대하듯 짜증을 내는 경우가 종종 있다. 하지만 황 전무는 정 회장에게 어떤 꾸중을 듣든 표정 한 번 변하지 않고 한결같은 태도로 정 회장을 보필하였다.

그와 단둘이 있게 되었을 때 내가 물었다.

"황 본부장님, 정말 대단하십니다. 어쩜 회장님을 그렇게 온 정성을 다해 극진하게 모실 수 있습니까?"

"저도 전에는 '저분은 그냥 직장상사, 우리 회사의 창업주다' 뭐 그런 생각이었습니다."

그가 들려준 이야기는 이러했다. 마산 출신의 황 전무는 서울대 조선공학과를 나와 대한조선공사에서 엔지니어로 첫 직장생활을 시작했다. 그가 현대조선에 스카우트된 것은 그의 실무 경험과 능력 때문이었다. 당시만 해도 현대에는 조선 실무 경험자가 많지 않은 상태였다. 특히 해외 조선 관련 업체들과의 교섭이나 납기 관리 등의 경험자가 드물었다. 덕분에 그는 현대에 스카우트되면서 젊은 나이에 부장이라는 중책을 맡게 되었다.

당시 정 회장은 출범 초기였던 현대조선에 총력을 기울이고 있던 터라 거의 조선소에서 살다시피 했다. 그러면서 젊은 황 부장의 의욕적이고 성실한 모습을 지켜보고는 많은 신뢰를 갖게 되었다고 한다. 정 회장의 이런 기대는 간부회의에서 구체화되었다.

"이번 것과 함께 앞으로 수주받은 선박 건조와 공기 관리는 모두 황 부장이 주관하도록 해. 위의 임원들은 황 부장을 지원하란 말이야. 섭섭하게들 생각할 필요없어. 실무 경험이 많은 친구가 여기 황 부장이니까."

느닷없이 선배들을 제치고 선박 건조의 현장 총책을 맡게 된 황 부장은 이후 배를 완성할 때까지 밤낮 없이 일했다. 하지만 아무리 현장 경험이 있다 하더라도 배를 만들어본 경험도 없었던 데다 애초에 계약상의 인도 날짜 자체가 맞추기 힘든 무리한 일정이었기 때문에 결국 배는 납기일자를 맞출 수 없었다. 하루하루 지날수록 거액의 지연 배상금이 배 값에서 빠져나갔다. 이때부터 정 회장은 황 부장과 현장에서 밤낮을 함께 했고, 그의 불같은 작업 독려가 시작됐다. 아울러 달라진 게 있었다. 황 부장을 대할 때마다 정 회장의 입에서는 '병신 같은 거, 나가 죽어'라는 말이 수시로 나오게 된 것이다. 그는 술회했다.

얼굴을 들 수가 없었습니다. 현대에 얼마나 큰 손해를 끼쳤는지 그리고 그런 소문이 다른 선주들한테 알려지면 앞으로 회사의 수주에 어떤 악영향을 미칠지를 생각하면 정말 회장님 말씀대로 딱 죽고 싶었습니다. 하지만 내가 그때 죽어 버리면 배는 더 늦어질 것이고 하루라도 더 늦을수록 손해가 엄청나게 커진다고 생각하니 죽을 수도 없더군요.

인도기일은 지연됐지만 이런 노력 덕분에 배는 오래지 않아 하자 없이 선주에게 인도되었다. 납기 지연에 따른 배상은 당연히 물어야 했다. 그리고 황 부장은 현대를 떠날 준비를 했다.

현대조선은 물론 이제 한국의 조선업계에선 버린 몸이라고 생각하니까 막막하더군요. 그래서 마산 본가에 있는 형한테 내려가 농사나 지어야겠다는 결심을 하고 있었습니다.

그런데 이게 웬일인가. 정 회장은 그를 내쫓기는커녕 기회가 있을 때마다 승진시켜 주었던 것이다. 덕분에 그는 누구보다 빨리 이사가 됐고 곧이어 전무가 되어 해외 핵심지점인 유럽본부장이라는 중책을 맞게 되었다. '병신 같은 놈'이라고 질책을 하며 그를 몰아붙였지만, 정 회장 역시 그가 얼마만큼 최선을 다했나를, 그리고 그가 얼마나 성실하고 유능한 재목인가를 간파했던 것이다.

회장님은 내게 단순한 회사의 상사가 아닙니다. 나는 그분과 회사를 위해서라면 죽을 힘을 다해도 여한이 없습니다.

그렇게 정 회장은 그를 확실한 자기 사람으로 키운 것이다.

06
피터 드러커Peter Drucker 교수가 본
정주영

　정 회장은 누구보다도 바쁜 사람이었지만 다양한 분야에 걸쳐 사람들과 교류하는 데 시간을 할애했다. 특히 세계적인 석학들을 만나는 데는 아무리 일이 바빠도 시간을 냈다.

　그중에서도 세계의 석학으로 손꼽히는 피터 드러커 교수와 정 회장의 만남은 그의 놀라운 혜안과 통찰력, 그리고 정 회장과의 진솔한 대화 때문에 특히 기억에 생생하다.

　『경제인의 종말The End of Economic Man』, 『단절의 시대The age of discontinuity』, 『산업인의 미래The Future of Industrial Man』, 『새로운 사회The New Society』, 『경영의 실제The Practice of Management』 등 수많은 저서로 국내에도 많이 알려졌고, 특히 이론과 현실 사이의 괴리를 날카롭게 분석함으로써 경

영학의 태두라는 세계적 찬사와 경제사회 분야의 미래학자로서 명망이 드높았던 피터 드러커 교수가 한국을 찾았던 것은 1977년 10월이었다.

피터 드러커 교수의 한국 방문 일정은 명성에 걸맞게 빈틈없이 꽉 짜여 있었다. 그만큼 그를 만나보고자 하는 사람들이 많았던 것이다. 연일 이어지는 강연회와 언론사 인터뷰, 그로부터 지혜를 얻고자 하는 국내 기업인들의 면담 요청이 줄을 이었다. 그중 몇 사람이나 실제 드러커 교수를 만날 수 있었는지 기억할 수는 없지만 정주영 회장은 오히려 드러커 교수가 자청해서 가장 만나고 싶어했던 한국인 중 한 사람이었다.

■ ■ ■

10월 12일, 짧은 방한기간 중 드러커 교수는 정주영 회장을 찾아왔다. 1915년생인 정주영 회장은 당시 62세, 환갑을 갓 넘긴 나이였고 드러커 교수는 1909년생으로 칠순을 바라보는 나이였다. 환갑을 넘긴 한국 재계의 거목과 세계 경영학계의 거목이 마치 오랜 친구처럼 다정하게 악수를 나누고 자리에 앉은 시간은 오후 2시를 갓 넘겼을 때였다. 맑고 투명한 가을 하늘이 창밖에 드리워진 가운데, 세계적인 석학과 보통학교 출신의 걸출한 기업가의 만남은 그렇게 시작되었다.

"세계 경영학의 태두이신 교수님을 이렇게 만나뵙게 되어 정말 영광입니다."

정 회장이 먼저 인사를 건넸다.

"아, 무슨 말씀을……."

두 사람은 모두 만면에 웃음을 띤 채 격의 없이 대화를 나누었다. 두 사람의 이야기는 통역을 하는 나에게도 가슴 벅찬 일이었다. 정 회장은 물론 드러커 교수 역시 그에 못지않은 달변가였다. 차이가 있다면 정 회장의 말이 매우 빠른 반면 드러커 교수는 조금 느린 편이었다.

"지금 정 회장님께서 저를 경영학의 태두라고 불러 주셨는데, 참으로 과분한 말씀입니다. 오히려 정 회장님을 뵈니 부끄러울 따름입니다. 우선 저는 2차 세계대전 이후 세계 각국의 경제성장모델을 분석하고 그 미래를 전망했지만 한국처럼 오랜 식민지 피지배와, 2차 대전과 6·25라는 두 개의 큰 전쟁을 겪고, 극도의 빈곤과 열악한 성장 여건하에서도 급성장한 독특한 모델에 대해서는 충분히 알지 못했던 것이 부끄럽습니다. 또 이런 전후의 황무지 속에서 한강의 기적을 이룬 한국경제를 선두에서 이끈 정주영 회장님과 같은 아주 독특하고 위대한 기업경영 사례에 대해서도 역시 연구를 하지 못했습니다. 제가 이것을 부끄럽게 생각하는 이유는 바로 정 회장님께서 발휘하신 기업가정신이 제가 주창하고 가르쳐 온 핵심인데, 이를 실천한 가장 극적인 정 회장님 사례를 잘 모르고 있었다는 점입니다."

"그렇게 말씀해 주시니 오히려 제가 부끄럽습니다. 그저 제가 한 일이라고는 앞뒤 안 가리고 열심히 기업을 이끈 것뿐이지요. 그게 한국경제 발전에 그나마 도움이 되었다고 봐주시니 정말 고마울 따름입니다. 하지만 드러커 교수님께서는 이미 경영인들뿐만 아니라 일반인들도 널리 알고 있을 정도로 유명하신 경영학의 태두 아니십니까? 비단 사업을 하는 사람이나 경영학을 공부하는 사람이 아니더라도 미래에 대해 조금이라도 관심이 있는 사람이라면 누구나 교수님의 이야기에 귀를 기울이고 있습니다. 저는 그저 교수님의 그 놀라운 통찰력과 미래 예측에 놀랄 뿐입니다."

당시에 이미 경부고속도로 건설, 중동 진출, 현대조선 설립, 한국 최초의 독자적 자동차 모델 개발 등의 주역으로 국내외에 널리 알려져 있던 정주영 회장과 세계경제의 현안과 흐름에 탁견을 가지고 있는 드러커 교수와의 만남은 그 의미가 각별한 것이었다.

다시 드러커 교수의 이야기가 이어졌다.

"하하하, 과찬의 말씀입니다. 여기서 솔직하게 말씀드리자면, 제가 정 회장님만큼 돈을 벌 자신이 있었다면 아마 저도 경영학 교수를 하지 않고 사업을 했을 것입니다. 아직도 제가 경영학 교수에 머물러 있는 것은 막상 실천으로 옮길 배포와 자신이 없었기 때문이지요. 저는 일개 이론가일 뿐입니다. 제가 한국경제와 정주영 회장님을 뵙고 깨닫게 된 것은 경영은 학식과 머리로만 하는 것이 아니라는 겁니다. 이론과 머리는 극히 일부분에 불과하다고 생각합니다. 기업가의 정신은 머리가 아니라 가슴과 기질에서 나오는 것 같습니다. 이론이 아니라 타고난 천성에서 나온다는 이야기죠. 많은 불확실성과 위험 요소, 난관으로 가리워진 미래의 사업 기회를 날카로운 예지력을 가지고 간파헤내고 이를 강력하게 밀고 나가는 리더십과 결행력을 가진 정 회장님은 이론 이전에 선천적으로 타고난 분입니다. 저는 한낱 이론가일 뿐이죠."

이날 드러커 교수가 말한 경영이론과 실천의 문제는 훗날 자신의 저서 『자본주의 이후의 사회Post Capitalist Society』에서 다시 언급되고 있다. 그는 이 책을 통해 '지식근로자'라는 용어를 사용하면서 흔히 사회적으로 인정받는 대학교수, 학자 등의 이론적인 지식인과 실천적 지식인의 차이를 구별하고 있다.

칭찬인지 분석인지 모를 드러커 교수의 이야기가 끝나자마자 정 회장은 바로 농담으로 응수했다.

"그렇다면 드러커 교수님, 저처럼 기업을 하시고 싶다고 하셨는데, 아예 우리 둘을 합치면 어떻겠습니까? 교수님의 머리와 저의 기질이 만난다면 세계적인 기업이 탄생하지 않을까요?"

배석한 사람들의 웃음소리가 가라앉기를 기다렸던 정 회장이 다소 진지한 표정으로 말을 이었다.

■ ■ ■

"아까 교수님께서 우리 한국경제에 대해서 아직 분석을 하지 못하셨다고 하셨는데, 이번 기회에 우리나라 곳곳을 잘 둘러보시고 좋은 충고를 많이 해주시기 바랍니다. 사실 저희들은 지금껏 앞만 보고 달려왔습니다. 뒤를 돌아볼 여유가 없었지요. 하지만 '잔뜩 움츠린 개구

리가 더 멀리 뛴다'는 우리나라 속담이 있습니다. 이제 교수님과 같은 세계적 석학을 만나고 보니 지금이라도 우리 경제와 기업 현실을 새롭게 돌아보아야겠다는 생각이 듭니다."

"예, 안 그래도 한국경제와 정 회장님에 대해 깊이 연구해 볼 생각으로 한국을 둘러보고 있습니다. 한국은 지금껏 제가 접할 수 없었던 매우 독특한 경제성장 사례이기 때문에 제 연구에도 많은 도움이 될 것입니다."

그리고 드러커 교수는 잠시 말을 끊었다. 뭔가 더 할 얘기는 있지만 말을 아끼는 듯 망설이던 끝에 드러커 교수가 다시 입을 열었다.

"사실 제 눈으로 직접 확인한 한국의 경제성장은 정말 눈부실 정도입니다. 그 열악한 환경을 딛고 오늘날의 발전을 이룬 것은 아무리 칭찬해도 지나치지 않습니다. 하지만 한 가지 우려되는 바도 없지 않아 있습니다. 그 첫째는 바로 한국경제가 너무 눈앞의 현실에만 치중하고 있지 않나 하는 것입니다. 당장의 현실도 중요하지만 장기적인 미래를 준비하는 것도 그에 못지않게 중요합니다. 그리고 또 하나 말씀드리자면 그것은 바로 한국의 노사관계입니다."

앞서 1970년 11월 13일, 청계천 평화시장의 노동자였던 전태일의 분신 사건 이후 한국에는 노동운동의 불길이 타오르기 시작했고, 한국의 기업가들에게 노동문제는 어떤 관점에서는 물건을 만들고 파는 기업의 본질보다도 훨씬 더 어려운 과제였다. 하지만 드러커 교수는 일단 말을 꺼내자 자신의 견해를 차분히 그러나 단호하고 솔직하게 피력했다.

"짧은 기간이나마 제가 한국 경제계를 둘러보니 한국의 노사관계는 거의 종속적인 정서와 이해의 차원에 머물러 있는 것 같습니다. 그러나 이제 바뀌어야 한다고 봅니다. 노동자를 경영의 동반자로 인식해야 한다는 이야기입니다. 노동자도 기업가도 모두 어려운 상황에서 지금까지 한국경제를 잘 이끌어 왔지만, 동반자로서의 노사관계를 새로 정립하지 않으면 어느 시점에서는 커다란 문제에 봉착하게 될지 모릅니다. 한국도 이제는 보다 성숙된 자본주의와 산업 사회로 진입하는 과정에 있습니다. 앞서 이같은 시련을 겪은 선진국들의 사례를 참고해야 된다고 생각합니다."

"예, 잘 알겠습니다."

무언가 정 회장으로서도 하고 싶은 이야기가 더 있는 듯했지만 끝내 입을 열지는 않았다. 그리고 이런저런 이야기를 잠시 더 나누다 정 회장과 드러커 교수의 만남은 끝을 맺었다.

정 회장과 드러커 교수가 만난 2년 뒤, 한국은 노사문제가 단초가 된 소위 'YH사건'을 기폭제로 부마사태, 10·26 궁정동의 총소리로 이어지는 격변의 소용돌이에 휩쓸리게 된다. 그리고 이러한 노사문제의 진통은 그 후 신군부 통치 하에 5~6년간의 억압기를 거쳐 1986년과 1987년에 이르러 다시 폭발적인 분출 사태로 이어졌다.

드러커 교수도 이미 고인이 되었지만 그의 예지력을 새삼 되돌아보게 한다.

07
세기의 도전자,
위기의 승부사

나는 정주영 회장을 약 14년간 보필하면서 체험한 경험과 감동을 바탕으로 방송, 대학, 기업인 모임에서 그의 기업가정신을 주제로 틈틈이 강의를 하고 있다. 그런데 강의 후 청중들이 자주하는 질문 중 내가 답변하는 데 늘 어려움을 겪는 질문이 있다. "보통학교 학력을 가진 가출 소년, 부두 노동자, 쌀 가게에서 배달 일을 하며 사회생활을 시작한 그가 어떻게 그런 도전정신, 통찰력, 번뜩이는 창의력으로 점철된 위대한 기업가정신을 발휘할 수 있었나?" 하는 질문이다.

그는 하늘이 낸 인물이다. 달리 대답이 없다. 이는 정 회장에 대한 피터 드러커 교수의 해답이기도 하다.

참혹한 최빈국에 속했던 우리나라를 오늘의 선진 공업국 대열에 이르도록 발전시키는 데 주역을 한 정 회장은 하늘이 우리에게 준 행운이었다고 할 수 있다. 이러한 그의 위대한 기업가정신과 발자취를 돌아보는 데는 여러 가지의 관점이 있을 수 있지만 거기에는 일관된 공통점이 있다.

첫째, 그가 본격적으로 사업을 펼쳤던 60~70년대의 우리나라 사업 환경은 열악한 정도가 아니라 비참한 상태였다는 점이다.

자본, 기술, 경험, 시장, 어느 하나도 기본적인 수준으로 갖춰진 것이 하나도 없었다. 그도 그럴 것이 1961년에 우리의 1인당 국민소득이 80달러 수준이었으니 더 말할 나위도 없는 일이었다. 천연자원이 없는 우리나라는 사람이라는 자원이 전부였는데, 이조차도 마땅치 않았다. 이 시기 노동력의 중심을 이뤘던 30~40대 인력들은 상당 부분이 실질적인 문맹 수준이었기 때문이다. 60년대 초까지 논산 신병 훈련소가 입소 전 과정으로 한글 교육 프로그램을 운영했던 것이 당시 실상을 뒷받침해 주고 있다. 초등학교 교육을 제대로 받은 사람도 흔치 않았고, 중졸, 고졸 학력은 더욱 드물었다. 오직 고통스런 빈곤에서 벗어나고자 열심히 일해 보겠다는 의욕만이 자산의 전부였다. 그럼에도 정 회장은 이들과 함께 60년대에서 80년대에 이르기까지 경부고속도로 건설, 조선 사업, 자동차 사업, 중동 진출의 주역을 담당해 냈다.

둘째, 그가 이룩한 업적들은 대부분 한 기업가의 성공 차원을 넘어 우리 경제사의 이정표를 바꿔 놓은 사업들이라는 점이다.

최악의 조건에서도 박정희 대통령과 교호하며 완성한 경부고속도로, 조선 사업, 자동차 사업이 있다. 그리고 석유파동을 맞아 국가의 외환 보유고가 겨우 3,000만 달러 수준으로 국가 파산을 눈앞에 둔 상황에서 주위의 반대와 조소를 무릅쓰고 중동 진출을 감행하여 위기였던 국가 재정을 구한 것들이 이에 속한다.

셋째, 많은 불확실성과 위험요소가 도사리고 있어 감히 다른 기업들은 엄두도 못내는 사업들을 과감하게 앞서 추진, 성공시켜 다른 기업들이 뒤따르게 함으로써 한국경제 산업화의 활로를 틔우게 한 점이다. 그 대표적인 예가 조선 사업과 중동 진출이다.

넷째, 상식적으로는 좌절할 수밖에 없는 위기를 도약의 기회로 반전시키는 불굴의 도전정신이다.

6·25 전쟁 와중에 처음 수주한 관급공사인 고령교 복구공사는 기술과 장비, 경험 부족, 그리고 공사가 끝나기도 전에 몇 배가 넘는 인플레이션으로 엄청난 손해가 불가피했다. 그러나 그는 형제들의 집을 팔면서까지 자금을 대며 우여곡절 끝에 완공시켰다. 이런 신용을 바탕으로 휴전 후 한강 인도교 복구공사를 수주함으로써 초기 현대건설의 기반을 만들 수 있었다.

1965년 처음 수주한 해외 고속도로 공사였던 태국에서의 공사 역시 경험과 장비, 현지 토질과 기후조사 미흡으로 막대한 손해를 감수하고 겨우 완성했다. 그러나 이는 몇 년이 지난 후 박정희 대통령이 경부고속도로 사업을 추진할 때 한국에서 유일하게 고속도로공사를 해본 업체로 주목받게 했고, 그 주역을 담당하게 됐다.

해운업 불황이 불어닥친 현대조선 초기에 선주들이 인도해 가지 못하는 배가 늘어났을 때도 그는 좌절하지 않고 상선으로 개조하여 현대상선을 성공적으로 발족시키키도 했다.

포드 자동차는 초기 현대자동차와 한국에서 조립생산을 하고 있었다. 그러나 그들의 궁극적 목표는 장차 아시아 시장을 겨냥하여 현대를 자신들의 조립생산 파트너로 굳힐 계획이었다. 이 과정에서 그들은 유리한 협상 입지 확보를 위하여 일종의 길들이기 작전으로 현대자동차가 수용하기 어려운 조건들을 내세워 정 회장을 압박했다. 경영은 점점 더 어려워졌다. 당시 현대자동차가 국내 기업 중 최고의 세금 체납자였다는 사실이 당시 형편이 얼마나 심각했나를 잘 말해주고 있다. 그러나 그는 과감하게 자동차 독자개발이라는 출사표를 냄으로써 오늘날 한국 자동차 산업의 기원을 열었다.

다섯째, 그는 인간이 가지고 있는 창의력의 무한한 가능성과 힘에 대한 신봉자였고 그 자신 역시 철저한 실천자였다는 점이다.

그는 항상 고정관념과 교과서적 이론에 얽매이기를 거부하며 이로부터의 일탈을 끊임없이 시도했다. 그는 사업상 도전에 부딪힐 때마다 타고난 직관력과 복잡한 개념을 단순화하는 능력으로 획기적 발상을 했고 이를 과감하게 실천함으로써 세상을 놀라게 했다.

극적인 예가 폐유조선을 이용한 아산 방조제 물막이 마무리 공사이다. 엄청난 비용을 절감했고, 공기를 단축하는 데 성공한 것이다. 세계 토목 공사에 전례가 없는 '정주영공법'이라는 새로운 장을 쓴 것인데, 앞서 언급한 조선 사업, 중동 진출, 자동차 사업, 88서울올림픽 유치도 이에 속한다. 당시 이러한 사업들이 가지고 있었던 '상식적으로 불가능한 요소'들을 볼 때 그의 이러한 창의와 혁신정신 없이는 시작 자체가 불가능했다고 할 수 있다.

여섯째, 그가 가졌던 특유의 긍정적인 생각과 도전정신, 그리고 결행의 용기를 들 수 있다.

그는 늘 말했다.

> 어떤 일이 아주 힘들고 어렵다는 것은 그 일이 그만큼 해야 할 가치가 있고 그 열매 또한 크다는 것이야. 누구나 쉽게 할 수 있는 일이나 겨우 할 수 있는 일이라면 앞설 수 없으며 결국 도태되게 마련이지. 힘든 일을 앞에 놓고 긍정적인 생각을 가지고 대들면 없어 보이던 방법이 보이고, 반대로 부정적인 생각을 가지면 있는 길도 안 보이게 되는 거야.

많은 어려움이 예상되는 사업 안건을 논의하는 자리에서 부정적인 자세를 보이는 간부에게 불편한 심기가 들 때면 정 회장은 그를 위아래로 훑어보며 성과 직책을 생략한 채 "이봐, 해봤어?"라는 말을 자주 했다. 이는 그의 이러한 정신이 농축된 질책과 독려의 표현이었다. 그리고 이는 이 책의 제목이 된 배경이기도 하다.

"아이고 박 사장, 그 소리 정 회장님 모시고 어려운 일 해내며 무수히 듣던 말인데, 지금도 그 소리를 들으면 가슴이 설레네."

전에 그를 가까이 보필했던 현대그룹사의 옛 간부들이 이 책 제목을 접하고 했던 말이다.

마지막으로 꼭 짚고 넘어가야 할 점이 있다. 과거 한국경제 발전의 반세기 동안 한국에는 많은 대기업 총수들이 있었다. 만약 한국경제사를 바꾼 그런 큰 사업들을 정 회장이 하지 않았더라면 다른 사람이 할 수도 있지 않았냐 하는 관점이다. 이에 대한 대답은 결코 '아니다'이다. 거기에는 타당한 근거가 있다.

> 정 회장이 보통학교밖에 못 나와 뭘 모르고 저러는 거야. 성공할 리가 없는 그 일을 하다가 정 회장이 망하는 건 둘째 치고 나라 망신시킬 일이 걱정이야.

이것이 그가 조선 사업, 중동 진출, 자동차 독자개발, 올림픽 유치를 위해 적극적으로 나설 때 한국의 기업계와 관련 전문가 집단들이 취한 입장이었다는 점이 그 근거이다.

특히 그가 조선 사업을 위해 동분서주할 때 외국에서 박사학위를 받은 석학으로 경제부처의 수장 자리를 맡고 있던 사람은 공식석상에서 "정 회장이 무리하게 추진하는 조선 사업이 성공하면 나는 열 손가락에 장을 지지고 하늘로 오르겠소"라고까지 말했던 적도 있다. 그랬던 그도 그의 타계 전에 출간한 회고록에서 정 회장의 도전정신과 획기적인 발상이 한국경제에 크게 기여한 데 대한 찬사를 남겼다.

■ ■ ■

  분명 정주영 회장은 그 특성과 업적 면에서 우리나라뿐만 아니라 세계적으로도 유례가 드문 세기의 도전자이고 창의적 기업가정신을 발휘한 위대한 인물이다. 우리는 그의 빛나는 면모들을 정신유산으로 승계받아서 도전의 용기, 창의력, 긍정적인 사고와 자신감의 원천으로 삼아야 한다. 뿐만 아니라 그의 위대한 면모를 세계에 널리 알려서 우리의 우수한 잠재력과 기개를 상징하는 아이콘으로 부각시켜야 한다. 이것은 그의 업적을 누리고 사는 우리와 후대들의 책무이기도 하다.

인간 정주영

정주영·이병철,

1986년 11월 20일, 전경련은 며칠 앞으로 다가온 정주영 회장의 고희연을 준비하고 있었다. 평소 검소한 것을 좋아하는 정 회장인지라 따로 잔치를 벌이는 것을 극구 사양했지만, 전경련 회장단과 원로들은 적극 나서서 정 회장 고희연을 사무국에 준비시켰다.

전경련회관 20층에 오찬 형식으로 고희연 자리가 마련되었다. 연회장은 정 회장의 고희를 축하해 주기 위해 재계 중진들이 많이 참석하여 성황을 이뤘다. 김용완, 이원순 명예회장 등 정 회장보다 연로한 재계 원로들도 자리를 같이 했다. 재계의 현역 중진들과 원로들이 모두 모인 자리였다.

"곧 정주영 회장님의 고희연을 시작하겠습니다. 내빈 여러분께서는 자리에 앉아 주시기 바랍니다."

이윽고 사회자가 좌정을 권유했다. 여기저기 둘러서서 담소를 나누던 사람들이 하나둘씩 정해진 자리를 찾아 앉았다. 전경련 고문을 비롯한 내빈들의 간단한 축하 인사가 이어지고, 마침내 정주영 회장이 단상에 올랐다.

"이렇게들 모여서 축하를 해주시니 정말 고맙습니다. 하지만 저는 개인적으로 이렇게 축하를 받아도 되는 것이 괜찮은 것인지는 잘 모르겠습니다. 예로부터 나이 칠십을 사는 사람이 드물다는 뜻으로 '고래희古來稀'라고 해서 축하를 해왔습니다만 이젠 고희가 아니라 '고다古多'라고 해야 할 정도로 일흔 살을 넘겨 장수하는 사람들이 많아졌습니다. 때문에 저는 이런 축하를 받는 것이 격에 맞지 않는다는 생각이 듭니다."

정 회장 특유의 재담이었다. 90살까지 현역으로 열심히 일하고 그 뒤에나 여생을 즐기겠다는 정 회장의 평소 지론을 잘 알고 있던 사람들이었으니 그의 말이 터무니없이 들리지는 않았을 것이다.

그때였다. 누군가 뒤늦게 연회장의 문을 열고 들어섰다. 이미 모든 내빈이 자리를 잡고 정돈된 상태였던 터라 자연히 모든 이들의 시선이 들어서는 사람을 향해 쏠릴 수밖에 없었다. 뜻밖에도 내빈들 앞에 모습을 드러낸 사람은 간호사를 포함하여 2~3명의 의료진의 부축을 받고 아주 어렵게 발걸음을 옮기며 들어서는 삼성그룹의 이병철 회장이었다. 사람들은 그 광경을 보고 눈이 휘둥그레졌다. 그 많은 사람들이 깜짝 놀랄 수밖에 없었던 것은 당연한 일이었다. 그것은 두 가지 이유 때문이었다.

첫째, 당시 이병철 회장은 지병으로 이미 오래전부터 외부 거동을 안 하는 상태인 것을 모두 알고 있었기 때문이다. 실제 그때 이 회장의 얼굴에 드러난 병색이나 불편한 거동을 보면 수시라도 무슨 일이 일어날 수 있을 것 같은 심각한 상태로 보였다. 그런 까닭에 그 자리에 이 회장이 나타난 데 대하여 사람들은 놀라움과 당혹감을 감출 수 없었다. 둘째 이유는 당시 세간에 널리 알려진 대로 이병철 회장과 정주영 회장의 뿌리 깊은 갈등과 반목 관계 때문이었다.

■ ■ ■

이병철과 정주영. 이병철 회장이 1910년생으로 정 회장보다 다섯 살이 많았고 둘은 1960년대부터 그 시기까지 한국 재계를 이끌어 온 쌍두마차였다. 하지만 두 사람은 성장 배경은 물론 주력 사업, 경영 스타일까지 어느 하나도 공통점이 없을 만큼 판이했다.

강원도 산골의 찌들게 가난한 집안에서 태어나 보통학교를 마치자마자 가출, 맨손으로 온갖 거친 노동자 생활을 거치며 상상을 초월하는 도전정신과 뚝심으로 재계의 거목으로 우뚝 선 정주영 회장. 그는 매번 모험을 마다 않고 황소와 같은 추진력과 창의력을 발휘하여 건설업부터 시작해 한국 자동차, 조선, 중공업 분야의 토대를 이룩한 인물이었다.

반면 이병철 회장은 부유한 집안에서 태어난 일본 유학파 엘리트 출신으로 돌다리도 두들겨 보는 꼼꼼하고 치밀한 경영 방식을 기조로 했다. 주로 가전제품과 소비재 사업을 근간으로 하여 삼성을 한국의 거대 그룹으로 성장시켰다.

두 사람이 무엇이 단초가 되었고 누가 먼저 감정 싸움을 시작했는지 모르지만 여러 면에서 둘 사이는 원만하지 못했다. 현대는 동아일보, 삼성은 중앙일보 지면을 통해 각기 창업 초기에서부터 생겼던 사소한 사업상의 일, 개인 신변의 일까지 들춰가며 서로에게 상처를 주는 불행한 감정 싸움을 오래 지속했었다.

> 그래, 자기는 부잣집 아들로 자라 유학도 다녀왔고, 기업을 일구면서도 국보급 골동품으로 가득한 서재에 앉아서 고려자기를 쓰다듬으며 정원에 노는 공작새를 감상하는 고상한 양반이고, 나는 막노동자 출신이라 무식한 사람이다 이거야!

두 사람 사이의 관계가 악화 일로에 있던 시기, 측근들과의 어느 사석에서 감정에 북받친 끝에 노기에 차 쏟아냈던 정 회장의 이 말은 당시의 상황을 잘 말해주고도 남는다. 다행히 두 사람 모두와 좋은 관계를 가지고 있던 당시 김용완 전경련 명예회장의 중재로 겨우 표면상 휴전 상태를 유지하고 있던 중이었다.

그래서 이런저런 사연들을 모두 알고 있는 재계 중진들에게 이병철 회장의 갑작스러운 등장은 실로 의외의 사건이었다. 손가락 하나 제대로 움직일 힘도 남아 있지 않아 보이는 쇠약해진 몸을 이끌고 이병철 회장이, 다른 사람도 아닌 정주영 회장의 고희연에 나타난 심중은 과연 무엇일까 하는 데에 모두의 관심이 쏠렸다. 숨소리 하나 들리지 않을 정도로 조용한 분위기가 계속되었다.

어느 정도 침묵이 흐른 뒤, 이 회장이 손을 조금 움직였다고 느껴진 순간, 수행원 중 한 사람이 앞으로 나섰다. 그의 손에 들려 있는 것은 잘 포장된 상자 하나였다. 그는 조용하게 정주영 회장 앞으로 다가가더니 두 손으로 공손히 상자를 바쳤다.

"저희 회장님께서 정주영 회장님의 고희를 맞아 준비하신 축하 선물입니다. 약소하지만 받아 주시기 바랍니다."

사람들의 관심은 이제 상자 속의 내용물이 무엇인가 하는 데에 쏠렸다. 좌중에 침묵이 흐르는 가운데 상자 속에서 나온 물건은 큼지막하고 우아한 모양의 하얀 백자였다. 어느 도공에게 부탁을 했는지 평소 미술품과 골동품에 대한 안목이 남달랐던 이병철 회장의 선물답게 언뜻 보기에도 고아한 품격이 배어 나오는 멋진 작품이었다.

그리고 시간이 얼마나 흘렀을까. 뭇사람들의 호기심 어린 시선 속에서 백자를 살펴보던 정주영 회장의 얼굴에 환한 웃음이 퍼지기 시작했다. 곧 그의 미소는 호탕한 웃음으로 바뀌었다. 백자에는 한국 재계를 이끌어온 견인차로서 정주영 회장에 대한 헌사가 가득 새겨져 있었던 것이다. 상상치도 못했던 이병철 회장의 등장, 거기에 뜻밖의 선물.

정 회장으로부터 백자를 건네받은 사회자가 그 내용을 좌중에게 읽어 주었다. 이윽고 정 회장이 다시 마이크를 잡았다.

"하하하, 이거 진정한 우리 재계의 지도자이신 이병철 회장님으로부터 분에 넘치는 선물을 받고 보니 몸 둘 바를 모르겠습니다. 지금 백자에 쓰여진 내용을 들으셨겠지만, 사실 이런 헌사는 바로 저기 계신 이 회장님께나 어울리는 것입니다. 이 회장님은 일찍이 전경련의 토대를 마련해 주셨고 제가 이나마 전경련 회장으로서 일을 할 수 있었던 것도 알게 모르게 이 회장님과 같은 분의 성원이 있었기 때문입니다. 그런 분이 이렇게 부족한 저의 고희연에 직접 참석해 주시고 과분한 선물까지 주시다니 정말 감사의 마음을 어떻게 전해야 할지 모르겠습니다."

정 회장의 감사 인사가 끝나자마자 실내는 온통 박수 소리로 울렸다. 오랫동안 끌어 왔던 재계의 두 거목, 이병철 회장과 정주영 회장의 해묵은 감정의 앙금이 한순간에 녹아내리는 것을 축하하는 박수였다.

두 사람의 감정적 반목과 대립은 현대그룹과 삼성그룹만의 문제가 아니었다. 대내외적으로 결속을 필요로 하는 한국 경제계 전체의 분위기에도 여러모로 영향을 끼치고 있었다. 옳고 그름을 떠나 한국 재계 두 거목 사이의 감정적 갈등이 풀어지지 않고 그대로 승계된다면 한국의 대표적인 두 그룹뿐 아니라 모두에게 불행한 일일 것이다.

정 회장은 고희를 맞았다고는 하지만 50대 못지않은 건강과 활력, 지치지 않는 열정과 적극성이 넘치는 사람이었다. 당시 전경련 회장이었던 그는 세계적으로 명성과 영향력을 가지고 있는 절정기의 현역이었다. 반면, 이병철 회장의 뒤를 이은 이건희 회장은 기질적으로 잘 나서지 않는 내향적 성격에다 당시 40대 중반의 나이로 창업 1세대인 정 회장에 비하면 한 세대라는 차이가 있었다. 삼성은 재계 중진들의 모임인 전경련의 회장단에도 그룹 창업 원로 중 한 사람인 조우동 회장을 삼성그룹 대표로 참석시키고 있었다.

이런 정황에서 이병철 회장은 정주영 회장 사이에서 비롯된 감정의 응어리를 그대로 남겨 두지 않고 더 늦기 전에 결자해지해야 되겠다는 결심이 섰음직도 하다. 용서와 화해를 하는 것이 얼마나 위대한 용기가 필요한가는 역사의 여러 사례를 통해 알 수 있다. 때로는 살상을 수반하는 전쟁을 결심하는 것보다 더 큰 용기가 필요하다는 것도 우리는 잘 알고 있다.

이태 후에 이병철 회장은 76세를 일기로 영면하였다. 정 회장은 "90세에나 현역에서 손을 놓고 그 다음부터는 남은 여생 동안 쉬겠다"는 의욕에는 못 미쳤지만 이로부터 그가 타계할 때까지 약 15년간을 식지 않는 의욕을 과시하며 사업 도전, 대통령 출마, 소떼를 이끈 방북 등으로 상징되는 대북 사업에 열정을 쏟았다.

02

만능 엔터테이너
재벌 총수의 18번

사실 정주영 회장의 업무 스타일은 상당히 공격적이고 단호하다. 생각했던 것만큼의 성과가 나오지 않으면 지위 고하를 막론하고 불호령을 내리기 일쑤였다. 어지간한 일에는 칭찬마저 인색할 정도였다. 때로는 밤잠을 못 자며 일을 해도 만족시킬 수 없을 정도로 일에 대해서는 한 치의 양보도 없다. 때문에 정 회장과 함께 일하는 사람들은 언제나 긴장된 자세로, 추호의 실수도 범하지 않기 위해 최선을 다할 수밖에 없다. 이러한 그의 스타일은 유능한 인재를 훈련하기 위한 그의 조련사 기질 때문이기도 하다.

하지만 이런 정 회장이 회식 자리에 나타나면 직원들은 하나같이 환호성을 지르며 반긴다. 이들의 환호는 직장 상사가 회식 자리에 낄 경우 어서 한잔하고 가줬으면 하는 마음을 속에 감춘 의례적인 표현이 아니다. 진정으로 정 회장의 출현을 반기는 것인데, 바로 정 회장의 만능 엔터테이너로서의 기질 때문이다.

회식 자리라고 해서 언제나 기쁘고 즐거울 수만은 없는 법이어서 때로는 심각한 분위기에서 누군가 성토를 당하기도 하고, 회사가 어려울 때에는 분위기가 가라앉기도 한다. 그러나 정 회장이 나타나는 순간, 분위기는 삽시간에 '회식' 고유의 활기와 유쾌함으로 가득 찬다.

가라앉은 분위기를 북돋우는 정 회장의 첫 번째 메뉴는 대개 노래다. 어떤 자리에서든 마이크가 주어지면 마다하지 않을 만큼 노래를 좋아하기도 했고, 또 그만큼 잘하기도 했다. 미성은 아니지만 쩌렁쩌렁 울리는 목소리로 정확한 음정과 박자를 맞춰가며 몸을 흔들며 열창한다.

정주영 회장이 즐겨 부르는 18번으로 우선 윤항기의 〈이거야 정말〉을 꼽을 수 있다.

이거야 정말 만나봐야지 아무 말이나 해볼걸 / 봄이 가고 여름 오면 저 바다로 산으로~ 나 혹시나 만나려는 그 사람이 있을까 / 이거야 정말 만나봐야지 아무 말이나 해볼걸

그룹의 총수 입에서 이런 대중가요가 천연덕스럽게 나오기 시작하면 직원들은 모두 부담감을 털어 내고 재미있고 흥겨운 분위기를 타

게 된다. 거기다 마이크가 필요 없을 정도로 쩌렁쩌렁 울리는 목소리는 단번에 좌중을 휘어잡는다. 분위기가 고조되면 앞으로 나온 직원들과 마이크를 든 채 어깨동무를 하고 덩실덩실 춤을 추며 노래를 부른다. 이런 정 회장의 모습을 처음 보는 사람들은 "저 사람이 우리 호랑이 회장 맞아?" 하고 혀를 찬다.

정 회장이 이 노래를 좋아하는 데는 활기찬 리듬과 함께 조직에서 직위를 초월한 구성원 간에 속을 털어놓는 소통의 중요성, '저 바다로 산으로'라는 진취적 표현이 가사에 들어 있기 때문이란 생각이 든다. 그리곤 대개 송대관의 〈해 뜰 날〉이 이어진다.

쨍 하고 해 뜰 날 돌아온단다 / 쨍 하고 해 뜰 날 돌아온단다 / 꿈을 안고 왔단다 내가 왔단다 / 슬픔도 괴로움도 모두모두 비켜라 / 안 되는 일 없단다 노력하면은 / 쨍 하고 해 뜰 날 돌아온단다 / 쨍 하고 해 뜰 날 돌아온단다

사실 이 노래는 송대관의 노래라기보다는 정 회장의 노래다. 그만큼 시련을 극복하고 도전정신으로 점철된 그 자신의 역정을 대변한 노래이기 때문이다. 가사를 자세히 들여다보면 정 회장의 자서전적 요소가 다분히 포함되어 있다. 그래서 그런지 그는 이 노래를 무척이나 좋아했다. 정 회장은 이 노래를 부를 때마다 자신의 지난날을 생각하는 듯했다. 하지만 직원들은 술기운을 빌어 킬킬대기도 했다.

"더 이상 해가 어떻게 더 떠? 강원도 통천에서 맨몸으로 가출해서 세계적인 기업의 총수까지 됐는데 어떻게 더 해가 떠?"

이외에도 정 회장은 서유석의 〈가는 세월〉도 즐겨 불렀다. 이때는 가사 내용이 그렇듯이 노래를 부르는 정 회장도, 자리를 같이 한 사람들도 분위기가 다소 숙연해진다. 할 일 많고 의욕 많은 그에게 막지 못하는 가는 세월이 얼마나 야속했으랴.

"아니 정 회장님처럼 그렇게 바쁘신 분이 어느 겨를에 그 노래들을 다 배우셨습니까?"

그때그때 유행하는 대중가요를 가사 하나 안 틀리고 유창하게 꿰고 있는 정 회장을 보고 누군가가 물었다.

"서울과 울산을 오가는 차 안에서 카세트테이프를 틀어 놓고 배웁니다. 회사의 젊은 식구들과 어울릴 때 아주 유용하게 써먹을 수 있거든요. 내가 노래를 부르고 흥을 돋아 주면 그들도 직급이나 세대 차이를 떠나 마음을 열고 다가오거든요. 그래서 열심히 노래를 배워요. 그들과 노래도 하고 어깨동무도 하고 그럴 때가 내게 가장 행복한 때이기도 하고요."

정 회장이 가끔 부르는 노래 중 분위기가 아주 다른 노래가 하나 있었다. 미국 민요 〈메기의 추억〉이었다. 한번은 외국 출장지에서 수행 기자들도 참석한 회식 자리에서 이 노래를 불렀다.

"정 회장님, 그 노래는 보통학교 음악 책에는 안 나오는 미국 노랜데 어떻게 배우셨습니까?"

짓궂은 한 기자가 농을 걸었다.

"하하, 사연이 있기는 있지요. 6·25 때 식구들은 서울에 두고 피난을 내려가다가 얼마간 대구에서 어떤 집 문간방을 얻어 썼어요. 건넌방에도 같은 처지의 어떤 목사님이 대학생인 듯한 따님과 묵고 있었어요. 난리 중에 뭐 할 일이 있습니까, 전쟁이 어떻게 돼 가고 있는지 걱정만 태산이지. 그런데 그 목사님 따님이 이 노래를 고운 목소리로 부르는데 처음 듣는 노래지만 너무 듣기 좋더라고요. 그래서 가르쳐 달라고 졸랐지요. 그래서 배운 겁니다."

"옳거니, 그때 노래만 배우신 게 아니고…… 정 회장님 혹시 무슨 사연도 있었던 것 아닙니까?"

"아, 아무래도 그러셨을 것 같은데 우리가 기사 안 쓰기로 오프 더 레코드할 터이니 회장님 이실직고하시죠!"

분위기가 고조된 터에 기자들이 취기를 빌어 물고 늘어졌다.

"아, 아닙니다. 사연은 무슨……. 그 여자는 어엿한 대학생이었는데 촌티가 질질 흐르는 별 볼일 없는 피난길 중년 영감인 내가 감히 언감생심, 턱도 없는 일이었죠. 노래 가르쳐 주는 것만도 고마워 감지덕지 열심히 배웠죠. 우리 군이 북한군한테 계속 밀리는 바람에 얼마 후 그 부녀도 어디론가 떠났고 나도 부산으로 내려왔죠. 그게 다입니다."

그런 말을 하는 그의 얼굴에 한순간 옛일을 더듬는 회억의 그림자가 스치는 것 같았다.

재벌 총수 엔터테이너인 정 회장의 역할은 노래로만 끝나는 것이 아니었다. 그간 겪었던 자신의 체험담이나 비화 같은 것들을 격의 없이, 참으로 재미있게 구성해서 들려주곤 했다. 이 중에는 '성인용' 얘기도 포함된다.

1979년 여름, 정주영 회장을 단장으로 하는 20여 명의 한국경제사절단 일행이 약 일주일간의 나이지리아 방문 일정을 마치고 출국을 위해 라고스 공항에 도착했다. 공항에 도착해 출국 수속을 끝낸 그때, 모두들 해방되었다는 안도감에 부풀어 있었다.

거기에는 이유가 있었다. 약 일주일간의 나이지리아 일정은 견디기 힘든 지옥 같은 나날이었다. 물론 최고급 호텔에 묵었다. 하지만 무지무지하게 더운 날씨인데도 호텔 냉방장치가 제대로 가동이 안 되었고, 냉장고도 작동이 안 되어 시원한 음료 한 잔 마음껏 마실 수가 없었다. 더위를 조금이라도 더는 길은 틈날 때마다 옥외 수영장에 나가 목만 내놓고 몸을 담그고 있는 것이었다.

또한 치안이 불안한 탓에 공식일정 외엔 호텔 밖을 한 발짝도 나갈 수 없었다. 이런 악몽 같은 상황은 호텔을 체크아웃할 때 절정에 달했다. 정전이 되어 엘리베이터가 올 스톱되어 버렸던 것이다. 비행기 이륙 시간에 맞추어야 했기 때문에 언제 들어올지 모를 전기를 마냥 기다릴 수도 없었다. 호텔 직원들은 제대로 움직여 주지도 않았고, 만약 움직인다 해도 20여 명의 짐을 한꺼번에 계단을 통해 로비로 옮기기는 역부족이었다.

정 회장을 비롯한 대표단 일부는 현지지사 직원들로부터 도움을 받을 수 있었지만, 그 외 사람들은 직접 짐을 들고 내려와 땀범벅이 되어야 했다. 대부분 10층 이상 객실에 묵고 있었던 대표단들이 짐을 직접 지고 로비로 내려오는 당시 모습은 지금 생각해도 악몽이다. 거기다가 대표단 반 이상이 정 회장을 비롯하여 김각중 경방 회장, 설원식 대한방직 회장, 최화식 대한펄프 회장, 김입삼 전경련 상근 부회장 등 이미 60세가 넘은 인사들이었기 때문에 나는 이들 중 행여 건강상의 문제라도 발생하지 않을까 잔뜩 긴장해야 했다. 믿기 어려울 정도지만 이것이 당시 나이지리아에서의 상황이었다.

갑자기 안내 방송이 나왔다. 공항 사정으로 우리가 탈 비행기가 5시간 정도 연발할 것이라는 내용이었다. 출국의 기대에 부풀었던 대표단의 실망감은 이만저만이 아니었다. 그러나 별 수 없는 일이었다. 다행히 공항과 협의해서 기다리는 동안 대표단이 쓸 수 있는 작은 방을 하나 구할 수 있었다. 그러나 기다려야 할 시간이 자그마치 5시간이나 됐다. 그간 고역과 긴장 끝에 마음과 몸이 지칠 대로 지친 상태였기 때문에 5시간이 50시간 같이 느껴지는 아득하고 먼 시간이었다. 그렇다고 주변 상황이 눈을 붙일 수 있는 형편도 못 되었다.

이때 대표단 단장일 뿐 아니라 최고령자인 정 회장이 나섰다. 이들의 지루한 시간을 위로할 '기쁨조' 엔터테이너가 되기로 결심한 것이었다. 반주도 없는 상황에서 노래를 할 수는 없는 일이고 그렇다고 사업 얘기도 흥미를 끌 수 있는 소재가 아니었다. 고민 끝에 모두의 관심과 흥미를 끌 수 있는 '성인용 전설 따라 삼천리'를 내놓은 것이다.

전에도 정 회장이 격의 없는 사이의 인사들과 회식 분위기를 돋우기 위해 가끔 하는 것을 들었었는데, 이 장르의 얘기는 레퍼토리도 다양했다. 같은 이야기라도 그때그때의 상황과 분위기에 따라 약간씩 변주해가며 펼쳐내는, 평소 무뚝뚝해 보이는 재벌 총수 정 회장의 이야기 솜씨는 예사로운 것이 아니었다. 그가 한번 이야기를 시작하면 듣는 사람은 화장실 가는 것도 아까울 정도로 좌중을 매료시켰다. 얘기에 나오는 화자 주인공이 바뀔 때마다 말하는 인물과 상황, 분위기에 따라 자유자재로 목소리를 구사해 가며 이야기를 이끄는 그의 말솜씨는 처음 대하는 사람에게는 그 의외성 때문에 충격에 가까운 느낌마저 들게 한다.

■ ■ ■

그날 라고스 공항에서 그가 들려준 '성인용 전설 따라 삼천리'를 요약·정리하면 다음과 같다.

옛날 어느 고을에 아주 커다란 대갓집이 하나 있었겠다. 그런데 세상 부러울 게 없는 것 같은 이 종갓집에도 고민이 하나 있었거든. 백방 노력을 해도 후손이 나질 않는 거야. 지성도 드려 보고, 굿도 해 보고 몸에 좋다는 약이란 약은 다 먹어 봤지만 도통 소식이 없어.

생각 끝에 씨받이도 들여 보고 별짓을 다해도 씨가 부실한 건지, 밭이 부실한 건지 원 소용이 없는 거야.

그러다가 마님이 신험이 있는 것으로 알려진 어느 깊은 산중 절에 백일 불공을 드리러 갔겠다. 근데, 참 신통하기도 하지, 백일 불공을 마친 끝에 애기가 들게 되었어. 그리곤 달이 차기도 전에 드디어 애기를 낳았어. 귀한 공주님이었지. 어째서 애가 빨리 나왔는지는 나도 몰라. 아마 애비는 하나도 안 닮았대지? 하지만 칠삭둥이면 어떻고 팔삭둥이면 어떤가. 손 귀한 집에 자식이 났으니 이보다 더한 경사가 어디 있겠나? 온 동네 사람 불러다 놓고 소 잡고 돼지 잡아 큰 잔치를 여러 날 했지. 물론 그 산중 암자에도 적잖은 시주가 들어갔지.

손에 쥐면 부서질까 불면 날아갈까, 금이야 옥이야 키운 딸이 어느새 방년 18세를 넘어 20세의 꽃다운 아씨가 되었단 말이야. 그런데 웬일인지 이 아씨는 시집을 가질 못했어. 그러던 참에 한두 해를 사이에 두고 부모마저 세상을 떠나 버렸어. 졸지에 큰 종가 가솔을 거느리는 가장이 된 거야. 그러다 보니 혼기를 아주 놓치고 삼십대를 바라보게 되었지. 그 시절엔 처녀가 스물을 갓 넘겨도 과년한 것으로 혼처를 정하기가 어려웠던 처지가 되어버리는데 말이야.

그러던 중 여름이 다 갈 무렵 이웃 마을에서 전갈이 왔어. 친척집에 대사가 있으니 꼭 참석을 해달라는 것이 아니겠어. 친척집 대사에 빠질 수도 없고……. 그래서 집안 종놈들 중에서 제일 잘나고 건장한 돌쇠란 놈을 뽑아서 앞세우고 나들이에 나섰어. 대부분 구중심처 방에만 갇혀 있던 아씨는 밖으로 나오니 마냥 신기한 것투성이라. 산 구경 물 구경하면서 신나게 걸음을 옮겼지. 그러다 덜컥, 깊지는 않지만 개울을 만나게 되었어. 그런데 다리가 없는 거야. 돌아갈 길도 없고. 버선과 신을 벗고 맨발로 건너는 수밖에. 하지만 어찌 귀한 아씨가 맨살을 드러내고 개울을 건널 수 있겠나. 돌쇠란 놈이 망설이다 성큼 등을 내밀었지.

'아씨, 제 등에 업히시지요.'

유달리 더운 날도 아닌데 몇 걸음 안 가서 돌쇠는 갑자기 몸이 달아오르고 온몸에 땀이 흐르는 걸 느꼈어. 이제껏 무거운 벼 한 섬을 질 때도 그런 일이 없었는데 말이야. 땀이 나기 시작하고 달아오르기 시작하는 건장한 돌쇠의 등에 납작 업힌 아씨도 어느새 돌쇠처럼 가슴이 벌렁벌렁 온몸이 달아오르는 걸 느끼기 시작했어. 건장한 사나이의 잠뱅이에서 풍겨오는 그윽한 땀 냄새에 아씨는 녹아드는 듯 점점 정신이 혼미해짐을 느꼈어. 전에 전혀 느껴보지 못했던 증상이었지. 그런데 설상가상 이게 웬일인가. 냇가 둑에 매어놓은 소 두 마리가 참으로 해괴한 짓을 하고 있는 게 아닌가. 바야흐로 육중한 황소란 놈이 암소 등에 올라타고는 입에서 거품인지 땀인지를 가파르게 내뿜으며 그 짓을 거창하게 하고 있었던 거라. 돌쇠란 놈은 민망해서 몸 둘 바를 모르고 얼굴은 홍당무가 되어 고개를 돌렸건만, 이게 또 무슨 조화인지 아씨는 눈이 뚫어져라 소들만 바라보고 있는 것이 아닌가. 그러다 자신을 업고 가는 돌쇠 등을 툭툭 치며 자기도 모르게 조금씩 가빠

지고 있는 숨을 억제하며 속삭이는 듯 물었겠다.

'애, 돌쇠야, 저기 저 소들이 지금 무엇을 하고 있는 게냐?'

그렇잖아도 아가씨를 등에 업고 몸은 불같이 달아 오른 데다 원인 모를 진땀을 흘리고 있던 참에 돌쇠에게는 아찔하지 않을 수 없는 질문이라. 사실대로 설명할 수도 없고, 아씨의 물음에 답을 아니할 수도 없고…….

순간 궁리 끝에 제 딴에는 꾀를 내어서 대답을 했지.

'아씨, 저 황소란 놈이 더운 날씨에 지금 암소란 놈의 더위를 빼주느라고 저렇게 애를 쓰고 있는 것입니다요. 저 뜨거운 열기를 못 이겨 땀 흘리는 것 좀 보십시오.'

'오호라, 그렇구나…….'

알았는지 몰랐는지 아씨는 고개를 연상 끄덕였지. 그러다 어느새 내를 다 건너게 되었어. 둘 다 마음속에는 내를 되돌아갔다가 다시 건너 오고 싶은 마음이 굴뚝 같았지만 누구도 차마 말을 못 꺼냈어. 아씨도 돌쇠도 아쉬움을 느꼈지만 별 일 없이 이웃 마을까지 잘 다녀왔어. 그런데 그 다음부터가 문제였어. 대갓집 씨종 돌쇠는 원래 팔자에 있었는지 없었는지 '생고생'을 하게 되었어. 틈만 나면 아씨가 돌쇠를 불렀거든.

'애 돌쇠야! 너 이리 와서 내 더위 좀 빼주어야겠다. 어째 이리 날씨가 더운지 도저히 참을 수가 없구나.'

근데 참 이상하지. 어찌된 일인지 그해 여름이 다 가고 가을도 가고

겨울이 깊어가도 아씨의 더위빼기 성화와 주문은 계속되었단 말이
야. 👆

정 회장의 재기 넘치고 구수한 얘기가 계속되고, 듣는 사람들이 응
수하며 박장대소하는 가운데 나이지리아 라고스 공항에서의 5시간
이 훌쩍 지나갔다.

원전이 어디 있는 얘기를 정 회장이 더 재미있게 각색한 건지 아니
면 그의 순수한 창작물이었는지 나는 알 길이 없다. 오랜 시간이 지
난 지금도 이 얘기를 떠올리면 좀 진한 데가 있긴 하지만 해학과 휴
머니즘 냄새가 물씬 풍기는 훌륭한 단편 소설의 주제가 될 수 있지 않
나 생각된다.

어쨌든 얼핏 생각하기에는 상상이 안가는 정 회장의 또 다른 면모
를 엿볼 수 있는 얘기다. 정 회장은 그런 면에서까지 타고난 리더였다.

03

건강관리 비법과
아킬레스의 건

현장이 있는 곳에는 정 회장이 있다.

현대맨들이라면 누구나 알고 있는 이야기다. 그만큼 정 회장은 현장을 중시하고, 무엇이든 자신의 눈으로 직접 확인해야 직성이 풀렸다. 이는 현대건설 초창기부터 환갑과 칠순을 넘길 때까지 시종일관 그의 원칙이자 철학이었다. 때로는 17시간이 넘게 비행기를 타고도 도착하자마자 숨도 돌리지 않고 현장으로 이동하는 경우도 있었다.

이런 강행군을 견디게 해준 힘은 바로 타고난 그의 건강과 체력이었다. 평소 정 회장은 '부모님께 감사하다'는 말을 자주 했다. 선천적으로 강건한 체력을 물려준 부모님께 감사함을 표하는 의미였다.

건강에 대한 정 회장의 자신감은 대단한 것이었다.

해외 출장 중 둘이서 차를 타고 이동할 때는 한적한 시간을 보낼 때가 종종 있다. 한번은 눈을 감고 잠을 청하는 듯했던 정 회장이 문득 나에게 이런 말을 했었다.

나는 딱 90살까지만 현역으로 뛸 거야. 그리곤 은퇴해서 한 10년 동안은 골프도 치고 쉬다가 그 다음은 하늘에 맡겨야지. 그러나 은퇴 후라도 현대그룹의 최고 경영자는 내가 직접 임명할 거야. 그때까지 치매 같은 것에 걸리지 않는다면 말이야. 하지만 나는 치매에 걸릴 염려가 없는 사람이야.

그것은 나에게 자신의 심경을 토로한다기보다 자신의 건강에 대한 자신감과 또한 그런 바람을 스스로 확인하기 위한 것같이 느껴졌다.

그리고 타고난 건강을 유지하기 위한 노력 역시 대단한 것이었다. 우선 부지런한 천성으로 일찍 일어나는 것은 물론이고, 바쁜 와중에도 틈을 내서 테니스나 수영 등으로 체력을 유지한다. 또한 음식이라면 무엇이든 가리지 않고 잘 먹었다. 입에 맞는 음식은 따로 있겠지만 대부분의 시간을 바깥에서 보내며 수많은 내외국인을 접대해야 하는 그에게 있어서 어떤 음식이든 잘 먹을 수 있다는 것은 대단한 장점이자 노력의 결과이기도 했다.

주로 동해안에서 열리는 사원 연수회 등에서 젊은이들과 함께 씨름을 즐기기도 했는데, 이 모습도 재벌 총수로서 사원들에게 보여주는 애정의 표시이자 자신의 젊음을 확인하고자 하는 노력의 일환이었다. 비록 그는 자신의 바람대로 90세까지 현역으로 뛰지는 못했지만, 남들은 은퇴해서 쉴 나이인 70, 80이 넘어서도 현장에 있기를 고집했던 철저한 '현장맨'이었다.

■ ■ ■

정 회장이 가장 혐오했던 것 중의 하나가 바로 게으름이다. 그리고 자신의 게으름을 변명하느라 이런저런 이야기를 늘어놓는 사람을 아주 싫어했다. 주어진 일을 정해진 시간 안에 해내지 못한다는 것은 정 회장에게는 상상도 할 수 없는 일이었다. 하늘이 무너져도 할 일은 하고야 마는 자신의 성격 때문이기도 했지만, 한편으로는 준비가 그만큼 철저했다면 어떤 상황이 오더라도 주어진 일을 해결할 수 있다는 그 자신의 경험에 의한 것이기도 했다.

흔히 정 회장을 황소와 같은 고집과 뚝심으로만 기억하는 사람들이 많지만, 사실 그는 어떤 일을 하든 나름대로 앞뒤를 꼼꼼히 살피고 철저하게 준비를 하는 사람이었다. 그의 이런 준비성은 특히 해외 현장 시찰 때 잘 드러난다.

해외여행을 다녀본 사람들은 잘 알겠지만 거리가 멀어지면 멀어질수록 어려움을 겪는 것이 시차 적응이다. 10시간이 넘는 시간 동안 비행기를 타고 가다 보면 비행기 안에서 밤낮이 바뀌기도 한다. 때문에 현지에 내려서 곧바로 정상적인 컨디션을 유지하는 것은 여간 쉬운 일이 아니다. 하지만 정 회장은 그를 수행하는 사람들보다 훨씬 고령임에도 불구하고 시차 적응과 같은 문제로 고생을 하지 않는 편에 속했다. 타고난 체력이 바탕이 된 것이기도 하지만 나름대로 시차 적응을 위해 철저한 사전 준비를 하기 때문이었다.

한국과 현장의 시차를 줄이기 위해 정 회장이 택한 방법은 바로 잠이었다. 상황이 허락하는 한 그는 비행기를 타자마자 잠을 자기 시작해서 내릴 때에야 잠에서 깬다. 장거리 비행을 많이 해본 사람들은 알겠지만, 편안한 좌석이 주어진다 해도 비행기 안에서 몇 시간씩 잠을 잘 수 있다는 것은 쉬운 일이 아니다. 바로 여기서 정 회장의 비결과 철저한 준비성이 돋보인다.

정 회장은 해외 현장에 나갈 일이 생기면 비서진에게 우선 비행기 시간부터 챙기게 한다. 어떤 국적의 어떤 비행기를 탈 것이냐가 아니라 출발 시간과 도착 시간을 점검하는 것이다. 그리고 가급적 일정상에 큰 무리가 없다면 해가 있을 때 출발해서 오전에 도착하는 비행기를 고른다. 정 회장이 이렇게 하는 이유는 비행기의 안전과 관련된 통계 기록 때문이다. 항공기 운항 사고에 대한 통계를 분석한 결과, 대부분의 사고는 이착륙 시에 일어났으며, 또 그 사고의 대부분은 시야가 어두운 밤에 발생했다고 한다. 불의의 사고야 어쩔 수 없겠지만 최대한 안전한 비행 시간을 고르는 것이다. 그런 다음 비행기 좌석은 옆의 좌석을 추가로 예약한다. 비행 중 최대한 편안한 공간을 확보하기 위해서다.

그리고 비행기 탑승 당일, 출발 시간을 몇 시간쯤 남겨둔 상태에서 정 회장이 찾는 곳은 테니스장이나 수영장이다. 테니스를 칠 경우 대부분 정 회장을 수행했던 이병규 비서팀장이 상대가 되었다. 장거리 여행을 앞두고 웬 운동이냐고 의아해할 사람들이 있겠지만 이것이 바로 정 회장만의 특별한 장거리 여행 비법이다.

테니스장이나 수영장에서 몇 시간씩 땀을 쭉 빼 체력을 소진하고 나면 비행기를 타는 순간부터 몸이 알아서 잠을 청해 주기 때문이다. 좌석에 앉으면 보다 평온한 수면을 위해 가벼운 식사와 몇 잔의 위스키로 몸과 마음의 컨디션을 릴렉스시키는 것도 잊지 않는다. 그리고 곧 잠에 빠진다. 방문국에 오전 시간 도착해 내리면 거뜬한 컨디션으로 곧바로 현장을 향하고 그날 저녁 다시 잠을 푹 자는 방식으로 정상적인 신체리듬을 회복하는 요령을 실천했다.

■ ■ ■

70이 넘은 나이에도 신입사원들과 씨름을 겨루던 무쇠 같은 체력을 가진 정주영 회장에게도 남들이 잘 알지 못하는 커다란 건강상 약점이 있었다. 정 회장 건강의 아킬레스 건은 바로 자신의 심경을 상하게 하는 일이 있을 때 불같은 성격에서 오는 '화병'이다.

한국 최고 그룹의 총수로서 세상에서 겪을 만한 일을 다 겪었고, 볼 것 못 볼 것 다 체험한 그였다. 또한 누구보다 큰 배포를 가졌지만, 한

번 화가 났다 하면 그것이 꼭 몸으로 연결되어 탈이 났다. 물론 아랫사람의 업무상 실수 같은 것은 불호령 한 번이면 끝나지만, 어떤 일로 깊은 마음의 상처라도 입게 되면 그것이 '화병'이 되고 마는 것이었다. 평소 누구보다 건강했던 정 회장이 자신의 장담대로 100세는커녕 현역을 지키고 싶어 했던 90세도 채우지 못하고 세상을 뜬 것도 어떻게 보면 '화병' 때문이 아니었나 하는 생각이 든다.

정 회장의 아킬레스 건인 화병이 탈이 되었던 한 사건은 1987년, 5공 정권 막바지 때의 일이었다.

1987년, 7년 임기의 마지막 해를 맞은 5공 정권은 재야 민주화 세력으로부터 엄청난 도전을 받고 있었다. 그해 초, 서울대생 박종철 군이 고문 끝에 죽었다는 사실이 밝혀지면서 전 국민적인 분노를 샀고, 전두환 대통령의 호를 딴 일해日海재단 설립도 그의 퇴임 후 '섭정을 위한 장치'로 알려지면서 여론과 재야의 거센 저항을 불러 일으켰다. 날로 격해지는 학생들의 시위는 전국으로 확대되었고 사회는 불안에 휩싸였다. 어떤 심각한 사태로 이어질지 예측하기 힘든 상황이 계속되었다.

이런 정국 속에서 국내의 대표 일간지의 사주가 상을 당했다. 예나 지금이나 마찬가지지만 주요 일간지 사주의 집안 상이라면 국내 유력 인사들이 모두 문상을 가게 된다. 정 회장 역시 조문을 위해 상가를 방문했다.

때는 저녁 무렵이었다. 정 회장이 조문을 마치고 막 마당으로 내려서려는데 눈이 마주친 한 사람이 있었다. 5공 정권의 막강한 실세로 알려진 인물들 중의 한 사람인 청와대 수석비서였다. 마침 상을 당한 상주의 언론사는 그가 언론인으로 재직했던 곳이기도 했다. 제법 넓은 마당 여기저기 쳐놓은 차일 밑 자리 중 한곳에 앉아 있다가 정 회장과 눈이 마주친 그는 이미 상당히 취한 상태였다. 그곳에서 만난 옛 직장의 선후배들과 상당한 전작이 있었기 때문이었다.

그는 잠시 눈이 마주친 사람이 누군가 확인하는 듯하더니 곧 손을 흔들어 정 회장을 불렀다.

"이보쇼, 정 회장, 나 좀 봅시다."

나이로는 정 회장의 아들뻘인 그의 말투가 심상치 않았다. 이미 그가 만취했다는 사실을 눈치챈 정 회장은 그 자리를 피하고 싶었지만 그의 부름을 모른 척할 수도 없었다. 그냥 인사나 하고 가자는 심정으로 앉아 있는 그의 곁으로 다가섰다.

"아, 수석님 안녕하셨습니까? 그동안 뵙지 못했습니다."

"뭐, 죄송할 것까지는 없고……. 내 오늘 만난 김에 정 회장한테 한 가지만 물어봅시다. 요즘 이래저래 어렵다고들 하는데, 전경련 회장으로서 정 회장 생각은 어떻소? 도대체 뭐가 어려운 거요?"

그가 혀가 꼬인 말로 정 회장에게 물었다.

"글쎄요, 뭐 이런저런 어려움이 많다고들 합니다만……. 어쨌든 우리들이 힘을 모아서 잘 헤쳐나가야지요."

딱히 할 말이 없었던 데다가 사실 그 당시의 어려움이야 5공 정권이 초래한 어려움이었으니 정 회장으로서는 뭐라고 할 수도 없는 입장이었다. 더구나 이미 취한 사람을 상대로 조리 있는 대화가 될 것 같지도 않았기에 정 회장은 일단 자리를 피하기 위해 두루뭉술하게 둘러댔다. 그러나 그는 정 회장에게 시비를 걸기로 작정이라도 했는지 좀체 놓아줄 기색이 아니었다.

"다들 '어렵다'고 한다? 그러면 분명히 뭔가 어렵긴 어려운 모양인데, 그게 대체 뭐요? 그리고 그런 어려움이 있다면 당신들도 뭔가 잘못하고 있기 때문 아니오? 어디 전경련 회장님 대답 좀 들어봅시다."

말끝마다 시비조로 나오는 바람에 정 회장은 더 이상 대꾸할 말을 잃었다. 그래서 아예 서둘러 자리를 피하기로 작정하고, 구실을 꺼냈다.

"죄송합니다, 지금 제가 아주 중요한 약속이 있어서 그만……."

그리고 정 회장은 허리를 굽혀 인사를 하고는 몸을 돌렸다. 그때였다.

"가긴 어딜 가요!"

그가 돌아서는 정 회장의 바지 자락을 잡아챈 것이다. 전혀 예상치 못한 그의 행동 때문에 정 회장은 그만 땅바닥으로 고꾸라져 넘어지고 말았다. 정 회장이 넘어지는 것을 보고 주변에 앉아 있던 사람들이 모두 일어섰다. 그러잖아도 정 회장과 그의 대화를 아슬아슬한 마음으로 듣고 있던 사람들이었다. 그들의 표정에는 70을 넘은 노인을 잡아챈 그에 대한 노여움과 당황스러움이 교차했다.

그러나 아무도 면전에서 그의 행동을 나무라지는 못했다. 사람들의 부축을 받고 정 회장은 곧 일어났지만 삭이지 못한 분노로 얼굴이 하얗게 변해 있었다. 나이와 상관없이 정정한 정 회장의 체력으로 보아 그와 한번 육탄전을 벌여도 될 법했지만 정 회장은 가쁜 숨을 쉬며 분을 참고 있었다. 하지만 그 사람의 눈에는 주위 사람들의 표정도, 정 회장의 분노에 찬 얼굴도 보이지 않는 모양이었다.

"아니, 내가 얘길하고 있는데 가긴 어딜 가?"

정 회장은 애를 쓰며 말을 삼켰다. 옷을 두어 번 툭툭 턴 정 회장은 아무런 말 없이 뒤돌아서 대문을 향했다. 그는 정 회장의 뒷모습을 바라만 볼 뿐 더 이상 정 회장을 붙잡지는 않았다.

그날부터 정 회장은 며칠 동안 집에서 꼼짝 않고 누워서 지내야만 했다. 그날 밤 내내 화병으로 토사곽란을 한 데다 갑자기 시력에도 문제가 생겨 시야가 어릿어릿해졌기 때문이다. 이 때문에 정 회장은 출근은 물론 그 다음 날로 예정돼 있던 88서울올림픽 시설 준공식에도 참석하지 못했다.

전 국민적인 관심 속에서 각계각층의 인사들이 두루 모이는 그 자리에 전경련 회장이자 대한체육회 회장, 올림픽 유치의 일등공신인 그가 불참한 것이다. 그리고 얼마 뒤 정 회장은 눈병 치료를 이유로 일본행 비행기를 탔다.

이때 정 회장이 겪어야 했던 '화병'은 어쩌면 일과성에 지나지 않았던 것이라 할 수 있다. 정 회장 말년의 건강 문제는 그가 1992년 대통

령 선거에서 패한 뒤, 김영삼 정부로부터의 국민당 해체 압력을 시작
으로 장장 5년 동안 현대그룹, 정 회장 개인의 운신에까지 엄청난 제
재를 받아야 했던 데에서 찾을 수 있다. 이런 상황을 어쩔 수 없이 속
으로 삭이고 살아야 했던 불같은 성격의 정 회장을 생각하면 그의 건
강이 그 시기에 급격히 눈에 띄게 쇠락해 갔던 것은 피할 수 없었던
귀결로 보인다.

04

단순화와
직관력의 달인

정주영 회장은 어떤 일이든 복잡하고 어렵게 설명하는 것을 싫어했다. 물론 자신이 누군가에게 설명해야 할 때도 마찬가지였다. 복잡한 이론이나 서두는 딱 잘라버리고 결론만 이야기하는 것을 좋아했다.

전경련 회의는 몇십 분에서 몇 시간까지 이어지는 것이 보통인데 정 회장은 이런 것을 참 싫어했다. 이야기가 길어질 때마다 툭 던지는 사안의 핵심과 결론은 바로 그의 성격을 잘 대변한다. 특히, 연초에 있는 정부 예산안 설명이나 전경련 새해 예산 브리핑 같은 것은 처음부터 끝까지 숫자로 되어 있었는데, 이것은 당연한 일이었다. 참석자들은 지루해도 그만큼 중요한 수치들이기 때문에 경청하기 마련이다. 하지만 정 회장은 이런 자리에서조차 길게 설명하는 것을 두고 보지 못한다. 전경련 신규 사업이나 현대 관련 사업도 마찬가지다. 이 때문에 정 회장에게 처음 브리핑하는 사람은 꼭 한 번씩 듣는 말이 있다.

이봐, 알았으니까 결론부터 말해 봐!

정 회장의 특성에 익숙한 사람은 미리 결론부터 밝히고, 나머지 세세한 부분들은 대충 요약해 질문 부분에만 설명을 붙인다. 그리고 나머지 세부사항은 따로 문서를 만들어 준비한다. 그러나 특별한 일이 없는 한 문서에 있는 대표적인 것 외에 세세한 수치들을 다시 설명할 필요는 없다. 정 회장은 그 개요와 핵심 사항들을 결론만 듣고도 정확하게 파악하기 때문이다. 정말 놀라운 능력이 아닐 수 없다.

그는 대단히 빠른 두뇌 회전과 직관력을 타고난 사람이었다. 그가 가장 싫어한 것 중의 하나가 고정관념에 얽매이는 것이다. 그는 무한한 인간의 상상력과 창의력에 대한 철저한 신봉자였고 또한 스스로 그것을 실천에 옮겼다.

서산 천수만 방조제 공사에 동원된 '폐선 물막이 공법'과 같은 것은 정 회장과 같은 사람이 아니고는 도저히 생각할 수 없는, 그야말로 '영감'과 같은 것이었다. 하지만 천재라고 해서 누구나 이런 영감을 가지고 있는 것은 아니다. 또한 천재가 아니라고 해서 이런 영감을 가지지 말라는 법도 없다. 정 회장의 놀라운 영감은 어떤 데이터를 가지고 치밀하게 분석을 하는 데서 나오는 것이 아니라 단숨에 사안의 본질을 꿰뚫어 보는 직관력에서 나오는 것이다.

■ ■ ■

사안의 본질을 단순화시키는 정 회장식 사고가 가장 잘 나타나는 것이 바로 자동차에 대한 것이다. 알다시피 자동차 산업은 건설, 조선 부문과 함께 정 회장이 가장 공을 들이고 애착을 가진 부문이었다. 그리고 그는 여느 일급 기술자 못지않은 자동차 전문가였다. 하지만 이 자동차 역시 정 회장 앞에서는 엔진과 바퀴가 달린 한낱 양철통으로 단순화된다.

평소 정 회장과 함께 차를 타고 가다 보면 난처한 일이 생길 때가 있다. 가만히 뒤로 기대 잠을 청한다고 생각할 찰나 옆에 있는 사람을 툭 치면서 난데없는 질문을 던지기 때문이다.

신문에 오르내리는 어떤 인물에 대한 평가를 하며 이를 확인하는 질문을 하는가 하면, 생각하고 있는 신규사업 구상을 들려주기도 한다. 원래 소탈하고 격식을 싫어하는 정 회장은 사람을 대할 때 권위라는 벽을 두지 않는다. 그러나 차 안에서의 이런 대화는 친밀감의 표시이기도 하지만 사안에 따라서는 어떤 식으로든 답을 해야 하기 때문에 난처한 경우도 있다. 대단히 민감하고 중요한 사안일 경우 함부로 대답할 수 없기 때문이다.

그렇다고 차 안에서의 이야기가 반드시 어떤 대답을 필요로 하는 것은 아니었다. 머릿속에 떠오른 것들을 그때그때 들려주는 경우도 많다. 자동차를 양철통에 비교한 것도 그중 하나다. 이동하던 차 안에서 창밖을 내다보던 정 회장이 문득 입을 열었다.

"이봐 박 군, 저 길에 다니는 차들 중에 우리 차가 많지?"

"네……."

"그렇지?"

그리고 잠시 입을 다물었던 정 회장이 다시 말을 이었다.

"자네는 자동차가 뭐라고 생각하나?"

"예?"

"자동차란 게 결국은 양철통 아닌가. 엔진에 양철통 올려 놓고 바퀴 달고 핸들 달면 되는 거 아니냔 말이야. 그러니까 결국은 껍데기가 관건이란 말이야. 엔진도 중요하지만 껍데기를 보기 좋게 만들어야 돼. 그래야 소비자들이 좋아하게 되어 있어. 너무 복잡하게 생각하는 게 오히려 탈이야, 탈."

마치 어린애와 같이 자동차를 '양철통'에 비교하는 정주영 회장이었다. 하지만 그의 이런 단순한 직관력이야말로 자동차에 있어 외관 스타일링 디자인이 얼마나 중요한가를 새삼 깨우치게 하는 중요한 포인트였다. 여러 전문기관의 조사에서도 소비자의 차 선택 기준 중 외관 스타일링이 큰 비중을 차지한다는 것을 입증한 바 있다. 실제로 최근 자동차 시장의 흐름을 주도하고 있는 것도 바로 스타일링 디자인이다. 정 회장식으로 말하자면 겉 양철통의 모양새가 가장 중요한 요소라는 것이다.

자동차란 수만 개의 부품이 함께 조화를 이루어 원활하게 작동하는 대단히 복잡하고 민감한 종합기계이다. 따라서 자동차 디자인은 심미적 측면뿐만 아니라 기능적 측면 또한 대단히 중요하다. 웬만한 기술자 뺨치는 자동차 전문가인 정 회장이 이를 모를 리는 없었을 것이다. 그래서 그의 그러한 비유는 보통 사람이 같은 말을 하는 것과는 다른 특별한 의미를 지닌다.

정 회장이 조선 사업을 시작할 때 사람들은 "조선을 언제 해봤다고?"라며 비웃었다.

조선이 별거야? 큰 배는 다 철판으로 되어 있어. 설계한 대로 철판을 재단하고 용접해서 선체를 만드는 것하고 철 구조물을 가지고 건물을 짓는 것하고 크게 다를 게 없어. 우리는 그런 건물을 많이 지어 봤어. 배에 들어가는 엔진과 장비는 나중에는 우리 기술로 만들더라도 우선 외국에서 사오면 되는 거야.

정 회장식 발상력은 조선 사업에도 이렇게 작용했던 것이다.

Tribute
명예박사 학위 수여사에 담긴 그의 일생

Insights
거인의 발자취에 담기

Retrospective
사진 에세이로 보는 그가 걸어온 길

Chronicle
연보

Tribute

명예박사 학위 수여사에 담긴
그의 일생

1995년 3월 18일, 고려대학교는 정 회장에게 명예박사 학위를 수여했다. 명예박사 학위 수여사에서 대학원의 위원회는 정 회장의 일생의 위업을 다음과 같이 소개하며 추천의 이유를 밝혔다. 정 회장 일생의 위업과 가치, 그의 정신과 인품에 대한 내용이 잘 담겨져 있다고 생각되어 여기 소개한다.

아산 정주영 선생은 1915년 11월 25일 강원도 통천에서 가난한 농부의 맏아들로 태어났다. 어려서는 조부로부터 한학을 배워 세상의 이치와 사람으로서의 도리를 깨우쳤고, 보통학교를 졸업하면서 점차 세상에 대한 안목을 넓히는 동시에 더 넓은 세상으로 나아갈 꿈을 키워 갔다. 그러나 선생은 집안의 장손이라는 전통적 멍에에 묶여 자신의 꿈을 속으로만 간직한 채 펼치지 못하다가 결연히 초지를 관철하고자 혈혈단신 맨손으로 상경하였다.

상경한 후 선생은 낮에는 공사판의 막노동, 쌀가게 점원 등 온갖 힘든 생활을 잘 견디어 냈고, 밤에는 배움의 의지를 불살라 통신강의록을 읽곤 하였다. 이처럼 선생은 청소년기에 근로와 고학을 통해 자신의 꿈을 이룰 수 있는 기반을 착실하게 다졌다.

선생은 천성이 강하고 씩씩하며, 생각이 뛰어나게 지혜로웠고, 어려서부터 부모님의 근검함과 성실함을 본받았다. 그리고 이러한 타고난 천성과 교양을 바탕으로, 신의와 실력만이 당당히 자신의 뜻을 펼칠 수 있는 길이라는 처세훈을 자득하였다. 그리하여 선생은 평소에 착실하게 살아감으로써 주위의 신망을 받게 되었고, 자진해서 도와주려는 사람들을 만나게 되었다.

그리고 끊임없는 새로운 것에 대한 습득과 도전으로 기업을 선도하는 아이디어 개발에 앞장섰다. 이러한 결과로 아도서비스 공장, 현대토건 등을 시작으로 건설, 조선, 자동차 등 제반의 산업 분야에서 타의 추종을 불허하는 경쟁력을 갖춘 오늘의 현대그룹이 이루어지게 되었다.

무릇 큰일은 큰 인물에 의해 이루어지는 법이다. 1960년부터 전개된 역사적인 조국 근대화의 대역사의 근간시설은 거의 현대그룹에 의해 주도되었다. 소양강 다목적댐, 경부고속도로, 울산조선소, 원자력발전소 등 국내 굴지의 대공사들은 지난날 우리 민족이 새로 개척하고 창조해야 하는 미증유의 사업들이었다.

만약 선생과 같이 개척자 정신과 겁 없이 뛰어드는 패기, 강인하고 굽힐 줄 모르는 의지력, 그리고 투철한 신의와 신심을 가진 분이 없었다면 그렇게 짧은 시간 내에 큰 시행착오 없이 이루어낼 수 없었을 것이다. 또한 선생은 이렇게 국내에서 쌓아 올린 경험과 기술을 바탕으로 중동으로 진출하여 20세기 최대의 공사인 주베일 산업항 공사를 성공리에 마침으로써 국제 경쟁 무대에서 신화를 창조하였다.

이리하여 한국인의 슬기와 능력을 세계에 과시함은 물론 당시 궁핍했던 외환위기를 극복하는 데 결정적인 기여를 하였다.

이렇게 현대그룹이 이루어 놓은 대역사 그 모두가 개척적이고 창조적인 것들로 가히 역사적인 일들이라고 할 수 있다. 현대그룹의 성장과 확장은 바로 우리 민족의 자긍심을 높이는 척도가 되었고, 기업이 커짐에 따라 증대된 고용능력, 생산력의 증강, 수출의 증대는 국민의 생활 향상과 국가의 경제발전을 이룩하는 직접적이고 중추적인 역할을 한 것이다.

한편, 선생은 단순히 기업의 경영인에 머물지 않고 기업의 이윤을 사회에 환원하는 길을 모색하여 교육, 학술, 언론, 문화, 체육 등 광범위한 '국민복리'의 실천을 위해 '아산사회복지사업재단'을 설립하였다. 이 재단은 낙후된 지역에 병원을 지어 의료혜택을 베풀었고, 집안이 넉넉하지 못한 1만 5천여 학생에게 장학금을 지급하였으며, 대학의 학술연구를 지원하여 산학연 협동체제를 구축하는 데도 앞장섰다.

또한 언론의 창달에도 관심을 기울여 관훈클럽을 지원하고, 신영연구기금을 조성하는 등 언론인의 자질향상에도 기여했다.

그리고 선생은 문화예술과 국민체육 진흥에도 적극 참여하여 여러 분야의 스포츠단의 창단을 통해 국민의 체력 및 국제 경쟁력 향상에 이바지했다. 특히 한민족의 우수성을 세계에 선양하는 데 가장 직접적인 효과를 얻을 수 있는 올림픽을 서울로 유치하는 데 주도적 역할을 담당했고, 이를 성공적으로 치를 수 있도록 물심양면의 지원을 아끼지 않았다.

10여 년 전 선생은 넓은 농토를 원하셨던 선친의 유업을 받들어 천

수만 개척사업에 투신하여 가장 어려웠던 최종 물막이 공사를 이른 바, '유조선 공법'이라는 묘안으로 성공시킴으로써 세상 사람들을 경탄케 하였다. 이것은 선생의 수많은 시련과 경험 속에서 터득된 선생 특유의 예지를 극명하게 보여주는 것이라 할 수 있다. 그리하여 1994년에는 아시아위크지가 선정하는 5대 기업인의 한 사람으로 추앙받는 영광을 누렸다.

선생은 무에서 유를 창조하듯이, 빈손으로 일어나 끊임없는 시련과 도전을 극복하면서 한국 최대이자 세계 굴지의 기업을 구축했다. 이것은 입지전적인 인간승리의 본보기가 아닐 수 없다. 그러나 선생은 대성한 뒤에도 어렸을 때의 가난을 되새겨 검소함을 생활의 지침으로 삼고, 기업을 일으킬 때의 어려움을 기업관리의 신조로 삼아 조금도 사치하거나 교만하지 않았다. 그저 타고난 천성대로 부지런하고 건실하게 살아갈 뿐이었다.

이제 선생의 '시련은 있어도 실패는 없다'던 생의 여정에도 연륜이 쌓여 80세라는 '대년大年'에 이르렀다. 옛날에는 큰 허물이 없이 80세를 산 노인에게는 수직壽職을 내리고 '선생'이라는 호칭도 붙여졌다. 하물며 선생과 같이 입지전적인 인간승리의 본보기를 보여 준 사람에게 있어서랴! 이에 고려대학교 대학원위원회는 선생이 간직한 인간 본연의 질박함과 일생 동안 인류의 생존에 유익한 사업을 해온 공덕을 기리어 명예철학박사 학위를 수여할 것을 의결하고 고려대학교 총장에게 추천하는 바이다.

또 이날 홍일식 고려대학교 총장은 인사말에서 정 회장의 일생의 업적에 대하여 다음과 같은 찬사를 보냈다.

*

일반 졸업식이 새로 지은 배를 처음으로 먼바다로 떠나보내는 진수식에 비유된다면 이 명예박사 학위 수여식은 무거운 짐을 싣고 먼 항해를 떠났던 배가 무사히 역정을 마치고 성공적으로 귀항하는, 이를테면 '인간승리 호'를 맞이하는 환호와 경축, 위로와 존경 그리고 한껏 선망을 보내는 자리라고 할 수 있습니다. 그러므로 명예박사 학위 수여식은 그 어느 의식보다도 경쾌하면서도 융중隆重하고, 권위적이면서도 성스럽기까지 한 대학 특유의 성사입니다.

따라서 이 명예박사 학위를 수여받는 분의 공적은 바로 인류사회가 추구해야 할 보편가치의 구체적 사례가 되고, 배움의 길을 걷는 젊은 지성들에게는 자아를 실현하는 데 더없이 친근한 본보기가 되며, 이는 또한 대학이 인류사회를 평판하는 지엄한 잣대이자 대학이 추구하는 인재양성의 지고한 표상인 것입니다.

이미 세상 사람들에게 잘 알려진 바와 같이 정주영 선생은 무에서 유를 창출해 낸 입지전적인 인물로서, 그분의 원대한 구상과 정밀한 설계, 지혜로운 방책과 과감한 추진력, 그리고 필생의 신념과 '공성신퇴功成身退'하는 질박하고 담담한 인생관은 나날이 왜소해지고 부품화되어 가는 사람들로 하여금 거대한 꿈을 가꾸고 전체를 종합적이고 유기적으로 보게 하는 안목을 길러 줄 것입니다. 그리하여 한 기계의 부속품이 되기보다는 그 기계를 제어하는 경영주체로서의 인간을 길러 가는 데 산 교훈이 될 것입니다.

이러한 시대의 창조자, 시대의 선각자에게 저희 고려대학교가 명예박사 학위를 수여하는 것은 바로 고려대학교의 교육이념의 표현이라고 하겠습니다. 지금 저희 고려대학교는 '바른 교육, 큰사람 만들기' 운동을 전개하고 있습니다.

그동안 우리나라의 대학들은 지식인을 양산했을 뿐 예지로운 지성을 길러내지 못하였으며 부품적 기능인은 배출했어도 우주와 인간을 경영할 수 있는 창조적 대인물을 길러 내는 데는 소홀했습니다. 이제부터 저희 고려대학교는 선생님과 같이 새로운 시대의 창조자, 시대의 선각자를 길러 내어 우리 민족을 보다 높고 넓은 차원에서 학술과 도덕과 문예의 진선미를 추구하고, 건강한 체질과 우아한 기품을 바탕으로 항상 평화를 위해 기여하는 선량한 민족을 가꾸어 가는 데 선도적 역할을 다 할 것입니다.

정주영 선생께서는 60여 년 전 저희 고려대학교의 중심 건물인 본관을 지을 때 몸소 주춧돌을 놓아 주신 분입니다. 그 후 고려대학교는 그 건물을 기점으로 거대한 종합명문대학으로 발전하였고 선생께서는 많은 기업을 창건하고 국가의 기간산업을 일으켜 세계 유수의 기업인으로 대성하셨습니다.

이제 선생이 초석을 놓으신 그 학교가 60여 성상을 '시련은 있어도 실패는 없다'는 신념으로 인간승리의 길을 걸어오신 선생께 명예박사 학위를 수여하게 되니, 60여 년이 지난 오늘은 인간승리의 본보기가 되시어 고려대학교의 정신적 주춧돌을 또 하나 보태신 셈입니다.

　나는 이 수여식이 끝난 후 정 회장에게 다가가서 그의 손을 잡으며 인사를 했다. 그의 손은 불같이 뜨거웠고 얼굴은 이미 핏기가 가신 듯 피부가 떠 있었다. 정 회장이 그의 두 손을 꼭 잡고 있는 나를 알아보기까지는 한참의 시간이 걸렸다. 주름이 가득한 얼굴에 이윽고 반가운 듯 미소가 번졌다.

　"아, 자네! 지금 뭐해?"

　"네, 회장님! 열심히 살고 있습니다."

　나도 모르게 목이 메었다. 불과 5~6년 전만 해도 꼿꼿하게 서 있는 그의 자세에서 양복 바지 겉으로 솟아오른 허벅지 근육을 느낄 수 있었는데, 이런 거인에게도 세월은 이토록 예외 없이 무정한 것인가.

　얼마 후 그는 대기하고 있던 흰색 에쿠스를 타기 위해 어렵게 몸을 가누며 한 발을 차 문턱에 올려놓고 있었다. 역시 여느 때처럼 주위에서 부축하는 것을 싫어하는 모습이었다. 그것을 바라보는 내 가슴 속 깊은 곳에 뭉클한 무엇이 느껴졌다. 어쩌면 이 세상에서 볼 수 있는 그의 마지막 모습일지도 모른다는 생각이 들었다. 젖어 오는 눈시울을 닦았다. 멀어지는 정 회장이 탄 차를 시야에서 보이지 않을 때까지 바라보았다.

　그를 보좌했던 14년 세월의 순간들이 스쳐갔다.

*I*nsights

거인의 발자취에 담긴
가치 재발견

01

한국경제사에 남긴
업적과 기업가정신

정주영 회장은 한국경제사를 바꿔 놓은 실로 많은 이정표적인 업적들을 남겼다. 그리고 그것들을 조명하고 평가하는 데는 여러 가지 관점과 방법이 있을 수 있다. 그러나 우리는 다음과 같은 질문을 통해서 그의 업적에 대한 성격과 특징들을 조명해볼 때 더욱 새로운 면모들을 발견하게 된다.

- 그가 추진했던 사업들에 있어서 그 발상과 추진 과정에서 드러나는 공통적인 특징은 무엇인가?
- 이들 사업을 정 회장이 발상하고 추진하지 않았다면 국내 기업가 중 다른 사람이 대신할 수 있었을까?

- 만약 그가 주도해서 성취해 놓은 이러한 사업들이 없었다면 오늘날 세계 속에서 한국경제의 위상은 어떤 위치에 놓여 있을까?
- 그토록 열악한 기반에서 무수한 위기와 불확실성을 극복하고 위업을 달성해낸 그의 기업가정신의 특징은 무엇인가?

한국 경제사에서 이정표적인 성격을 가지는 그가 주도한 주요 업적 중, 특히 중요성을 가지는 경부고속도로 건설, 중동 건설 시장 진출, 조선 공업, 자동차 독자개발, 88서울올림픽 유치를 놓고 생각해 볼 수 있다.

이들 사업을 추진하는 데 있어서 그가 예외없이 공통적으로 당면했던 상황은 그것들이 '무모한 미친 짓'이라고 매도당하며 사회 각계로부터 엄청난 비난과 반대, 그리고 냉대를 받았다는 점이다.

■ ■ ■

1968년에 착공하여 1970년에 개통한 경부고속도로 건설은 조달할 방법조차 없었던 재원, 기술과 경험의 부재, 경제적 타당성의 미흡 등을 들어 국내 관련 전문가 집단은 물론 경제계, 언론, 정치권과 세계은행까지도 반대했다. 강행할 경우 가뜩이나 어려운 국가 재정이 파탄으로 이어질 것이라는 망국 위험론까지도 제기되었다. 일부에서는 고속도로 사업을 독점함으로써 현대그룹 사업 기반을 확대하려는 야심을 가지고 박 대통령을 부추기고 있다는 비난을 받기도 했다.

미국은 물론 세계은행도 등을 돌린 상황이다 보니 재원 조달을 위해 동원된 갖가지 수단들을 보면 비장하다 못해 눈물겹다. 파독 광부와 간호사들의 급료를 담보로 한 서독 차관, 부족한 식량을 메우기 위해 미국으로부터 원조받은 곡물을 판매한 대금, 국채 발행, ADB(아시아개발은행)차관, 석유세 신설. 그야말로 모든 비상수단이 다 동원됐다.

정주영 회장은 공사 기간에는 밤낮을 가리지 않고 공사 현장에서 지냈고, 잠도 지프차에서 잤다. 이때 얻은 목디스크 병으로 남달리 건강한 그도 두고두고 고생을 했다. 박 대통령 또한 고속도로 공사 현황 지도를 침실 머리맡 벽에 걸어 두고 점검에 몰두하는 집념을 보였다. 그리고 한밤중이나 꼭두새벽을 가리지 않고 흙더미 진흙탕 공사 현장으로 정 회장을 찾아가 공사 독려와 함께 격려를 아끼지 않았다.

그렇게 하여 세계 고속도로 건설 역사상 전무후무한 최소의 비용, 그리고 2년 5개월이라는 최단기간 기록으로 서울과 부산을 잇는 남한의 종축 대동맥을 한국경제 개발 초기에 완성하였고, 그 후 산업화를 가속시키는 획기적 활력 기반의 토대를 만들었다.

■ ■ ■

다음으로 1975년 정 회장이 결행한 중동 건설 시장 진출을 살펴보자.

중동은 언어, 사막, 기후, 종교, 인습 등 모든 면에서 한국 사람들에게 낯선 곳이었다. 그리고 막강한 선진국들이 이미 진출하여 기술과 자본력, 경험, 그리고 현지 왕실이나 정부 권력층들과의 인맥 기반 등을 무기로 주요 이권 프로젝트에 철통 같은 기득권의 벽을 쌓고 있는 지역이기도 했다.

이런 상황을 제치고 한국업체들이 발을 붙일 수 있는 경쟁력이란 아무것도 없었다. 모두들 무모한 정 회장이 열사 사막에 멋도 모르고 뛰어들어가 현대가 망할 것이 뻔하다고 혀를 찼다.

이런 비난과 반대는 밖에서만 있었던 것은 아니다. 일찍이 현대그룹의 창업과 성장에 일등 공신 역할을 했던 그의 바로 아래 동생 정인영 사장까지 정 회장의 중동진출계획을 강력하게 반대하고 나섰다. 그는 정 회장 형제들 중에 영어 실력과 국제 사업 감각이 가장 뛰어난 인물로 발언권이나 영향력 면에서 명실상부한 그룹의 2인자 자리에 있었던 사람이다.

그러나 정 회장은 특유의 추진력과 창의력을 발휘하여 엄청난 반대와 난관을 극복하고 중동 시장에서 성공함으로써 한국뿐 아니라 전세계를 놀라게 하였다. 이를 통하여 그는 한국의 많은 업체들이 중동에 진출할 수 있는 길을 개척했다. 이 시기에 한국경제는 그야말로 말이 아니었다. 석유 파동으로 2년도 안 되는 기간 동안 600% 가까이 뛰어오른 석유값으로 인해 수출을 비롯한 전 산업의 숨통이 막혀 있었다. 외환보유고는 바닥이 나서 국가 부도 직전에 놓여 있었다. 이때 이미 IMF 관리 체제에 들어가는 외환위기를 피할 수 없는 상황이었다. 그러나 현대를 선두로 중동에 진출한 건설업체들이 벌어들이는 외화는 파산 직전의 한국경제를 구출하는 데 결정적인 역할을 했다. 현대건설 스스로도 일약 세계적인 건설회사로서의 기반을 다지게 되었다.

만약 산업화 태동기라고 할 수 있는 그 시기에 한국경제가 외환위기를 맞았었더라면 그 충격과 회복 양상은 그 후 20여 년 후 성장과 체질을 다진 다음에 맞았던 1997년의 외환위기의 경우와는 그 충격의 심각성, 회복 능력, 회복 기간에 엄청난 차이가 있었을 것이다. 아니, 어쩌면 그 시기를 전후하여 외환위기로 국가경제가 몰락했던 칠레나 브라질, 멕시코와 같이 한국경제도 아주 오랜 기간 고통스런 정체의 늪에서 벗어나지 못했을지도 모를 일이다.

■ ■ ■

한국은 물론 선진 공업국 전문가들의 상상을 뒤엎고 이 땅에 조선공업을 일으킨 업적도 마찬가지다.

울산 미포만 백사장에 조선소 착공의 첫 삽을 뜬 것은 1972년 3월이었다. 그때까지 한국의 조선소가 만들어 본 가장 큰 배가 1만 7천 톤짜리였다. 국제 시장에서 경쟁력을 가지려면 적어도 20만 톤급의 배를 만들 수 있어야 했다. 그런데 한국에는 기술도 경험도 없고, 큰 규모의 조선소를 만드는 데 필요한 투자 재원을 조달한다는 것도 막막한 일이었다. 누가 보더라도 황당해 보이는 사업계획서와 아직 매입도 안 된 조선소 예정 부지인 황량한 해변 사진이 정 회장이 조선소 사업 추진을 시작할 때 가지고 있던 전부였다.

당시로서는 우여곡절 끝에 조선소를 짓는다 해도 기술도 경험도 없는 기술 후진국 한국에서 만든 배를 외국 선주들이 사주기를 기대한다는 것 자체가 어느 면으로 보나 실현성이 없는 허황된 꿈이었다. 따라서 혼신을 다해 조선소 사업을 추진하는 정 회장의 '무모'함을 모든 사람들이 비웃었다. 심지어 그 시기 중화학공업 발전을 비롯하여 경제발전계획에 막강한 영향력을 가지고 있던 주무 경제부처 장관까지도 "만약 정 회장이 조선 공업을 성사시키면 내가 열 손가락에 불을 붙이고 하늘로 올라가겠다"고 단언했을 정도였다.

그러나 그는 모든 사람들의 상식과 예상을 뛰어넘고 '황당한' 계획을 현실로 이루어냈다. 뿐만 아니라 그 과정 역시 상식을 초월하는 일들이었다. 조선소 땅 매입도 안 되어 있고, 착공도 안 된 1970년 12월에 정 회장 자신보다 '더 미친 선주'로부터 26만 톤급 배를 두 척이나 주문받았다. 사실 그때까지만 해도 한국에는 26만 톤급 배라는 것이 그 규모가 얼마나 큰지를 제대로 이해하는 사람이 없었다.

정 회장은 조선소 건립과 배 건조를 동시에 착공하여 최단시일 내 조선소 건립 준공과 함께 주문받은 배 두 척을 완공하여 진수시키는, 세계 조선 공업 역사에 초유의 기록을 남겼다. 행여나 모든 것이 순조롭게 진행된다 해도 조선소 건립 후 그런 규모의 배를 건조하기까지는 최소 5년 이상이 걸릴 것이라고 예상했던 일본의 조선 전문가들은 경악했다. 한편 정 회장이 세운 조선소는 당시 정부가 국력을 기울여 세운 대표적 중화학공업 기간산업체인 포항제철 초기에 엄청난 양의 철판을 소화해 주는 중요한 역할도 해주었다.

■ ■ ■

그 다음으로 그가 일으킨 자동차 공업을 살펴보자. 엔진을 비롯해 수만 개의 부품이 들어가는, 현대 첨단기술과 기계공업이 결합되어 만들어지는 자동차를 한국이 독자적으로 개발하여 시장에 내놓는다는 것은 당시로서는 어쩌면 조선 공업보다 더 허황된 생각이었다.

주한 미군부대에서 버리는 고물 군용 자동차들을 고철 값에 사다가 일일이 손으로 엔진을 재생하고, 역시나 미군이 버린 헌 드럼통을 망치로 펴고 다듬어 덮개를 씌워 버스와 '시발택시'를 만들어 본 것이 한국이 가지고 있는 기술과 경험의 전부였다. 그리고 정 회장이 독자적으로 자동차 개발을 시도할 때는 이미 닛산, GM 등 세계적으로 쟁쟁한 자동차 회사들이 한국에서 조립생산을 하고 있었다. 이들은 막대한 자본력을 무기로 그렇지 않아도 얼마 안 되는 국내 시장을 적극적으로 공략하고 있었다.

궁극적으로 독자개발한 한국 자동차가 살아남는 길은 자동차 구매력이 있는 선진국을 위시한 해외 시장 진출인데 품질 규격, 안전, 공해 규정, 자국업체 보호정책 등 그 장벽이 어느 공산품보다도 높고 두터워 상식적으로는 넘보기 힘든 상황이었다. 당시 한국 공산품에 대한 외국의 인식은 대단히 낮은 수준이어서 단순한 공구 제품들을 수입해

갈 때도 선적 전에 대리인을 시켜 품질 확인 과정을 꼭 거치는 관행이 일반화되어 있을 정도였는데, 한국이 만든 자동차를 그들이 사주기를 바란다는 것은 그야말로 망상에 가까운 기대였다.

정 회장도 처음에는 포드 자동차의 조립생산을 시작했다. 그러나 포드는 정 회장이 받아들이기 어려운 조건들을 계속 제시하여 정 회장을 압박해 왔다. 포드의 속셈이 장기적으로는 한국과 아시아 시장 진출을 위해 한국업체를 이용하여 자체 조립기지를 확보하려는 것임을 정 회장은 간파했다.

그러나 조립생산은 처음부터 그가 생각한 길이 아니었다. 그는 독자개발이 불가능하다고 모든 사람이 말리는 '위험천만한' 출사표를 던졌다. 그러자 저지하려는 직간접 압력이 거세게 밀려 왔다. 당시 군사정권 실세의 지원을 등에 업고 일제 자동차를 생산하고 있던 국내 기득권 업체와 한국에 진출해 있던 미국계 자동차 조립업체에서 여러 형태의 압력을 가해 왔다. 한국을 조립생산기지로 활용하려던 미국 자동차 업계는 아무리 정주영 회장이라도 독자적으로 자동차 개발에 성공할 수는 없을 것이라는 생각을 하면서도 만일에 대비해 미국 정부를 통하여 회유와 압박을 가해 왔다.

"도로가 한 국가의 동맥이라면 자동차는 그 동맥을 돌아다니는 피다. 동맥에 피가 원활히 돌아야 그 나라 경제의 활력이 가능하다. 그래서 이 나라에서 자동차 공업을 외국업체에만 의존할 수 없다. 나는 건설에서 번 돈을 다 털어 넣고 실패한다 해도 이렇게 중요한 자동차 공업이 우리 후대에 의해 성공할 수 있도록 디딤돌을 놓았다는 것만으로도 만족할 것이다. 나는 포기할 수 없다"는 단호한 메시지로 미국 정부를 대신해 정 회장을 설득하려던 주한 미대사와의 담판을 끝냈다. 그리고 상식적으로는 망할 수밖에 없는 많은 시련을 겪어내며 그 특유의 집념과 실천력으로 끝내 자동차 독자개발에 성공하였다.

그가 이룩한 한국의 자동차 공업은 한국뿐 아니라 전 세계 시장 그리고 자동차 종주국인 미국 시장의 안방까지 진출했고, 현재는 미국, 중국, 인도 현지 공장에서 조립생산하고 있다. 이러한 자동차 공업의 성공은 국내의 철강 산업, 기계금속 공업, 전자 산업, 타이어 산업, 플라스틱과 페인트 등의 화학 공업 등 그 연관 효과와 고용 창출 효과를 볼 때 지금 우리경제의 가장 중요한 자리를 차지하고 있다. 또한 첨단 기술 문명의 종합체인 자동차를 전 세계에 수출함으로써 한국의 공산품과 기술 수준에 대한 세계인의 인식을 획기적으로 바꾼 것은 숫자로 나타낼 수 없는 엄청난 이득이다.

■ ■ ■

그 다음은 88서울올림픽 유치를 조명해보자.

올림픽 유치 자체가 정 회장 고유의 기업 활동과 성취는 아니었지만 한국의 현대사에 관한 그의 어느 업적 못지않게 커다란 의미를 가진다고 볼 수 있다.

당시 한국이 올림픽 유치에 성공할 수 있으리라는 생각을 가진 사람은 국내외를 통틀어 아무도 없었다. 정부로부터 떠밀려서 올림픽 유치위원장을 맡은 정 회장 자신도 처음에는 최선을 다한다는 결의는 가지고 있었지만 성공을 확신하기에는 모든 여건이 너무나 형편없었다.

박정희 대통령 때 나왔던 올림픽 유치 시도를 신군부가 체면상 진행은 해야겠기에, 그저 체면치레로 시도하는 것뿐이었다. 누가 나서도 불가능한 일이라고 판단했기 때문이다. 마침 중화학공업 강제 통폐합 등 주요 경제정책 이슈를 놓고 본인들과 껄끄러운 관계에 있던 정 회장을 내세워 보자고 청와대 실세들 사이에서 결정이 이루어진 것으로 알려졌다. 그래서 '못하는 것이 없는' 정 회장을 내세워 신군부에 매사 고분고분하지 않은 정 회장의 기세도 꺾을 겸 자신들의 직접적인 체면 손상을 면해 보려는 계산도 있었던 것을 짐작할 수 있다.

당시 이러한 배경을 뒷받침하는 여러 가지 정황이 있다. 그중에 하나가 '서울올림픽'인데, 이름이 말하듯 서울올림픽 유치의 실질적인 주체는 서울시장이었다. 그러나 신군부 실세 중의 한 사람이었던 서울시장은 올림픽 유치를 위한 현지 한국관 개관식에도 나타나지 않았다. 또한 정 회장 등 유치 활동을 하는 사람들은 주최국 선정 투표권을 가지고 있는 각국 올림픽 위원들을 한 명이라도 더 만나고 다녀야 했는데, 이들이 묵고 있는 호텔의 출입이 아무에게나 허용되지 않았다. 이에 출입증이 있는 한국의 올림픽위원들이 앞장서 줘야 하는데, 되레 의전 격식과 체면을 내세워 나서지 않고 소극적인 자세를 취했다.

막막한 상황은 밖으로는 더했다. 일본은 경제력, 세계에서 평가받는 국가적 위상, 올림픽 개최 경험, 전 국가적인 유치 지원 노력 등에서 한국과 비교가 안 되었다. 일본은 한국을 턱없는 약세로 인식하고 그들의 유치 성공을 이미 기정 사실화해 놓았다. 심지어 개최지인 나고야와 표결 장소인 독일 바덴 현지에서 미리 축제 준비를 하고 있었다.

반면 한국은 그 이전에 올림픽은 고사하고 아시안 게임을 유치했다가 능력 부족을 이유로 자진 반납한 불명예의 '전과'를 가지고 있던 터였다. 거기에 한국이 올림픽을 유치하는 데에는 치명적인 약점을 가지고 있었다. 그것은 테러와 같은 위험 요소가 없는 사회 안정이라는 평가 요소였다.

과거 뮌헨 올림픽 테러의 아픈 경험을 가지고 있는 각국 올림픽 지도자들은 이 문제에 대단한 비중을 두고 있었다. 그런데 당시 개최 예정지인 서울은 불과 한 시간도 안 되는 거리의 군사 분계선에서 수시로 도발이 일어나고 있는 상태였다. 북한은 만에 하나라도 남한이 올림픽 유치에 성공하거나 또는 실패하더라도 지지표가 많이 나올 경우 국제 사회에서의 상대적 위상 실추를 우려했다. 그래서 남한에서 올림픽 유치를 할 경우 군사 도발과 테러를 감행할 것이라는 위협을 대놓고 해가며 한국의 올림픽 유치를 방해하고 있었다. 참으로 사면초가였다. 그러나 정 회장은 끝까지 포기하지 않는 집념과 관행과 상식에 얽매이지 않는 기지를 발휘하여 88올림픽 서울 유치를 세계의 예측을 뒤엎고 기적같이 성공시켰다.

88서울올림픽의 성공적인 개최는 세계 사람들에게 한국의 위상을 드높이는 획기적인 계기가 되었다. 뿐만 아니라 한국 사람들에게 선진 사회 속에서 당당한 한국 국민으로서의 자긍심을 가질 수 있게 하였고, 우리들의 잠재력에 대한 확신을 갖게 하였다. 이를 두고 어느 외국 언론은 "한국전쟁의 참상과 독재정치, 학생 데모 같은 부정적인 모습이 아니고 좋은 일로 세계인의 관심의 중심이 된 것은 한국의 5천 년 역사 이래 88서울올림픽이 처음이었다"라고 말했을 정도였다.

■ ■ ■

지금까지 열거한 정 회장의 주요 업적을 놓고 이들 사업이 가지는 한국의 경제사적 의미를 다음과 같은 가정의 질문을 통하여 조명해 볼 수 있다.

- 만약 그때 경부고속도로 건설이 10년 또는 그 이상 지연됐었다면?
- 세계 석유파동으로 외환보유고가 바닥이 났던 국가 부도 직전에 정 회장이 중동 건설 시장 진출에 앞장서지 않았더라면?
- 조선 공업을 그때 추진하지 않았더라면?
- 그가 독자적으로 자동차 개발을 성공해내지 못했더라면?
- 88서울올림픽이 없었다면 오늘날 한국의 산업구조와 경제 그리고 국제 사회에서의 위상은?

아마 한국의 경제발전은 성장이나, 수출, 기술발전, 산업구조, 국제 경쟁력 등 여러 면에서 대단히 다른 과정을 거쳤을 것이다. 특히, 오늘날 우리가 경쟁력을 가지고 있는 철강, 조선 공업 등과 같은 중화학 공업이나 기간산업, 그리고 자동차 공업 같은 핵심 분야에 있어서 선진 공업국 종속 정도가 심화되어 있을 가능성이 매우 높다.

그리고 그가 이룩한 이런 사업들을 놓고 반드시 짚어 봐야 할 질문이 더 남아 있다. 그것은 당시 그토록 '무모하고 상식에 역행하는' 사업으로 매도되고 비웃음을 샀던 사업들이 정주영 회장이 하지 않았다면 한국의 다른 기업가가 대신했을 수도 있었느냐 하는 것이다. 당시 대기업들이 '위험천만하고 무모한' 정 회장의 사업 행보에 대하여 보였던 반응과 경영 행태로 보아 그 가능성은 대단히 희박했다고 할 수 있다.

당시 한국의 대표적인 재벌 기업들은 대체적으로 섬유, 식품, 가전제품 등 의식주와 관련된 분야에서 '돌다리'도 두드려 보는 신중한 자세로 국내 시장에서의 위치를 강화할 뿐이었다. 그리고 정 회장의 무모한 모험을 숨죽이고 지켜보고만 있었던 것이 일반적인 추세였다. 그들은 중동 진출, 조선 공업, 자동차 공업 등에서 정 회장이 먼저 '위험한 다리'를 건너 성공시키는 것을 보고 안전하다고 확인한 뒤에야 정 회장의 뒤를 따랐다는 사실들은 이러한 견해를 뒷받침할 수 있다고 본다.

그러면 그 사업의 규모나 엄청난 위험성으로 보아 웬만큼 출중한 기업가라도 평생 한두 가지를 성사해 내기도 힘든 이러한 많은 사업들을 성공적으로 해낸 정주영 회장이 가지고 있는 기업가로서의 정신과 기질은 과연 무엇이었나 하는 점을 짚어 봐야 한다.

일반적으로 그에 대하여 평가할 때, 선천적인 근면성, 모험과 도전정신, 위험과 불확실성을 넘어 그 뒤에 존재하는 기회를 포착하는 직관력, 뛰어난 상상력과 두뇌회전, 무서우리만치 강력한 추진력과 사람을 이끄는 카리스마를 든다. 정확한 평가다. 이것은 피터 드러커 교수의 정 회장에 대한 평가이기도 하다. 그런 것들이 복합적으로 뒷받침되지 않고서는 평생에 운이 따르는 것도 한두 번이지 무에서 일구어 낸 것이나 다름없는 그의 초인적인 업적이 이루어질 수 는 없었을 것이다.

그런데 그가 이룩한 이정표적인 업적의 과정을 추적해 보면 강력한 정신, 기질들과 함께 또 하나의 대단히 감동적이고 일관된 공통점을 발견할 수 있다.

그것은 웬만한 의지의 기업가라면 좌절하고 포기할 수밖에 없는 엄청난 시련에 직면했을 때, 도리어 시련을 도약의 기회로 발견해내는 위대한 정신과 용기를 발휘한다는 점이다.

그의 일생에서 이러한 면모를 제일 먼저 드러낸 것은 막연한 꿈 한 가지만을 갖고 무작정 결행한 어린 시절 가출이라고 할 수 있다. 가난한 산골 농가의 맏아들로 태어난 그는 겨우 보통학교를 마쳤다. 아무리 등이 휘도록 일해도 배고픔을 면할 수 없는 운명을 받아들이는 것을 거부하고, 부모 형제를 떠나 아무 연고도 없는 막막한 도시를 향해 가출을 감행했다.

몇 차례 실패에도 포기하지 않고 드디어 그의 일생의 드라마의 무대가 될 도시에서 온갖 노동을 하다 쌀가게 배달 점원으로 처음 자리를 잡는다. 그때부터 그의 이러한 기질적 특성은 발휘되기 시작한다. 그리고 그것은 그 후 그의 일생에서 이정표적인 여러 사업의 위기와 도약 과정에서 어김없이 모습을 드러낸다.

첫 번째는 휴전 직후 기술이나 경험도 없이 수주한 고령교 복구 공사에서 참담한 실패를 겪는 과정에서 찾아볼 수 있다.

전쟁 직후 하루가 다르게 치솟는 인플레이션을 반영시키지 못한 수주 금액, 장비와 기술, 경험 부족에 수해까지 겹쳐서 수주 금액의 몇 배의 공사비를 퍼부어도 완공이 어렵게 된 상황에 처하게 된다. 사업성을 따져 판단해 보면 공사를 중도 포기하는 것이 몸통을 구하기 위해 꼬리를 자르는 것처럼 그나마 손실을 줄이고 살아남는 합리적인 선택이었다.

주위에서도 모두 포기할 것을 종용했다. 그러나 그는 형제들이 사는 집까지 다 팔아서 공사비를 마련하고, 천신만고 끝에 공사를 마무리했다. 집을 팔아 공사비를 댄 바람에 판잣집에 거처하는 동생 가족을 찾아가 붙들고 눈물을 흘릴 만큼 그는 심신이 만신창이가 되었다. 그것도 모자라 이때 진 빚은 이후 오랫동안 그에게 커다란 짐이 되었다.

그러나 그는 좌절하지 않았다. 그때 그가 '바보'같이 끝까지 이행한 공사 완공이라는 신용으로 서울 수복 후 한강 인도교 복구공사라는 전후 최대 공사를 수주하며 현대건설의 기반을 구축하는 결정적 계기를 마련한다.

그 다음은 1965년 한국 건설 역사상 처음 시도했던 태국에서의 고속도로 건설의 참담한 실패를 들 수 있다. 난생 처음 해외 공사일 뿐만 아니라 지금까지 해보지도 못한 고속도로 공사였다. 기술과 장비 모두 부족했다. 경험이 없다 보니 고속도로 공사에 치명적인 현지의 엄청난 강우량과 악천후, 그리고 공사에 대단히 불리한 토질을 고려하지 못한 것이 결정적인 재난의 원인이었다.

공사도 차질의 연속이었고 언어와 인습이 다른 현지 인력관리 문제도 엄청난 시련을 가져왔다. 공사 독려차 현장 지휘에 나섰던 정 회장의 신변이 위협을 받는 일까지 생겼다. 역시 커다란 손실과 피해를 줄이기 위하여 중도 포기 유혹이 압도해 왔다. 그러나 정 회장은 이를 악물고 공사를 완료했다. 예상했던 대로 결과는 엄청난 손실을 입었다. 그동안 국내 건설사업에서 번 돈을 다 털어 넣다시피 했다. 멋모르고 한발 들여놨던 해외 고속도로 공사에서 참담한 실패를 봤고, 다시는 생각해 보기조차 싫은 일로 접어둘 만큼 큰 상처를 안겨준 쓰디쓴 실패였다.

그러나 정 회장은 이때의 실패를 그 후 천만금의 가치를 갖는 도약의 발판으로 활용한다. 그로부터 3년 후 시작된 경부고속도로 건설사업에서 당시 국내 건설업계 중 고속도로 건설에 경험이 있는 유일한 업체로서 주역을 담당하게 된 것이다. 그리고 경부고속도로 건설이 끝난 뒤 중동 건설 시장 진출에 자신감을 갖게 하는 계기도 마련할 수 있었다.

70년대 중반에 불어닥친 석유파동은 세계의 주목을 받으며 막 발돋움하는 현대조선에 치명타를 가했다. 세계무역 물동량은 급감했고 원유수송 수요도 거의 반으로 줄었다. 현대조선의 주 생산품목이라고 할 수 있고 산유국들이 주 고객인 원유수송선의 주문이 완전히 끊겼을 뿐 아니라 이미 가지고 있는 원유수송선도 남아 돌아가는 형편이 돼버린 탓에, 이미 주문해 놓은 선박도 선주들이 인수를 하지 않은 채 등을 돌려버리는 사태가 발생했다. 막대한 투자와 시설을 가지고 있던 현대조선은 파산 위기에 처했다. 천문학적인 자금 압박이 가해지고 있었다. "드디어 정 회장의 조선소 꿈이 물거품이 되는구나……" 하며 호사가들 사이에서 올 것이 왔다는 말들이 돌기 시작했다.

하지만 정 회장은 가만히 앉아서 당하지 않았다. 그는 두 가지의 대담한 발상으로 돌파구를 찾았다. 그중 하나는 엄청난 불확실성과 위험을 무릅쓰고 중동 건설 시장에 진출하여, 주베일산업항 등 주요 공사에 소요되는 대형 철구조물들을 울산 현대조선에서 제작한 것이다. 그리고 태풍권인 필리핀 해, 몬순지역 인도양, 걸프만 주베일까지 장장 1만 2천km 해상을 바지선으로 19항차에 걸쳐 운반하는 감히 누구도 생각지 못한 계획을 실행했다. 이것은 위기의 현대조선에 일감을 마련해 주었고, 동시에 주베일산업항 건설에서도 이익을 극대화시킴으로써 위기를 일거양득의 기회로 활용한 것이다.

이번에는 선주들이 인도해 가지 않은 배들의 처리 문제가 막연했다. 에너지 파동 여파로 심각한 불황을 맞고 있는 세계 어디에서도 엄청난 가격의 수십 만 톤급 배들을 사겠다는 사람이 나타나지 않았다. "어차피 실어 날라야 하는 현대그룹 자체의 수출입 물량도 있는데……" 정 회장은 인도되지 못한 유조선들을 개조하여 콘테이너 화물선을 만들고, 해운회사를 설립했다. 이렇게 해서 설립된 현대상선은 몇 년 후 해외에 수출되는 현대자동차를 세계 각국에 실어 나르는 주역을 담당했고, 현대그룹 주력 회사 중의 하나가 되었다.

자동차 독자개발 과정에서도 정 회장의 이런 면모는 예외 없이 드러났다. 처음에 기대를 가지고 시작한 포드사와의 합작조립생산은 차종 선택의 오류, 기술과 경험의 부족, 내수 시장의 빈약, 자금 부족, 공장을 쓸어버린 홍수 피해 등으로 시작 초기부터 감당하기 어려운 시련의 연속이었다. 야심을 가지고 있던 포드사는 '네가 설마 견뎌 내겠느냐'는 식으로 주도권을 잡기 위해 막강한 자금력을 등에 업고 정 회장이 감당할 수 없는 조건들을 제시하며 압박해 왔다. 정 회장은 포드사와의 합작을 포기했다. 그러나 그것은 포드사에 손을 든 것이 아니었다. 대신 그 당시 상황으로는 무모하기 그지없는 독자개발이라는 출사표를 던진 것이다. 그즈음 현대자동차의 국내 경쟁업체들은 군사정부 실세들의 절대적 지지를 받으며 일본의 자동차 회사, 미국 자동차 회사와 함께 엄청난 규모의 투자로 새로운 합작회사를 출발시키고 있던 터였다.

당시 선진국이 독점하고 있던 엔진 제조 등 자동차 관련 기술이 후발국에 이전된 사례는 전무했다. 이 분야는 기술 소유국들의 철저한 배타적 보호주의로 굳게 문이 닫혀 있었다. 현대가 이 문제를 극복한다는 것은 누가 봐도 어림 없는 일 같아 보였다. 원래 자동차 산업은 기술과 경험 못지않게 개발, 생산, 판매, A/S의 과정에서 천문학적 규모가 소요되는 자본력의 싸움이다. 아무리 현대라 해도 역부족이었다. 현대자동차 독자개발이 성공해서 뿌리를 내릴 가능성을 보여줄 수 있는 가능성은 어디에도 찾아볼 수 없었다.

그러나 그는 모든 사람들의 예측을 뒤엎고 독자개발을 성공시켰다. 포드사와의 합작 조립이 성공적으로 유지되었더라면 어쩌면 한국 자동차 산업이 선진국 종속을 벗어나는 길은 요원해졌을지 모른다. 그렇게 역경을 극복하고 독자개발에 성공한 현대자동차는 지금 세계를 누비며 한국경제를 지탱하는 대들보 노릇을 하고 있다.

■ ■ ■

정주영 회장은 분명 한국경제사를 크게 바꿔 놓았다. 그는 상식을 뛰어넘는 상상력과 창의력 그리고 무모하리만치 대담한 추진력으로 그의 사업 아이디어들을 결행해 냄으로써 한국경제에 산맥을 이루는 거대한 사업들을 일궈냈다.

그 과정에서 그는 상식적으로는 좌절할 수밖에 없는 역경을 매번 새로운 도약의 기회로 만드는 초인적인 모습을 보여주었다. 시련과 좌절이 있어도 인생이라는 게임의 도전에 매일 아침을 설레임으로 살아온 모습들이 그의 일상의 발자취에 면면히 남아 있다.

요즘 창조와 혁신이라는 화두가 부각되고 있다. 정 회장이 세상을 놀라게 했던 주요 사업들은 고정관념과 상식적인 틀 안에서는 발상조차 불가능한 것들이었다. 그러나 그는 타고난 상상력, 예지력을 발휘하여 그것들을 현실화했다. 그는 일찍이 창조와 혁신의 화신, 선각자였다. 그는 시련과 좌절로부터 희망과 기회를 찾아내고 그로부터 에너지를 충전하여 도약했던 한 시대의 초인이었다.

02
대북 사업에 대한
집념의 배경

1998년 6월 16일, 정주영 회장은 83세의 노구를 이끌고 평생 그리 던 북쪽의 고향을 향했다. 500마리의 소떼를 몰고 가공할 살상과 파 괴의 온갖 무기로 동족인 남북이 서로 대치하고 있는 휴전선을 걸어 서 넘었다.

반세기가 넘는 분단 이후 처음 있는 일이었다. 왜 소였을까?

아무리 일해도 면할 수 없는 배고픈 생활이 싫어 미련없이 고향을 떠났다. 그때 여비 마련을 위해 몰래 가지고 나왔던 아버지의 소 판 돈 을 갚는다는 상징적인 의미만은 아니었다. 그는 평소에 자주 소의 품 성에 대한 예찬을 했었다. 소는 큰 몸집과 강력한 힘을 가지고 있지만 가장 비폭력적이고 인내심이 강한 동물이다. 그리고 근면과 희생정신의 상징이다. 그렇기에 그는 이데올로기를 떠난 순수한 한민족 민초의 상징을 소에 부여한 것이다. 소떼를 이끌고 휴전선을 넘은 것은 남북한 동포, 그리고 세계를 향하여 통일의 열망을 알리는, 여생을 얼마 안 남긴 그의 마지막 절규였고 세기의 시위였다.

■ ■ ■

북한의 강원도 깊은 산골짜기 통천은 그에게 가난과 배고픔, 그리고 채 뼈가 굳기도 전인 어린 나이에 아버지를 따라 허리가 휘는 농사일을 했던 만감이 서린 고향이다. 그곳은 그가 평생토록 추모했던 아버지와 어머니, 형제들과의 어린 시절 애절한 추억이 서린 영혼의 고향이다. 분단되어 갈 수 없는 곳이기에 더욱 안타깝게 그리운 고향이다. 세계적인 기업인이 되고 억만장자가 된 후에도 어린 시절 시골 초가집에서 식량이 떨어졌을 때 찐 감자를 으깨서 고추장을 넣고 쓱쓱 비벼먹던 기억을 입맛을 다시며 이야기했다. 가난했으나 행복했던 고향을 떠올리면서도 한편으로는 굶주리고 헐벗은 가난한 북한 동포의 실상에 누구보다도 가슴 아파했다. 그래서 그 분단의 벽을 허무는 일을 그의 인생에서 마지막 헌신할 사명으로 삼은 것은 너무나 당연해 보인다.

천만 명이 넘는 이산가족이 부모 형제와 자식을 불과 한 시간도 안 되는 지척에 두고도 서로 생사도 모른 채 반세기가 넘도록 처절히 그리워해야만 하는 이 모순과 비극을 정당화할 수 있는 것은 그것이 이데올로기이든 어떤 집권 기득권 세력의 이해관계든 이 세상에 어떤 것도 용납될 수 없다고 그는 늘 말했다. 특히 인간 스스로가 만든 이데올로기라는 어리석은 족쇄를 개탄했다.

이러한 것을 극복하기 위한 접근 방법으로 그는 북한의 권력층들이 체제 유지에 대한 불안이나 위협을 느끼지 않고 부담을 갖지 않을 수 있는 분야부터 교류하여 공감대와 동질성을 확대해 나갈 수 있는 노력을 해야 한다고 기회 있을 때마다 역설하였다.

■ ■ ■

정 회장은 남한의 정부나 정치인이 아니고 개인 경제인 자격인 정 회장 자신이 북한의 권력층에게 가장 정치적 부담이 적은 대상이라는 데 착안했다. 또한 그의 고향이 이북이고, 세계적으로 성공한 기업인으로서 북한 경제문제에 대하여 남다른 관심을 가지고 있고, 또 실질적으로 기여를 할 가능성이 높은 인사로 그들이 인식하고 있다는 데 자신을 가졌다. 추진하는 사업도 먼저 문화, 체육, 관광, 그리고 무엇보다도 경제분야를 중심으로 전개되어야 한다고 믿었다.

이러한 교류를 확대해 나가다 보면 남북은 자연히 자주 만나게 될 것이고, 친숙해지고, 이해가 늘어날 것이며, 이로 인해 서서히 경계심이 줄어들고, 신뢰와 우의가 살아날 것이라고 믿었다. 그것은 다시금 우리 민족이 서서히 한 지붕 아래 한솥밥을 먹으며 함께 살기 위한 연습 과정이 되기도 하는 것이었다. 그렇게 되면 정치 이념의 벽과 군사적인 긴장도 감소될 것으로 굳게 믿었다.

정 회장은 남북한 간에 경제교류가 확대되면 세계적으로 경쟁력을 발휘할 수 있는 대단한 시너지가 생길 것이라고 믿었다. 정 회장은 남한은 그동안 경쟁력을 갖춘 기술과 경험, 자본, 세계 시장에 기반을 가지고 있다는 점을, 북한은 어려움을 잘 견디고, 부지런하고, 강인하며 잘 훈련된 노동력이 있다는 점을 그 근거로 들었다. 북한 노동력을 활용하는 것은 우선 해외 시장에서 한국의 기업들에게 임금 면에서 경쟁력을 회복할 수 있는 돌파구가 될 수 있다는 생각을 했다. 그리고 그는 북한 노동력을 이끌고 제3국 건설 시장 진출의 포부를 틈 있을 때마다 피력하기도 했다. 그들은 뿌리가 같은 동포로 말과 정서가 같은 형제들이며, 그동안의 다른 체제와 분단에서 비롯된 이질감은 여건이 한번 주어지면 짧은 기간에 해소될 수 있다는 것을 믿기 때문이었다.

북한은 자본과 기술의 부족으로 이용되지 못하고 있는 중요한 광물 자원과 수력 자원을 가지고 있다. 남한이 지난 50년 가까이 경제개발과 산업화 과정에서 쌓아온 기술과 경험을 그들과 합의된 평화적 방향으로 결합할 때 북한의 경제난 해결, 국제 시장에서 남한의 경쟁력 강화, 그리고 무엇보다도 피흘리지 않고 통일을 앞당길 수 있다는 데에 강한 믿음을 가졌다.

북한의 개방을 이끌어내어 남북한 경제협력이 본격적으로 진행될 경우, 그에 따른 북한에서의 엄청난 사업 기회 또한 기민한 사업가인 정 회장에게 중요한 동기로 작용했던 것은 당연한 일이었다.

그는 중점적으로 몇 가지의 사업계획을 가지고 있었다. 우선 금강산 관광개발사업이었다. 금강산은 그의 잊지 못할 고향일 뿐 아니라 세계에 드문 명승지다. 또한 경제적 타당성 못지않게 통일 분위기 조성을 위해 반드시 개발해야 할 중요한 상징적 가치를 가지는 사업임을 믿었다. 그렇기 때문에 금강산 관광사업은 사업의 채산성만 가지고 그 가치를 평가해서는 안 되는 것이었다.

　그 다음으로 북한이 산업화를 이룩하기 위해서는 그동안 낙후되었던 사회간접자본 개발에 엄청난 투자를 해야 하는데, 이에 따른 개발사업 기회와 기타 생산시설 건설수요에 따르는 사업 기회가 열리게 될 것임은 그 과정과 시기가 문제일 뿐 쉽게 짐작할 수 있는 일이다. 그리고 북한 주민들의 임금소득증대는 북한 소비재 시장의 폭발적인 수요 증대로 이어질 것이다. 한 권위 있는 기관의 조사에 의하면 2014년 기준으로 1인당 1,000달러가 조금 넘는 북한의 GDP를 1만 달러 수준으로 끌어올리는 데까지 드는 통일비용에 약 5,500조 원 정도가 필요할 것이라고 한다. 이 재원의 상당 부분을 은행들이 장기채를 발행하여 해결할 수 있다는 긍정적 연구 결과가 나왔다.

　정치적인 위험성과 불확실성 때문에 아무도 나서지 못하는 상황에서 이런 모험을 감수하고 정 회장이 앞에 나서서 북한 권력층들을 설득하여 북한 진출을 선점할 경우, 그 대가로 주어질 수 있는 사업 기회의 프리미엄은 천문학적인 가치가 될 수 있다.

　그리고 그에게는 또 다른 뜻이 있었다. 그것은 남한 기업이 일찍이 북한의 사회간접자본 분야와 기간산업 분야에 현재 북한과 가까운 관계인 중국이나 당시 소련보다 앞서 진출함으로써 민족 장래에 경제적인 활로를 깔아 놓고자 하는 것이었다.

정 회장이 대북경협에 가졌던 또 다른 포부로는 북한을 경유하여 가깝게는 자원의 보고인 시베리아, 멀게는 소련대륙이나 중국대륙을 횡단하여 옛 실크로드를 거치는 유럽대륙으로의 무역물류 철도 수송로를 여는 것이었다. 시베리아는 우리가 절대로 필요한 원유, 가스, 임업자원과 광물의 보고이다. 북한을 경유하여 남한으로 이들 자원의 수입로를 확보한다면 한국경제에 큰 활력을 가져다줄 계기가 될 것을 확신했다.

현재 부산을 출발해서 유럽의 중심인 독일이나 프랑스까지는 해로로 약 2만km 거리에 27일이나 걸린다. 그러나 철도로 북한을 경유해서 중국이나 소련을 횡단할 경우, 그 운송거리가 절반가량 줄어 시간이 약 10일로 단축되며, 컨테이너당 수용비용도 해로보다 반 이하로 줄어든다. 우리 수출이 그만큼 경쟁력을 가질 수 있었기 때문에 이를 실현하는 데 강한 의욕을 가졌다.

김대중 정부가 들어서면서 정 회장은 정부의 햇볕정책에 힘을 얻어 적극적으로 대북사업을 전개하였다. 비료와 곡물 지원, 우호적 관계 개선을 위한 일부 현금지원, 개성공단, 경수로 프로젝트, 남북 연결 경의선 철도복원, 금강산 관광 등이 햇볕정책 안에 포함되었던 경제지원책이었다. 이러한 대북경제지원은 특히 국내 보수진영으로부터 '퍼주기식' 지원이라는 비난을 받았다.

■ ■ ■

북핵문제가 돌발함에 따라 대북경제지원에 대한 비난의 강도는 더욱 거세져서 국론 분열 양상으로까지 번지고 있는 것이 현실이다. 그렇다면 우리가 목격하고 있는 남북한 관계의 현실에서 남북문제에 대한 정 회장 평생의 집념과 노력에 대해서는 어떠한 평가를 할 수 있을까?

남북문제에 대해서 견해가 대단히 혼란스런 양상을 보이는 현 시점에서 진보와 보수, 그리고 여러 계층이 받아들일 수 있는 평가의 기준을 제시하는 것부터가 쉽지 않은 일이다. 그러나 우선 우리가 잊어서는 안 되는 민족적 과제인 '통일'이라는 측면에서의 의미를 접어 두고서라도, 북한에 대한 개방과 햇볕정책이 추진된 시기의 남북한 관계의 상황을 놓고 만약 우리가 다른 선택을 했더라면 남한이 감당해야 했을 기회비용으로서의 대가는 어떤 것이었나를 생각해보는 것도 보다 냉철하고 균형된 시각을 갖는 데 도움이 될 것이라고 생각한다.

우선 전과 같이 남북한 당국 간에 팽팽한 긴장과 반목이 지속되고 휴전선에서 총격이나 침투 같은 사건이 수시로 발생하는 상황을 상정할 수 있다. 그동안 남북 간의 대화와 긴장 완화 분위기로 인하여 한국군이 무기 현대화와 전력 강화 계획을 축소하지는 않았다 하더라도 군사적 긴장상태에서는 남한의 군비 증강 부담이 훨씬 가중되

없을 것이다.

경제적인 측면에서도 마찬가지다. 한국경제는 수출이 견인차라는 것을 부정할 사람은 아무도 없다. 과거 50년간도 그랬고 지금도 그렇고 앞으로도 마찬가지다. 그래야 고용도 유지되고 경제성장도 가능하고 우리 민족의 활로가 세계로 뻗어 나갈 수 있다. 우리의 수출구조가 저임금 경공업 제품에 의존하던 시기는 오래전에 끝났다. 한국은 자동차, 반도체, 조선, 철강, 플랜트, 고부가가치 가전제품 등이 수출의 주종을 이루고 있다. 이들 산업은 부존자원이 없는 한국경제의 성장, 고용과 국제수지를 떠받치고 있는 대들보다. 그런데 이들 산업들은 오랜 회임기간을 요하는 대규모의 투자, 오랜 연구개발, 장기간에 걸친 품질에 대한 신뢰구축 노력뿐만 아니라 이들 제품의 상당 부분은 발주부터 인도까지 오랜 시간이 걸린다는 공통점을 가지고 있다. 언제 무슨 일이 일어날지 모르는 긴장감이 감도는데, 군사적 대치가 상존하는 나라에 이러한 제품을 주문하고 이것이 제때에 제대로 인도되기를 기대하며 거래할 외국 바이어는 없을 것이다.

또한 외국의 투자 자본가에게는 경제요소 못지않게 투자 대상국의 장기적인 정치·사회 안정에 대한 확신이 무엇보다도 중요한 결정 요인이라는 것은 누구나 다 아는 사실이다. 한국에 있어서 외국 기업의 투자 유치는 선진기술과 경영기법 습득을 통한 국제경쟁력 강화와 산업 고도화, 그리고 고용 창출에 대단히 중요한 요소다. 그런데 남북한 간에 팽배한 적대감과 긴장감이 있고, 휴전선에서 과거와 같이 수시로 무력 충돌이 있어 국지전이건 전면전이건 전쟁 위험을 안고 있는 나라에 외국 기업이 투자를 한다는 것은 상상하기 어려운 일이다. 하다못해 우리가 외국에서 돈을 빌려다 쓸 때도 휴전선에서 남북한 간에 무력 충돌로 조성된 긴장 상태에 따른 높은 국가 위험도 때문에 일반 국제 금리에 더하여 엄청난 추가 금리를 부담했던 고통스런 경험도 있다.

1997년 외환위기로 인하여 실제로 부도가 난 국가를 넘겨받은 당시 김대중 정권이 뼈아픈 산업구조 조정과 경제체질 개선을 거쳐 단기간 내에 IMF관리체제를 벗어나는 과정에도 외국 자본의 원활한 유입은 가장 중요한 역할을 했다. 이를 두고 혹자는 한국의 알짜 기업들을 헐값에 외국에 팔았다고 매도하기도 한다. 선택의 여지가 없던 당시 긴박한 상황에서 일부 그러한 예도 있었을 것이다. 그러나 그것은 죽을 지경에 이른 만신창이가 된 환자를 대수술 끝에 겨우 살려낸 의사에게 나중에 수술 흉터를 원망하는 것과 같다고 볼 수 있다.

이러한 주장이 타당하냐 아니냐 하는 시비를 접어 두고라도 당시 김대중 정부가 추진했던 햇볕정책이 해외 투자자들로 하여금 한반도에서의 군사적 긴장 완화와 안정에 대한 예측을 가능하게 하였고, 그것이 그들에게 한국에 투자할 수 있게 하였다. 그것에 힘입어 한국경제가 뼈아픈 대가를 치르기는 하였지만 IMF관리체제에서 단시일 내에 벗어나는 데 일조하였음을 부인할 수는 없다. 다시 말해 한국이 외환위기를 맞은 시기부터 남북한 간의 군사적 긴장과 충돌이 수시로 발생하는 상황이 지속되었더라면 김영삼 정부에 의해 초래된 IMF 관리체제라는 국가 부도 사태를 수습하고 헤쳐 나오는 과정에 있어서 한국민은 더 엄청난 고통과 대가를 치렀어야 했을지 모를 일이다.

■ ■ ■

인생의 마지막, 혼신을 다한 열정을 남북 간 경제협력 프로젝트를 통해 통일사업에 쏟아붓던 그도 유한한 생명의 천리를 거스르지 못하고 많은 미완의 과제를 남긴 채 2001년 타계했다. 그리고 2003년에는 남북문제에 있어서 북한을 포용하는 햇볕정책으로 정 회장과 호흡을 같이 했던 김대중 대통령이 임기를 마치고 노무현 정권이 들어섰다. 남북문제에 있어서 미국과 심한 갈등을 야기하면서까지 전향적 정책을 폈던 노무현 정권도 전임 김대중 정권의 소위 '햇볕정책' 하에서 수행된 북한과의 '거래' 문제를 전면적으로 수사하고, 이에 관련된 김대중 정부의 전직 관료들을 구속 수감하는 조처를 취했다.

정주영 회장은 이미 타계한 후였지만 계속적으로 민간기업계를 대표하여 김대중 정부와 합세하여 대북사업을 주도하였던 현대그룹 역시 화를 모면할 수 없었다. 특히 북한과의 관계 개선을 위하여 전달되었다는 지원금의 적법성 문제가 온 나라를 뒤흔들었다. 이러한 과정에서 현대그룹의 승계자였던 정몽헌 현대건설 회장이 검찰의 수사 과정에서의 중압감을 견디지 못하고 회사 사옥에서 투신자살하는 비극이 발생, 온 국민을 충격에 빠뜨렸다.

결과적으로 정주영 회장은 그의 아들마저도 그가 평생 열정을 불태웠던 남북통일을 위한 경협사업이라는 제단에 바치게 된 셈이 되었다. 그러면 이토록 '무리'에 가까운 열정을 투자하며 평생 일궈 놓은 현대그룹의 주력 기업인 현대건설을 잃게 만드는 희생을 감내하면서까지 남북경협 사업에 몰두한 정 회장의 심중에는 어떤 의지와 신념이 자리잡고 있었는가를 생각하지 않을 수 없다.

기회가 있을 때마다 정 회장이 측근에게 남북통일에 대하여 피력한 내용 중에는 다음과 같은 생각이 있었다. 그는 이데올로기, 그리고 남북한의 실정법은 원칙적으로 존중되어야 하지만, 그것들이 민족적 숙원인 남북통일이라는 진로에 결정적 장애가 된다면 어쩔 수 없이 뛰어넘을 수도 있는 것이라고 생각했다.

왜냐하면 그것이 이데올로기든 실정법이든 어디까지나 한 시대의 사상가나 정치 세력이 만들어낸 것이고, 이해 집단의 의지에 의해, 그리고 시대의 상황과 가치관에 따라서 언제라도 변화될 수 있는 것이라고 생각했기 때문이다. 민족통일이라는 대명제는 이러한 것들에 의해 좌절되기에는 너무나 절실하고 지고한 영속적 가치를 가지고 있다고 믿었다. 그래서 그는 그러한 시비에 대한 평가를 최종적으로 후대와 역사에 맡기고 그의 신념을 그 특유의 행동력으로 실천했던 것으로 생각된다.

■ ■ ■

　2006년 10월 북한이 감행한 핵실험은 한반도뿐만 아니라 전 세계를 들끓게 하였다. 그리고 북한의 핵실험이 가능하게 했던 요인으로 그동안 추진되었던 햇볕정책으로 대변되는 북한 포용정책과 지원사업, 그리고 정주영 회장이 문호를 개방한 금강산 관광사업 등이 성토의 대상이 되고 있다. 이러한 주장에는 일부 설득력이 있는 면도 있다. 그리고 북핵문제는 여전히 남북한 관계개선에 가장 큰 걸림돌이 되고 있다. 그러나 우리는 이러한 상황 전개에 대하여 지나치게 그때그때의 현상 자체에 일방적으로 압도되지 않고 그 본질을 짚어 보고 긴 안목으로 민족의 장래와 안위를 위해서 우리가 할 수 있는 슬기로운 대처가 어떤 것인지에 대해 생각해봐야 한다.

　북한이 더 버틸 수 없는 경제적 피폐와 민생고, 그리고 국제적인 고립을 탈피하기 위해 '이판사판'의 결단으로 남한을 군사도발하는 사태가 절대 허용되어서는 안 된다. 내부 통제를 상실하여 동독과 같은 형태로 하루 아침에 붕괴되어 남북한이 '폭발적'으로 통일되면 중국 등 주변 강대국이 개입하는 명분을 제공한다. 남북한 사회가 대혼란에 빠져 우리 민족이 장기간에 걸쳐 고통스런 대가를 지불하는 상황이 발생하지 않도록 막아야 한다.

　남북 간의 경제격차를 줄이고, 동질성을 회복하고, 적개심을 완화하고, 신뢰를 쌓아가는 것이 우리 앞에 놓인 통일로 가기 위한 과제다.

　그 다음 우리는 보다 냉정하고 지혜롭게 사태의 본질을 보기 위해 다음과 같은 질문을 해볼 수 있다고 생각한다.

햇볕정책이 없었다면 북한은 과연 핵실험을 안 하거나 못 했을까 하는 점이다.

또한 북한 핵문제를 놓고 벌이는 세계 강대국의 접근 방식과 이해관계는 과연 얼마만큼 우리 민족의 본질적 이해와 일치하는가 하는 점이다. 그리고 그들이 국력을 앞세워 조성하는 분위기에 휩쓸려서는 안 된다. 통일에 관하여 공동이해관계의 영역은 넓혀 가되, 어떤 경우도 우리 민족의 장래를 우리의 뜻에 반하여 그들이 결정하게 해서는 절대 안 된다는 것이다.

그 다음은 남북 간의 힘겨루기다. 죽기를 작정하고 덤비는 싸움 상대와는 맞붙기보다 대응을 달리해야 한다는 것이 예로부터의 지혜다. 왜냐하면 그렇게 싸워서 이긴다 해도 진 쪽 못지않게 이긴 편의 상처 또한 크게 남기 때문이다. 그래서 무력 충돌과 살상의 파국을 막고 상생의 길을 모색하기 위해서는 그야말로 상대가 '악마'라도 대화해야 한다. 그것은 '굴종'이 아니라 궁극적으로 우리 민족의 장래를 위한 지혜다.

우리가 정 회장의 남북한 간 경제협력을 위한 필생의 집념어린 노력의 결과를 평가할 때, 그것을 오늘의 현실과 결과만을 가지고 가늠해서는 안 된다고 생각한다.

왜냐하면 우리가 목격하는 현실은 그 형성의 과정과 결과 자체에도 한반도를 둘러싼 강대국의 복잡한 이해관계, 그리고 남북한 정치 세력들 사이의 여러 가지 정략적 이해관계들이 혼재되어 있기 때문이다. 또 한 가지 중요한 것은 북한문제를 생각할 때 북한정권과 그 체제를 북한 동포와 구분해야 한다는 점이다. 이러한 시각은 남북한 경제협력에 대해서 생전에 정주영 회장이 가졌던 비전과 집념, 그리고 그의 유업을 올바르게 이해하는 길이기도 하다.

03

대통령 선거에
왜 출마했었나?

한국은 1948년 건국 이후 1950년 6·25전쟁, 약 13년간의 이승만 자유당 정권, 그리고 1961년 박정희의 군사혁명을 시작으로 30년이 넘는 군부정권이 있었다. 이 기간 동안 국가정책의 최고 우선순위 중에 하나는 '반공과 국가안보'였다. 이는 단순히 민주주의와 공산주의의 이데올로기의 차원을 넘어 남북 간에 서로를 살상한 과거의 처절한 기억, 그리고 그 상처에 뿌리를 둔 적대감과 군사분계선을 사이에 두고 총부리를 맞대고 있는 상태에서는 피할 수 없는 현실이었다.

그러나 그것은 한국 사회가 정치적으로나 경제적으로 민주주의로 발전하는 데 있어서는 엄연한 족쇄로 작용하였다. 반공과 국가안보라는 명분은 그동안 집권 세력의 독재, 권위주의 통치와 장기 집권을 위한 갖가지 모순을 정당화하는 과정에서 야당과 저항 세력을 탄압하는 만능의 명분으로 사용되었던 것도 사실이다. 한국의 민간경제계도 절대 권력을 휘두르는 이러한 권위주의 정권의 통제와 영향력에서 벗어날 수 없었다.

정부주도의 경제개발정책으로 표현되는 이러한 통제와 영향력은 1961년부터 1979년까지 지속된 박정희 정권에서는 강력하고 일관된 정부정책주도하에 재벌 기업들을 독려하여 사회간접자본 확충과 공업기반을 구축하고 수출을 증대시킴으로써 백 달러에도 못 미쳤던 1인당 국민소득을 1만 달러 수준으로 끌어올리는 성과를 올렸다. 수출 제일주의, 새마을운동, 중화학공업 육성 등으로 대표되는 소위 '개발독재'의 개가라고 평가되는 시기라고 할 수 있다.

이 시기의 정부주도 경제정책은 부분적인 왜곡이 있었다 하더라도 경제성장 목표에 맞추어 제한된 투자 재원을 일관되게 효율적으로 배분, 투입하는 등 한국의 경제발전에 크게 기여한 부분이 긍정적으로 평가된다. 그래서 이 시기의 한국의 정치와 경제발전, 국제 정세, 세계경제와 무역 환경의 특성을 들어 당시의 국가 주도의 경제개발정책의 당위성을 강조하는 주장이 설득력을 가진다.

■ ■ ■

그러나 1979년 박정희 대통령이 시해되는 것을 계기로 정권을 잡은 전두환 정권, 1987년 그의 뒤를 이어 정권을 잡은 노태우 정권으로 이어지는 약 12년간의 신군부 정권 통치 시기는 한국경제에 있어서 국민경제적 당위성이나 자유시장경제의 원칙을 벗어나 많은 경우 집권 세력이 그들의 정치적 입지와 권익을 위해 민간경제계 위에 군림하던 시기라고 할 수 있다. 경제력 집중, 부정 축재, 재벌 규제, 인허가, 세금, 금융 제재 등 그들이 사용할 수 있는 명분과 구실, 그리고 수단은 얼마든지 있었다.

민간경제계 위에 군림하는 집권 세력의 이러한 막강한 영향력은 불법 정치자금과 정경 유착을 필연적으로 유발시켰고, 경제정책이나 경제의 시장기능의 모순과 왜곡을 가져왔다. 이러한 와중에서 특히 한국의 대기업들은 엄청난 고충을 겪어야 했다.

그중에서도 정 회장이 거느린 현대그룹이 기업군과 한국 경제계에서 차지하는 비중, 그리고 마침 이 시기에 10여 년에 걸쳐 한국 민간경제계의 본산격인 전경련 회장직을 맡고 있어 명실상부하게 한국 민간경제계의 대표라 할 수 있었던 정주영 회장은 매번 그 격랑의 중심에 노출되어 있었다. 그리고 부조리와의 타협을 싫어하는 정 회장의 강한 성격은 집권 세력의 핵심 인물들과의 갈등과 대립을 더욱 증폭시켰다. 전두환 신군부 정권이 들어선 지 얼마 안된 시점에서 전경련 회장 사퇴, 기업 강제 통폐합 등 그들의 압박에 정 회장이 다른 재벌 총수들과는 달리 고분고분히 응하지 않고 반발하자 신군부 실세 일부가 "공수부대를 동원해서 현대그룹을 싹 쓸어 버리겠다"라며 위협을 했던 일화는 당시 그들이 민간경제계를 보는 의식구조와 함께 정 회장과의 갈등의 정도를 잘 말해 준다고 할 수 있다.

모순의 정권에서 비롯되는 격동과 부조리를 항상 그 중심에서 절실하게 체험한 정 회장은 그것을 헤쳐나오며 이를 단지 아픈 경험으로만 간직하지 않았다. 그의 심중 한편에는 이러한 체험과 경륜을 바탕으로 정치 풍토의 개선, 보다 나은 국가경영과 경제정책이 무엇인가하는 데 대한 구상이 차근차근 쌓여가고 있었다. 그는 평생 그가 처한위치와 역할의 틀에 스스로를 가두어 두지 않고 닥쳐오는 시련과 도전에 대응하며 언제나 획기적인 발상과 아이디어로, 그리고 무서운행동력으로 세인의 상상을 뛰어넘는 무수한 업적들을 남긴 사람이다.

이러한 그의 극적인 삶의 궤적으로 볼 때, 그가 정치에 직접 나서서그의 경륜을 펼쳐 보기 위한 꿈을 틔우게 된 것은 너무나 당연한 귀결이었다. 정치하는 사람이나 군인에게 나라를 맡겨 피해자나 방조자가되는 것이 아니라 직접 정치에 나서보는 것, 그는 점차 그것이 국가와민족을 위하여 그가 해야 할 일생일대의 사명이라는 확신이 들었다.그리고 그는 기성 정치인 누구보다도 잘할 수 있다는 자신이 있었다.

■ ■ ■

그는 대통령 출마 결심을 술회하는 자리에서 다음과 같이 말했다.

"대통령책임제에서 나라가 잘되고 못되는 것은 나라의 선장인 대통령에 달려 있다. 우리가 크게 비약해야 할 21세기의 문턱에서 경제는 중병에 걸려 있고 잘못된 정치가 나라를 망치고 말 것이라는 불안감과 위기감이 확산되고 있다. 그들은 권력을 막강한 힘으로만 알고 막중한 책임에 대한 인식은 전혀 없다. 한 나라의 국력은 그 나라의 경제력이다. 정치는 잘못되고 있는데 경제만 잘 나갈 수 없는 일이라는 것을 누구보다도 절실히 체험해서 잘 알고 있다. 나라가 이 모양인데 그냥 앉아서 정치하는 사람들 욕이나 하며 내 자신과 내 기업의 안전만 도모하는 것이 소위 사회지도층이라는 사람이 할 일이 아니라고 생각했다. 나는 지금까지 어려운 여건하에서도 경제성장을 가능하게 했던 근로자의 의욕과 기업인의 열의, 국민의 힘을 한데 모아 정치를 개혁하고 선진 한국, 통일 한국을 완성해 보고 싶은 것이 나의 꿈이자 목표다. 그리고 나는 구체적인 계획이 있고 성공할 자신이 있다. 나는 지금까지 엄청난 시련 가운데 기업을 성공시켰듯이 새롭게 도전할 일감으로 5년 임기의 대통령직을 위한 정치 참여를 결심했다.”

그리고 그는 덧붙였다.

“나는 이날까지 살아오면서 고매한 인품을 가진 사람을 만났을 때 존경의 마음으로 고개를 숙이며 그 인품을 부러워한 일은 있지만 대단한 권력에 존경심을 품거나 그것을 부러워해 본 일은 맹세코 단 한 번도 없다.”

그가 1992년 국민당을 새로 창당하고 대통령 출마를 공표하자 예상대로 한국 사회는 들끓었다. 그의 나이 78세의 일이었다. 그가 그의 일생에서 추진했던 획기적인 사업을 발상했을 때처럼 그의 가족과 형제들을 포함해서 그의 주위 모두가 반대했다.

특히, 언론과 정치권은 격렬한 비난을 퍼부었다.

"부와 권력을 모두 탐하는 노욕이다."

"노망의 발로다."

"기업 성공 경험만 믿고 오만해서 비롯된 돌출 행동이다."

그를 아끼는 지인들의 만류도 대단했다.

"왜 그 나이에 편한 여생을 보내야지 그 고생의 길을 택하느냐?"

"만약 실패하면 현대그룹이 당할 보복을 어떻게 견뎌내려 하느냐?"

"아무리 정 회장이 건강해도 건강이 걱정된다."

지금까지 그가 가야 할 길을 간다는 결심을 했을 때 언제나 그랬던 것처럼 그에게는 절대 먹히지 않을 반대 설득 논리다. 그는 개의치 않고 계획대로 밀고 나갔다.

그의 신생 국민당은 창당 45일 만에 치른 국회의원 선거에서 총득표율 16.3%인 400만 표를 얻어 31명의 의석을 확보하는 성과를 거두었다. 그러나 아쉽게도 거기까지가 한계였다. 반세기 가까운 세월 동안 굳혀진 기존 정치권의 이해관계, 지연, 동서 지역감정이 함께 얽혀 있는 두터운 벽을 극복하는 데에, 국가 장래를 위한 타당한 명분만으로 나선 정치 아마추어인 그가 설 곳은 아직 없었다.

기성 정치권은 '장사해서 부자가 된 그에게 정치권력까지 주어서는 위험하다'는 인식과 반기업정서를 조화시켜 유권자들을 이간질했다. 그리고 그의 실제 건강과는 무관하게 그의 고령을 들어 노망든 노인으로 매도하는 흑색선전이 불행하게도 많은 유권자들에게 먹혀 들어

갔다. 결국 그가 품었던 국가의 장래를 위한 이상과 포부 그리고 그의 저력이 국민들에게 이해되고 채택되기에는 너무 앞서 있었기 때문인지 모른다.

그는 타계하기 몇 해 전에 출간한 자서전에서 대통령 출마와 관련해 대통령 출마와 낙선을 그 인생의 결정적 실패라고 생각하지 않는다고 밝혔다. 오히려 그를 선택해서 국가 부도를 맞아 고통받은 국민이 실패자이고, 국가를 부도낸 대통령으로 영원히 역사에 기록될 대통령이 가장 큰 실패자라고 했다. 그의 일생을 통해 일관되는 선택과 행동 원칙 그리고 정신이 그대로 나타난 말이다.

불행히도 그가 말한 대로 국민은 잘못 선출한 정치 지도자에 의해 가혹한 대가를 치렀다. 국민이 정 회장 대신 선택한 대통령은 세계경제와 한국 주요 수출시장의 호황, 무역 환경, 환율, 원유와 원자재값 안정 등 좋은 환경에서 한국이 선진국 진입 기반을 확실히 다질 수 있는 성장의 호기를 무산시키고, 국가 경제를 부도내어 국민을 고통 속으로 몰아 넣었다. 그 후의 정치 풍토 또한 크게 변한 것이 없다. 정권 교체를 앞두고 새 권력자에게 안위를 보험하기 위하여 대기업이 차떼기로 정치자금을 전달하다가 문제가 되기도 했다.

자본주의 자유시장경제의 발전도 마찬가지였다. 정부의 규제와 간섭도 경제발전을 위한 당위성보다 민간경제계에 대한 정치권력의 힘을 행사할 수 있는 여건을 유지하기 위한 면이 많았다. 그래야 전과 같이 기업들이 계속 돈을 갖다 바치고 고분고분 말을 들을 터이니 말이다.

통일정책과 외교정책도 혼돈에 봉착했다. 그동안 미국 등 종래의 맹방과 갈등을 빚으면서 포용정책을 폈던 김대중, 노무현 정권은 북한이 핵실험을 강행함으로써 졸지에 정수리를 얻어 맞은 격이 되어 버려 통일을 향한 국민의 바람과 방향 감각을 대단히 혼란스럽게 했다.

계층 간의 양극화 현상을 줄이고 분배에 중점을 두겠다던 노무현 정부는 경제의 저성장, 극도의 취업난, 급등하는 부동산 가격, 정책의 불신 등으로 역대 정권 중 보기 드물게 낮은 국민지지율을 보였다. 고질적인 정치 불황이 끊이지 않고 계속되었던 것이다. 그러나 그것은 어디까지나 국민이 선택한 결과였고 그 결과의 최대 피해자도 역시 국민들이었다.

"어느 국민이든 그들은 궁극적으로 그들의 자질과 수준에 걸맞은 지도자를 갖게 된다."

어느 역사학자가 한 국가의 지도자의 선택과 그 국민의 운명에 대하여 한 말이다. 과거 전제주의 시대에는 그러한 과정에서 피를 흘리는 혁명을 거쳐야만 하는 경우도 많았지만 결과는 마찬가지였다. 오늘날 민주주의 사회에서 이는 더더욱 냉엄한 진리다. 그만큼 올바른 지도자를 선별하고 선택하는 국민의 자질과 참여의식, 그리고 용기는 국가라는 틀 안에서 그들의 운명을 결정짓는 가장 중요한 요소라고 할 수 있다. 영어에는 정치하는 사람들을 뜻하는 두 개의 다른 단어가 있다. 하나는 '스테이츠맨statesman'이다. 참으로 국가와 국민을 위하고 역사적 사명에 충실한 참뜻의 정치가를 이르는 말이다. 다른 하나는 우리가 널리 알고 있는 '폴리티션politician'이다. 이는 대체적으로 부정적인 의미를 내포하는 표현으로 출세주의, 사욕, 당리, 당략을 쫓는 정상배, 모사, 정치꾼이나 정객쯤으로 해석된다.

민족의 숙원인 통일, 심화되고 있는 양극화 해소, 보다 성숙된 정치수준, 국민소득 3만 달러 시대를 지나 선진국 대열에의 진입, 경제사회 발전의 발목을 잡고 있는 적폐와 관피아의 깊은 기득권 뿌리의 폐해 척결 등 우리가 직면한 시대적 과제를 해결할 올바른 지도자를 선택하는 데 있어서 스테이츠맨을 뽑느냐 폴리티션을 뽑느냐 하는 것은 여전히 우리 국민의 몫이고 책임이다. 올바른 선택을 위해 폴리티션들의 모사적 포퓰리즘, 선동과 술수에 현혹되지 않는 성숙함은 국민이 가져야 할 기본 덕목이다.

그때 국민의 선택이 정 회장이었더라면 그 후 우리나라는 어떻게 달라졌을까 하는 상상을 해본다. 그러나 되돌려 실험할 수 없는 것이 역사라는 점이 아쉬울 뿐이다.

04

노사 갈등과 양극화 문제에 대한
정 회장의 신념

정주영 회장은 평소 주위 사람들에게 "사람에게 있어서 가장 큰 비극은 배고픈 것이고, 그 다음은 돈이 없어서 병든 몸을 고치지 못하는 것이고, 그 다음은 자식이 남 못지않게 똑똑한데도 돈이 없어서 가르치지 못하는 것"이라고 말했다. 어느 사회의 지도자도 이것을 해결해주지 못한다면 그는 자격이 없는 것이라고 말했다.

또한 그는 세상에는 많은 사상과 이념들이 있고 이를 도입한 정치·사회 체제가 있지만, 이러한 인간의 근본적인 문제를 해결하지 못한 체제가 대중 가운데 뿌리내리고 지속된 예는 단 하나도 없었으며 반드시 대중에게 외면당하고 붕괴되었다고 말했다. 결국 자유와 평등, 민주주의라는 사상의 지향점도 이러한 것들인 동시에 이러한 것들의 해결 없이는 허황된 것이라고 말했다. 그리고 그는 "기업의 사회적 책임을 어렵고 복잡하게 생각하는 경우가 많은데 그렇게 되면 가장 중요한 본질을 놓치게 되는 경우가 많다"고도 했다.

■ ■ ■

"기업은 국민이 필요한 물건을 좋고 싸게 많이 만들어서 국민의 생활을 풍요롭게 해주고 이익을 많이 내서 많은 세금을 나라에 바쳐 좋은 사회정책을 펴게 하는 동시에 일자리를 많이 만드는 것이 가장 중요한 본연의 사명이다. 그리고 이것이 평등사회로 가는 가장 확실한 길이다"라고 말했다.

특히, 기업의 사명에서 그는 일자리 창출의 중요성을 틈날 때마다 강조했다. 그는 "일할 나이가 되고 부양할 가족이 있는데 일자리가 없다는 것이 얼마나 비참한 것인지 사람들은 잘 모르는 것 같다. 뿐만 아니라 무엇이든 일을 한다는 것 자체가 산다는 것의 보람이다"라고 말했다. 우리에게는 매년 약 60만 명이 넘는 일자리를 필요로 하는 젊은이들이 배출된다. 그런데 요즘의 경제 사정에서는 그들에게 제공할 수 있는 일자리가 반에도 못 미친다고 한다. 더욱이 노사 갈등이 심화되고 관련 법규도 경직화되는 경향에서 기업들은 일자리를 많이 만들고 채용을 늘리는 일에 소극적이거나 위축되어 있다. 이는 경제 저성장에 더하여 우리의 실업 문제를 더욱 어둡게 만들고 있다.

정 회장은 경제성장 가도에서 경쟁력을 채 갖추기도 전에 분배 문제와 노사 갈등에 휘말려서 좌절되거나 낙오된 국가, 기업의 예를 들며 안타까워했다. 그는 고기잡이 배가 고기를 열심히 잡아 배를 채우기도 전에 나누는 문제를 가지고 고기는 안 잡고 배 안에서 서로 싸우면 각자 몫이 돌아가기는커녕 배까지 가라앉게 된다는 비유를 자주 했다.

■ ■ ■

우리는 한 사회가 급속히 경제발전을 거듭하며 산업사회로 진입할 때 예외없이 빈부 계층 간의 괴리 확대로 양극화 현상과 이에 따른 사회 갈등의 진통을 겪었음을 볼 수 있다.

자유무역, 자본주의, 인간의 자유의지로 대변되는 1780년대 아담 스미스의 국부론, 그리고 거의 같은 시기 제임스 와트의 증기기관 발명으로 영국의 산업혁명이 꽃을 피운 1850년대는 인류의 경제사상 가장 큰 변혁이 일기 시작한 시기이다. 독일의 베르너 본 지멘스가 전기모터를 발명하고, 영국의 헨리 베세머가 강철 제조법을 발명한 것도 이 시기다. 국부론이 실현되어 영국의 국부는 획기적인 성장을 달성했지만 그것이 사회의 구성원 모두에게 골고루 삶의 질을 향상시켜 주지는 않았다. 오히려 노동과 자본 계급 간 빈부 격차를 더 심화시켜 가고 있었다.

고삐가 없는 자본주의는 무자비한 자본가에 의한 가혹한 노동착취를 만연케 하였고, 힘없는 노동 계층의 삶은 더없이 참혹해졌으며 그러한 계층의 숫자 또한 확대되어 가고 있었다.

칼 막스는 바로 이러한 모순이 절정에 달했던 시기, 영국 사회 한가운데서 그 생생한 실상을 목격하게 된다. 그래서 그는 소외되고 핍박받는 노동자, 농민들도 제 몫을 찾고 함께 잘사는 사회 구현을 위한 정치 철학으로『자본론』집필에 모든 것을 다 바쳐 몰두했다. 이것은 그에게는 피할 수 없는 시대적 소명이었는지 모른다. 그러나 그의 사상을 토대로 출발하여 한 세기 동안 세상을 뒤흔들었던 사회주의는 이제 그 역사적 실험이 실패로 막을 내렸다고 볼 수 있다. 인간의 욕구 구조와 자유의지 그리고 행동 동기라는 것이 너무 복잡하고 심오해서 몇몇의 출중한 사상가에 의해 간단히 정의되고 문제에 대한 효과적 실천안이 나올 수 있는 것이 아니기 때문인지도 모른다.

역설적으로 그간 사회주의는 자본주의가 모순점을 개선하고 발전시키는 데 크게 동기부여를 하기도 했다. 자본주의는 여전히 한 세기가 넘도록 시행착오와 수정, 보완을 거듭하고 있지만 자본과 노동 간의 갈등 양상은 오늘도 끊이질 않고 있다.

이러한 현상은 특히 경제적으로 후진, 또는 개발도상국가 위치에서 급속한 경제성장을 시현한 나라들에서 두드러지게 나타난다. 많은 예에서 알 수 있듯 굶주림과 헐벗음이 개선된 절대적 생활수준의 향상과는 별개로 급격히 부상하는 부유층과의 커지는 소득과 생활수준의 괴리에서 오는 상대적 박탈감은 문제를 더욱 어렵고 복잡하게 하고 있다.

우리나라도 그저 하루 세 끼 가족들 끼니를 해결하고 눈, 비만 가리우는 셋집이라도 해결할 일자리만 있으면 감지덕지하던 해방 이후 1960년대까지는 노사 문제가 별로 표출되지 않았다. 그러나 경제개발의 결실이 나타나기 시작한 1970년대 후반부터 1980년대에는 빈부 격차의 괴리와 노사 문제로 엄청난 내홍을 겪어야 했다. 이러한 문제는 오늘날에도 여전히 우리 경제의 발목을 잡고 있다.

■ ■ ■

정 회장은 평소에 '재벌'이라는 표현을 아주 싫어했다. 특히 그것이 자신에 관한 표현일 땐 더욱 그러했다. 그 대신 그는 '노동'이라는 말을 대단히 좋아했다. 그래서 언론에 자기에 대한 표현을 '부유한 노동자'로 해줄 것을 주문하기도 했다.

그는 현장에 가서 땅을 파고 시멘트를 개고 철판을 절단하는 근로자들에게 가장 지극한 애정과 관심을 보였다. 땀 냄새, 걷어 올린 소매 밑으로 불뚝 솟은 근육, 햇볕에 그을린 얼굴과 충직한 미소를 무한히 사랑했다. 그뿐 아니라 음식점을 가서도 성의를 다해 음식을 나르고 열심히 일하는 종업원은 꼭 눈여겨 봐두었다가 나가는 길에 불러서 "나는 무슨 일이든지 자기 일을 열심히 하는 사람이 제일 좋더라" 하며 손을 잡아 주었다. 그런 그의 모습은 굶주림과 힘든 노동으로 점철되었던 그의 어린 시절에 대한 향수에서 비롯된 것 같았다. 그래서 그때의 고된 노동, 굶주림, 조밥이나 옥수수밥 또는 고추장을 넣고 쓱

쓱 비빈 찐 감자 같은 거친 음식 이야기를 할 때의 그의 얼굴 표정은 그 시절의 아득한 향수가 깃든 행복한 표정으로 보였다. 그 세계는 그의 인간성의 고향이기도 했다. 그래서 노동자들이나 가난한 사람들에 대한 마음 깊은 곳에 뿌리 박힌 일종의 동료 의식은 현실적으로는 재벌 총수인 그에게 모순처럼 보이지만 그의 인간성 내면에 자리잡은 어쩔 수 없는 본질이었는지도 모른다.

그는 그러한 내면을 실제 일상 생활에서도 보였다. 하체가 길고 키도 훤칠하며 군살 없는 곧은 자세를 가지고 있어서 양복을 입으면 분명히 옷맵시가 날 법한데 어딘지 모르게 촌스럽고 어색했다. 그의 주위 사람들은 그가 변변한 새 양복을 입고 있거나 새 구두를 신고 있는 것을 본 일이 거의 없다. 겨울에는 정장 양복 색과는 어울리지도 않는 몇십 년이나 된 듯한 손으로 짠 낡은 초록색 털실 조끼를 항상 걸치고 공식석상에 나타났다. 그런데 그가 작업복을 입고 현장에 나타나면 그 모습이 그렇게 잘 어울릴 수가 없었다. 거기에는 일종의 신비스런 조화가 느껴졌다. 이때 표정도 행복하고 만족스러워 보였다. 어디를 봐도 호화로운 집, 좋은 음식, 좋은 옷을 입는 호사는 그의 삶의 가치관 우선순위에 없어 보였다. 그래서 노동자들에게 항상 근면과 성실, 검소를 강조하고 노사 문제에 대해서도 회사가 경쟁력을 확보하고 성장할 때까지 인내해 줄 것을 당부하는 그의 호소는 단순한 고용주 입장에서의 설득 논리가 아니고 본심에서 우러나오는 '선배 노동자'로서의 충정이었다.

국부론과 산업혁명의 발상지로 자본주의를 꽃피우고 세계 최강의 경제대국의 위치를 누렸던 영국도 결국 만성적인 노사 문제로 인한 소위 영국병에 허덕이다가 1976년 선진국으로는 최초로 IMF구제금융을 받아야 하는 수모를 겪었다. 또한 세계 최고의 기술과 근면한 국민성을 바탕으로 2차대전 후 '라인강의 기적'을 이루고 한때 세계 최고의 수출국으로 부상했던 독일도 결국 노사 문제에 발목이 잡혔고, 독일병으로 국가경제가 쇠약해지는 상황에서 활로를 찾기 위해 노력하고 있다. 국가와 기업이 노사 문제와 소득 계층의 양극화 문제를 잘못 끌고 간 결과라고 할 수 있다. 왜곡된 사회복지정책 때문에 놀고먹는 실업이 괜찮은 '직업'이 되는 상태가 되면 그 국가의 장래는 양극화 해소가 아닌 다 같이 못사는 파국 외에는 다른 길이 없다.

　우리 사회에서 평등주의는 언뜻 그럴듯하게 들리는 말이다. 실제로 포퓰리즘에 의존하는 정치 집단들이 자주 내세웠던 주장이다. 그러나 특히 경제에 있어서 획일적 평등주의는 다양한 가치가 복잡하게 혼재되어 있는 현대 사회 구조에서는 결국 어느 계층도 만족시키지 못하는 결과를 초래하게 될 뿐 아니라 이를 통한 소위 '정의 사회 구현'은 고사하고 그 사회의 활력을 상실케 하고 정체시키게 된다. 그래서 어느 식자는 "기회의 평등은 적극적으로 장려되어야 하지만 결과의 평등은 천국에서도 있을 수 없는 일"이라고 강변하고 있다.

　어떤 기업이 전체적인 경기나 그 제품의 시황이 나빠져서 당장 인원을 줄이지 않으면 얼마 버티지 못하고 문을 닫을 수밖에 없는 것이 분명한 현실에서 노조는 양보 없이 임금 인상을 요구하고 해고를 반대하는 강성 투쟁으로 일관한다면 결과는 뻔한 것이다. 결국 기업은 없어지게 되고, 경기가 다시 살아나도 그 기업이 회생하여 일자리를 잃은 노동자들을 재고용할 기회는 영원히 없어지게 된다.

노동쟁의가 서로 양보 없이 일방적인 주장으로 강성을 띠고 국가의 법과 제도 또한 고용과 해고에 유연하지 못한 경직성을 견지하게 되면 대체로 다음과 같은 현상이 나타나게 된다.

- 종업원 숫자가 늘어나는 것을 두려워한 나머지, 기업들은 가급적 신규 채용을 최소한으로 억제한다.
- 경기 불황과 고임금 부담으로 어려움을 겪고 있는 기업들이 회생 노력을 포기하고 폐업하는 선택을 하게 된다.
- 어떤 사업이 비록 사업성이 유망하다 해도 고용 인력을 많이 필요로 할 경우 이를 기피한다.
- 초기에 투자 부담이 크더라도 자동화 설비를 늘려 사람을 덜 쓰는 생산구조로 개편하게 된다.
- 인건비 부담이 큰 제조업체들이 생존을 위해 해외 저임금 국가로 빠져나가 그만큼 일자리가 없어지고, 제조업공동화로 산업구조의 불균형이 가속된다.
- 기술 이전과 고용 효과가 큰 외국 기업들이 들어오지 않는다.

그 결과는 분명하다. 실업자 수는 더 늘어나게 되고 빈곤층이 확대된다. 제일 먼저 가장 큰 고통을 당하는 희생자들은 근로 소득 노동계층이다. 그리고 거기서 끝나지 않는다. 소비 대중의 구매력이 떨어지고, 매출 감소에 의한 불경기가 뒤따르며, 문 닫는 기업이 늘어나고, 일자리는 더 줄어드는 악순환이 초래된다.

결과적으로 계층 간 갈등은 더욱 증폭되고, 사회의 긴장은 고조된다. 불안정한 사회 분위기에서 경제발전과 복지국가는 뿌리내릴 수 없다.

이와 반대의 선순환을 위한 사회적 공감대 형성과 노사 간의 양보와 타협, 인내의 지혜를 발휘해야 파국을 막을 수 있다. 특히 국제경쟁력 측면에서 우리는 우리의 산업구조와 기술수준이 이웃한 일본과 중국 사이에 샌드위치 모양으로 끼어 있어서 한순간 방심하게 되면 고통스런 장래가 올 수 있다. 잘못되고 불법에 기반한 주장과 행동도 이해관계자들을 모아 집단화하고 목소리를 높여서 사회적 이슈로 만들면 정치 세력과 정부는 정략적 이해관계나 포퓰리즘에 이끌려 이를 감싸고 수용하게 되는데, 이런 일이 있어서는 안 된다. 그것은 결과적으로 우리 경제와 사회를 병들게 하여 국민 모두를 고통으로 몰아넣는 독소를 축적할 것이기 때문이다.

우리는 과거 영국이나 독일처럼 단단한 경제력 기반이나 기술을 가지고 있지 못하다. 오늘날 노사 문제로 한국병이 깊어지고 또 다른 IMF구제금융과 같은 비통한 체험을 반복하지 않으려면 위정자나 국민 각 계층 모두가 이기적인 입장을 떠나 현실을 직시하여야 한다고 생각한다. 역사를 돌아보면 엄연한 현실을 타성과 눈앞의 이기심 때문에 외면해 버린 국가와 민족은 반드시 엄청난 대가를 치렀었다.

■ ■ ■

잘못된 노사관 못지않게 정 회장이 항상 곤욕스러워했던 것이 '재벌 기업 경제력 집중' 문제였다. 특히, 정권이 바뀔 때마다 이것은 새 정권이 큰 기업들을 손보는 구실로서 단골 메뉴가 되었다. 그는 "우리나라가 앞으로 살 길은 우리 기업이 해외 시장으로 나가는 것이고 그러기 위해서 해외 기업과 경쟁해야 되는데 사실 우리나라의 대기업이라 해봤자 국제무대에 내놓으면 중소기업 정도밖에 안돼. 이런 걸 우물 안 기준으로 대기업이라고 더 이상 못 크게 찍어 누르고 국민 정서를 그쪽으로 끌고 나가면 어쩌자는 것이야?" 하고 한탄했다. 실제로 한국의 10대 그룹 약 300개 기업의 자산을 모두 합쳐 봐야 외국 대기업 GE그룹의 한 회사의 자산보다 작은 규모다.

지금까지 번번히 위정자들의 그러한 자세와 사회적 분위기에도 불구하고, 오늘날 자동차나 조선, 해외건설, 반도체, IT 분야에서 이룩한 우리의 세계적 위상을 볼 때 정 회장을 비롯한 우리 기업인들의 끈질긴 집념과 업적은 더욱 돋보인다.

우리는 이제 선진 공업국의 전유물이었던 초음속 비행기, 신형 원자력 발전소를 가지고 세계 시장의 문을 두드리고 있다.

정 회장은 1977년경 현대건설의 기업공개가 지연되고 있는 것을 놓고 사회 각계에서 여러 이야기가 나돌 때 전경련 회장단 회의에서 다음과 같이 자신의 생각을 털어놓았다.

"현대건설 주식을 상장은 해야겠는데 고민이 많다. 왜냐하면 주식을 상장하면 결국 그 주식을 사서 이익을 보는 사람들은 거의 다 투자할 돈이 있는 잘사는 사람들인데 이건 내가 바라는 바가 아니다. 현대건설의 회사 가치를 이만큼 키운 것은 국내, 그리고 뜨거운 중동의 열사 현장에서 땀 흘려 고생한 노동자들인데 그 열매가 그들에겐 돌아가지 않게 되기 때문이다."

그래서 후에 그는 현대건설 상장과 함께 전체 주식의 50%를 들여 아산재단을 설립하기에 이른다. 이런 사업을 추진하면서 그가 "그것은 사회에 생색을 내려고 하는 사업이 아니니까 밖에 덜 알려지는 것이 좋다"라고 하는 입장을 유지했기 때문에 이 일은 그의 다른 업적들에 비해 잘 알려지지 않은 부분이다.

아산재단은 그의 타계 시점인 2001년까지 약 4,500억 원의 사업 비를 들여 의료, 사회복지, 장학사업, 그리고 각 분야 연구개발사업을 지원했다.

그는 역점사업으로 우선 의료사업을 시작했는데, 우리나라의 우수한 의사나 의료시설의 90%가 돈을 벌 수 있는 서울, 부산, 대구 등 대도시 지역에 집중되어 있는 것을 감안하여 서울 아산중앙병원 외에 의료 취약 지구인 한국 전역 지방 5개 지역에 종합병원을 설립하는 것으로 시작했다.

이들 의료 시설에서 최근까지 연 인원으로 한국의 전 인구수를 넘는 5,000만 명이 의료 혜택을 받았다. 그리고 아산재단은 불우한 사람들을 대상으로 1,300여 개의 구제사업을 전개하였고, 이 중 1만 6,000명에게 장학금, 1,800여 개의 연구사업을 지원하였다.

이러한 사업은 경제발전 외에 소외 계층을 위해 그가 이 사회에 남기고 간 또 다른 값진 유산이다.

Retrospective

사진 에세이로 보는
그가 걸어온 길

01
프롤로그

6·25 남침 발발 3일 만에 서울 북방 창동 방어선이 무너지자 이승만 정권은 6월 28일 새벽 2시 20분 아무 예고도 없이 한강 인도교를 폭파했다. 북한군의 남진을 지연시키고 서울 이남에서 방어진을 구축하기 위한 시간을 벌기 위해서였다. 그러나 이 폭파로 다리 위 피난길에 있던 800여 명의 인명이 희생되었고, 피난길이 막혀버려 10만 여명이 북한군에 의해 피살되거나 납북되었다.

1950. 폭파된 한강 인도교

1951. 서울 거리

1951. 서울

2014. 서울

폭파된 한강 인도교는 현대건설 초기에 중요한 도약의 계기를 제공해 주게 된다. 피난지 부산에서 미군기지 막사 공사로 겨우 기반을 마련하기 시작한 현대건설은 전쟁이 한창 진행 중이던 1952년, 대구와 거창 사이 주요 보급로인 국도를 연결하는 고령교 복구공사를 큰 기대를 가지고 수주했다.

그러나 전쟁 중이라 물가가 수십 배나 오른 데다 교량공사 경험과 기술이 없고 장비도 부족했다. 더 큰 손해를 줄이고 살아남는 길은 공사를 중도에 포기하는 것이라고 주위에서 권했지만 정 회장은 신용을 지켜야 된다는 일념으로 공사를 마무리했다.

결국 이 공사로 현대건설은 감당하기 벅찬 빚더미에 앉게 되었다. 그러나 정 회장의 이러한 철저한 신용주의는 그에게 커다란 기회를 가져다준다. 휴전 후 현대건설은 1957년 정부가 발주한 그 당시 최대 규모의 공사인 한강 인도교 복구공사를 수주하는 데 성공하였다.

정 회장이 손해를 무릅쓰고 신용을 지켜 공사를 이행한 전력이 결정적인 역할을 했던 것이다. 이를 계기로 현대건설은 전후 한국 굴지의 건설회사로 부상하게 되었고, 이어서 미 공병단 인천도크 공사를 비롯해 미군기지 공사를 수주함으로써 향후 신화와도 같은 정 회장의 업적 기반을 다지게 된다.

02
자신감과 저력의 상징들

고속도로는 국토의 동맥이다. 이것이 사방팔방으로 잘 뻗어 있고 소통이 원활해야 국가의 활력에 비로소 역동성이 생기게 된다. 우리가 경제발전을 위한 힘찬 의욕의 발걸음을 내디디던 60년대 중반, 고속도로 건설은 무엇보다 절실한 선결 과제였다. 그러나 세계은행도, 미국도, 일본도 우리의 계획을 비웃으며 외면했다. 더군다나 국내의 소위 전문가 집단도 마찬가지였다. 고속도로를 건설할 돈도 없고, 기술과 경험도 없고, 당시 한국경제 수준으로 볼 때 필요하지도 않다고 판단했다.

경부 고속도로

그러나 실로 눈물겨운 역경을 극복하고 고속도로는 건설됐다. 그것을 위해 국민들의 피땀 어린 열정과 노력을 결집시킨 주역은 감독에 박정희 대통령, 현장소장에 정주영 회장이었다. 정 회장은 공사 기간 동안 대부분 밤낮을 가리지 않고 현장에서 보내는 열정을 쏟았다. 공사 중 지반의 수맥이 갑자기 뚫려 자갈과 진흙이 엄청난 압력으로 터져 나와 인부들이 몇 미터씩 떠밀려 매몰되는 현장에서도 그는 위험을 마다않고 앞장섰다. 박 대통령도 청와대 집무실과 침실머리 맡에 경부고속도로 건설 상황 지도를 걸어 놓고 건설 진척 상황을 직접 챙겼다. 그것도 모자라 그는 밤낮, 새벽을 가리지 않고 예고 없이 불쑥 현장에 나타나 장화와 온몸이 진흙투성이가 된 정 회장을 찾아가 격려했다.

그 결과 경부고속도로는 가장 짧은 기간에, 가장 저렴한 비용으로 건설되었으며 세계 기록까지 세웠다. 같은 시기, 비슷한 여건과 비슷한 거리인 400km 구간의 일본 도오메이 고속도로 건설에 경부고속도로의 여덟 배나 되는 건설비가 들어간 것과는 극적인 대조가 된다. 경부고속도로는 오늘날 산업발전의 토대가 되는 인프라 건설과 기간 산업발전을 가속시켜 주었고, 우리의 자신감을 상징하는 하나의 아이콘이 되었다.

게딱지를 연상케 하는 어촌 초가집 몇 채, 띄엄띄엄 소나무 몇 그루뿐인 황량한 울산 앞바다 모래벌판 사진과 정 회장의 머릿속에 든 확신 말고는 실로 황당하기 이를 데 없는 '사업계획서'. 이것이 그가 가진 전부였다. 그러나 그는 사업계획서 하나로 한국에서 그 자신은 물

조선소 건설 전 울산 앞바다

1980년대 현대중공업

현대중공업 도크야드

론 누구도 만들어본 일이 없는 어마어마한 초대형 선박을 수주하는 데 성공함으로써 세계를 경악시켰다. 모두들 그가 과연 성공적으로 배를 만들어낼 수 있을지 의심했지만 이에 아랑곳하지 않았다. 조선소 도크를 파는 동시에 한편에서는 선체의 부분들을 재단, 용접하여 배를 만들기 시작했다. 현장 사나이인 정 회장은 항상 현장에 있었다. 그리고 2년 3개월 만에 조선소 건설 완공과 함께 26만 톤급 초대형 선박을 완성, 바다에 띄우는 초유의 기록을 세웠다. "이것들은 내가 이제껏 본 것 중 가장 잘 만든 배다"라고 배를 인수하러 온 세계 해운업계 거물 리바노스 선주는 말했다.

현대조선은 단순한 조선소가 아니었다. 그때까지 일천했던 우리의 경험, 기술, 자본 등의 기반과는 상관없이 우리가 무엇을 할 수 있는가를 세계에 확신시켜 주는 우리 저력의 전시장이 되었다. 또 그 저력은 현실화되었다. 한국은 세계 최대 조선 수출국이 되었다. 오대양을 떠다니는 대형선박 네 대 중에 한 대는 한국에서 만든 배라고 한다.

1983. 현대중공업 조선소 현장

한국경제 발전의 전환점

"아무리 정주영이라도 한국에서 감히 어떻게 자동차를 독자개발해?"

이것은 미국, 일본 등 세계 자동차 공업 종주국의 업계 전문가들만의 의견이 아니었다. 한국 내의 비웃음도 만만찮았다. 그리고 그들은 말했다. "괜히 턱없는 짓해서 건설업으로 번 돈 다 털어먹지 말고 자동차 사업을 하고 싶으면 미국 자동차 회사 하청생산이나 맡아서 안전하게 사업해"라고.

초창기의 현대자동차 공장

"국토의 도로를 인체에 비유해 동맥이라고 한다면 그 위를 달리는 자동차는 피와 같다. 자동차가 도로로 사람을 실어 나르고 원료와 생산품도 원활히 실어 날라야 나라가 활력이 생기고 발전할 수 있다. 그만큼 자동차 산업은 국가에 가장 중요한 사업이다. 그래서 내가 번 돈을 다 털린다 해도 나는 자동차 사업을 포기하지 않을 것이다. 만약 내 세대에 성공을 못한다 해도 내가 내 후대들에게 자동차 산업발전을 위한 디딤돌을 놓게 된다면 나는 그것으로 만족할 것이다."

미국 정부와 업계를 대표해서 정 회장의 자동차 독자개발을 포기하게 하기 위해 집요하게 설득한 미국대사에게 정 회장이 던진 단호한 말이었다. 다른 산업과 달리 자동차 산업은 고도의 관련기술과 소재, 숙련 공업 인력, 막대한 자본력, 국내 내수 시장의 기반 없이는 성공할 수 없는 분야다. 당시 우리는 이것들 중 갖춘 것이라곤 하나도 없었다. 합리적인 기준으로는 불가능한 것이 정론이었다.

이것에 대해 그는 "첨단산업을 쫓아가려면 날아가는 비행기에 뛰어올라가 동승해야 가능하다"고 견해를 밝혔다. 그리고 그는 비행기에 뛰어올라 동승하는 데 성공했다. "길이 없으면 길을 만들어서 가자. 가능하다고 생각하는 사람에게는 가능한 길이 열린다" 긍정적인 사고와 무서운 행동력의 화신인 그 앞에 불가능해 보이는 현실마저 굴복하고 문을 열어 주었다고 볼 수 있다.

1980년대 자동차 전시장

2005. 앨라배마 현대자동차 생산 현장 정몽구 회장

2014. 현대자동차 울산 선적

"선진국들은 저희가 하고 남는 부분을 우리가 하길 바랐지만 남는 것이 없거나 있다손 치더라도 별 볼 일이 없는 것들이다"라는 그의 말에서 그의 집념의 또 다른 동기를 엿볼 수 있다.

자동차는 세계를 누비는 바퀴 달린 국기라고 한다. 그 나라의 공업기술이 달리면서 생산국에 대한 신뢰도를 과시하며 세계에 전달되기 때문이다. 그래서 자동차의 수출은 그 수출액수 이상의 보이지 않는 엄청난 가치를 내포하고 있는 것이다.

현대자동차 앨라배마 공장 전경

04

해외에 쌓아 올린 모험과
열정의 기념비들

"위험을 피하고, 실패하지 않는 방법은 간단하다. 어려운 일에 뛰어들지 않으면 된다. 그러나 그것은 결국 도태되는 길이다."

많은 어려움과 위험이 도사리고 있는 새로운 사업에 도전하려는 정회장이 자신을 만류하려는 주위 사람들에게 자주 한 말이다. 그의 모든 사업의 출발점인 동시에 기반이 되었고 인재양성의 산실로 삼았던 건설업에 대하여 그는 "건설업이란 항상 격심한 경쟁이 있고, 많은 불가항력 요소가 잠재해 있다"고 했다.

1979. 사우디 주베일 산업항

그리고 "탐험적 용기와 땀 흘리는 노력이 필요하고, 대자연에 도전하는 것이며, 창조적 상상력과 강인한 인내심을 필요로 하는 사업이다"라고 덧붙였다. 마치 그가 평생을 살며 도전했던 사업과 그의 행동 특성을 한데 모아 요약한 것처럼 들린다. 중동 건설 시장 진출이라는 일대의 모험은 그런 그의 정신 없이는 발상 자체가 불가능한 것이었다.

중동은 지리적으로도 한국으로부터 가장 멀리 떨어져 있을 뿐 아니라, 문화나 종교, 인습, 언어 면에서도 우리에게 가장 생소한 지역이다. 열사와 사막기후는 우리 인력이 일해 본 경험이 없던 혹독한 환경이었다. 거기다가 그곳은 이미 구미 선진국 일류 기업들이 속속들이 기득권의 뿌리를 깊이 내리고 있던 지역이었다. 그들은 중동 주요국의 왕족이나 고위관료 등 지배층과 과거 식민지 때부터의 연고와 이해관계로 똘똘 뭉쳐 있었고, 사업기회의 정보도 한 단계 앞서 독점하고 있는 실정이었다.

또한 그들이 가지고 있는 설계나 시공기술, 자본력, 그리고 장비까지 어느 하나 우리가 따라갈 수 있는 것이 없었다. 그렇게 극복이 불가능해 보이는 난이도 높은 많은 장벽들이 도리어 정 회장의 도전의욕을 북돋았는지도 모른다.

"중동에는 석유파동으로 인한 석유값의 급등으로 주체할 수 없이 많은 돈이 넘쳐난다. 그들은 몇십 년, 몇백 년을 내다보고 도로, 항만, 주택, 공공시설 등 건설에 넘쳐나는 돈을 쏟아붓고 있다. 물론 우리 건설업계는 모든 면에서 부족한 점이 많다. 그러나 난관은 극복하라고 있는 것이다. 물이 부족하다고 하는데 차로 길어 오면 되고, 낮이 뜨겁다고 하는데 시원한 밤에 일하면 된다. 건설에 필요한 자갈과 모래는 지천이라고 한다. 더욱이 2차에 걸친 석유파동으로 우리나라는 외화가 바닥이 나서 국가가 부도 직전에 놓여 있다. 외화를 벌어들일 돌파구가 절대적으로 필요하다."

너무 엄청난 위험요소 때문에 초창기부터 현대그룹 창업에 일등공신 역할을 한 형제들까지도 적극적으로 정 회장의 중동진출을 저지하고 나섰다. 그러나 정 회장은 굴하지 않고 중동진출을 강행했다. 연인원 250만 명이 동원되고, 수주액이 9억 3천 달러에 이르는 주베일 산업항 공사를 극적으로 수주, 완성한 것을 비롯하여 무수한 주요 공사에 성공함으로써 세계를 경악케 하였다. 그의 해외무대는 중동에 그치지 않았다. 인도네시아, 말레이시아, 싱가포르 등 동남아시아와 영하 50도의 알래스카 맥켄리산 기슭에까지 사업기회가 있으면 어디든 가리지 않았다.

"현장을 한눈에 꿰뚫고 있어야 문제가 생겼을 때 정확한 판단을 내릴 수 있다. 현장 사람들은 현장을 모르는 최고경영자의 말을 존중하지 않는다"고 말하며 그는 세계 도처에 있는 현장을 수시로 누볐다. 건설사업 해외진출로 그때 이미 IMF 외환위기 직전에 처했던 국가 재정을 구했고, 조선, 자동차와 함께 현대를 본격적으로 세계 무대에 올려놓게 되었다.

1978. 주베일 산업항 현장

1987. 싱가폴 마리나센터

05
새로 생긴 토목공학 용어
'정주영 공법'

    정주영 회장, 그는 교과서적 원칙과 정설, 관행, 통념, 상식은 존중
하되 그것들이 그의 상상력과 창의력을 막는 장벽이 되어 그 속에 갇
히는 것을 철저히 거부하였다. "남이 생각지 못하는 것을 생각해내고
남이 하는 일과 다르게 해야 남과 다를 수 있고 그들을 앞설 수 있다"
는 말은 그의 일생의 행적에 일관되게 나타나는 행동 특징이다. 그는
인간의 상상력과 창의력의 무한한 가능성에 대한 철저한 신봉자였고,
또 이를 몸소 실천하였다.

1984. 서산만 현장

"우리 아버님은 동네에서 제일 부지런하셨다. 곡식 심을 밭 한 평이라도 더 늘리려고 애를 쓰셨다. 땅을 파서 돌을 고르고 객토를 하느라 아침부터 저녁까지 어린 나를 데리고 허리가 휘도록 일을 하셨다."

건설, 조선, 자동차, 철강 등 천하의 대기업가인 정 회장이 늘 입에 담은 말이 "농사짓고 싶다"였던 것은 아버지가 가졌던 농사지을 땅에 대한 절실한 집념이 어린 시절 정 회장의 마음에 깊이 각인되어 있었기 때문일 것이다. 그래서 그는 "아버지가 하늘에서 내려다보시고 흡족해 하실 수 있도록 서산만을 개발하였다"라고 술회하였다. 그는 서산만 간척사업에 각별한 열정을 쏟았다. 해외출장지에서 열다섯 시간이 넘는 긴 비행 시간에도 귀국해서 곧바로 서산공사현장으로 직행하는 일이 비일비재하였다.

워낙 넓은 간척 면적에다 유난히 간만의 차가 심한 서해안의 서산 천수만 방조제 공사는 토목기술상으로 대단히 험난한 공사였다. 특히 9.8km나 되는 물막이 제방공사는 양쪽으로부터 둑을 쌓아 나갔는데, 물이 흐르는 양 둑 사이의 간격이 약 270m 정도 남았을 때 최대의 난관에 부딪혔다.

유속이 초속 8m가 넘는 밀물 때의 엄청난 압력을 가진 물살의 위력은 가공스러운 것이었다. 바위에 구멍을 뚫어 철사로 엮어 만든 20톤 가까이 되는 바윗덩이도 순식간에 나무토막처럼 물살에 쓸려나갔다. 그러는 사이에 이미 쌓은 둑도 조금씩 물살에 쓸려나가기 시작하여 그야말로 진퇴양난이었다.

토목공학 교과서에서는 답을 찾을 수 없었다. 수십 년 경력의 일류 토목기사들도 속수무책으로 갈팡질팡하고 있었다. "문제는 해결하라고 있는 것이렸다"라는 정 회장의 말에 상상력이 번득였다.

그는 울산 앞바다에 대어 놓고 있는 길이가 332m나 되는 22만 6천 톤의 대형 유조선을 생각해냈다. 그것은 해체하여 고철로 이용하려고 수입해 둔 배였다. 그는 그것을 끌어다가 물이 흐르는 양 둑 사이에 대고 유조에 바닷물을 가득 채워 가라앉혔다. 제아무리 센 물살도 그 육중한 배를 밀어내지 못하고 멈출 수 밖에 없었다. 그사이 돌과 흙으로 무난히 둑을 연결하여 물막이 제방을 완성시켰다.

그런 다음, 유조선의 바닷물을 퍼내 배를 띄워 다시 울산으로 돌려보냈다. 공기단축은 물론 공사비를 290억가량 절약했다. 세계 주요 언론들이 사진과 함께 이것을 소개했다. 이렇게 해서 그는 여의도의 약 33배에 달하는 4,700만 평의 국토를 새로 만들어서 나라의 지도 모양을 바꾸어 놓았다.

세계 토목공학계는 토목공학 교과서에 새로운 용어를 추가해야 했다. '정주영 공법'이 그것이다.

1984. 2. 서산. '정주영 공법' 물막이 공사

1984. 2. 서산. '정주영 공법'으로 완성된 제방

1987. 서산 농장

06
정 회장 인성의 뿌리 '뇌동자'

"일하기 위해서는 아래위 질서가 필요하다. 그 외에 인간은 평등하다."

정 회장이 기업조직의 위계문제나 노사관계에 대해서 가지고 있는 기본적인 생각이었다. 정 회장은 '노동자'를 사투리로 '뇌동자'라고 발음했다. 그리고 스스로를 항상 '뇌동자'라고 자랑스럽게 말했다. 그는 그들의 작업복에서 배어 나오는 땀 냄새를 사랑했고, 그들의 진지한 눈빛과 질박한 웃음을 사랑했다. 햇볕에 그을리고 땀과 먼지로 얼룩진 얼굴에 깃든 그들의 열정과 패기를 사랑했다.

정 회장은 동료 재계 인사들과 어울릴 때보다 회사 노동자들과 어울릴 때 가장 즐겁고 행복해 보였다. 그들과 있을 때 그의 꾸밈없는 웃음소리가 터져 나왔고, 그들과 운동을 할 때나 여흥을 즐길 때 그의 객기 또한 한껏 발휘되었다. 그는 70세의 나이에도 직원수련회 같은 곳에서 20대의 젊은 직원들과 씨름이나 팔씨름을 하기도 하고, 테니스나 야구장에서 그들과 몸을 부딪치고 땀 흘리며 행복해했다. 그럴 때면 그의 얼굴은 소년처럼 붉게 상기되곤 했다.

평생 그가 노동자들에게 가졌던 애정과 동료의식은 그의 인성에 깊이 뿌리박힌 자신의 경험에서 우러나오는 것이었다. 그는 채 뼈가 굳기도 전인 어린 시절에 아버지 밑에서 허리가 휠 정도로 노동 강도가 센 농사일을 했고, 고향을 떠나 하루 세끼 벌이를 위해서 인천부두에서 뱃짐을 날랐고, 건물 공사장에서 돌짐을 지고 숨이 턱에 차도록 공사판 사다리를 오르는 강도 높은 중노동을 해본 사람이다.

그러나 그는 그것을 단지 고통의 추억으로 간직하고 있지 않았다. 그는 땀 흘려 성실히 일하는 노동 자체에 항상 삶의 귀중한 가치를 부여하고 있었다. "아주 피곤하게 일을 하고 나면 잠을 잘 수가 있어 좋고, 일을 많이 하다 보면 배가 고파지니까 밥맛이 좋고, 오랫동안 뙤약볕 아래서 일을 하다가 잠시 나무 그늘로 들어서 쉬면 서늘한 바람이 마치 극락과 같은 행복감을 안겨 주어서 좋다"고 말했다.

그리고 또 "나는 원래부터 돈을 벌고 큰 사업가가 되려고 한 것이 아니고 늘 열심히 일을 하다 보니 부자가 되었다"고도 했다. 그래서 그는 자신이 '재벌이 아니고 부유한 뇌동자'라고 말했다. 대기업 총수가 된 그가 스스로를 어디까지 '노동자'로 분류한 데는 그만큼 진지한 내면이 깔려 있는 것이었다.

1987년경 소위 6·29선언 이후 봇물처럼 터진 전국을 휩쓴 노동쟁의는 그동안의 제도적 억압에 대한 한풀이라도 하듯 폭력화되었다. 그러나 대통령선거를 앞둔 신군부 정권은 노동자들의 표를 의식해 이런 사태를 수수방관하고 있었고, 우리의 경쟁국 일본뿐 아니라 우리의 주요 수출 시장인 선진 각국에서는 거리를 가득 메운 시위 노동자들과 연기로 휩싸인 생산시설들을 연일 보도하고 있었다.

그동안 땀 흘려 쌓은 우리의 경제기반이 무너질지도 모른다는 위기
감이 감돌았다. 이러한 절박한 상황에서 사용자 주체인 전경련에서는
재계 대표들이 연일 심각한 대책회의를 진행하고 있었다. 회의를 주도
적으로 이끄는 입장에 있던 정 회장은 그러한 사태에서도 노동자들을
매도하는 법이 없었다. 그는 항상 노동자들에게 우리 기업과 경제의
실상을 솔직히 이해시키고 서로 인내하고 양보하는 노력을 강조했다.
그리고 그는 그동안 우리 경제성장의 밑거름이 그들의 땀과 희생이었
음을 늘 상기시켰다.

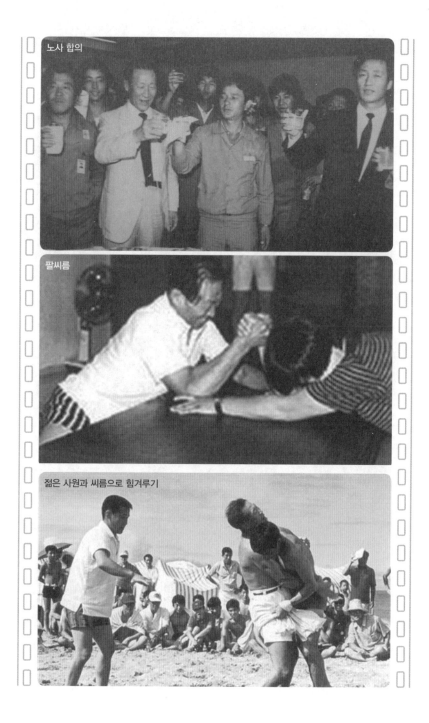

노사 합의

팔씨름

젊은 사원과 씨름으로 힘겨루기

기타 반주에 맞춰

수박 먹으며 파안대소

07

정 회장과 주요국 정상들

    세계의 기업가들뿐 아니라 세계의 정세를 주도하는 정치가들에게도 한국의 '현대 정주영 회장'은 대단히 익숙한 이름이었다. 그들에게 정 회장은 극히 열악한 조건에서도 자동차, 조선, 중동 건설 등 기적 같은 대업을 성공적으로 수행하여 한국의 눈부신 성장을 견인한 경이롭기 그지없는 기업인으로 인식되어 있었다. 그리고 그들은 그런 정 회장을 만나보고 싶어 했다.

1987. 레이건 대통령과

그 때문에 민간경제인 자격으로 한국의 대통령을 수행하여 유럽이나 동남아 등 외국을 순방할 때면 방문국들의 정치인들이나 기업가들은 대통령에게는 의전상 의례적인 예우를 할 뿐, 정주영 회장에게 더 적극적인 관심을 보여서 정부 수행원이나 정 회장을 난처하게 하는 일이 종종 발생했다.

이러한 경향은 정부에서 각별히 신경을 쓰는 순방국 언론에서 더 두드러지게 나타났다. 막상 대통령의 방문 의미나 일정은 통상적인 언급 정도에 그치는 반면, 정 회장의 성공 이야기나 그가 제시하는 자국과의 사업 프로젝트에 대한 기사를 대서특필하는 경우가 더 많았다. 세계적 경제지 「이코노미스트」는 그를 '한국경제의 나폴레옹'이라고 평하기도 했다.

정 회장은 이러한 기회를 통하여 현대 자체의 사업기회 확대뿐 아니라 정부 차원에서 여의치 않은 당사국들과의 정치, 외교, 경제현안에 관한 우리 입장을 전달하려 노력했고, 때로는 우리 경제계를 대표하여 이들 국가들에 대한 한국기업의 진출환경을 개선하기 위해 힘썼다.

1980년대 대처 수상과

1994. 모스크바. 고르바초프 대통령과

1998. 후진타오 당시 부주석과

08
직급 없는 민간 외교수장

정 회장은 피터 드러커, 앨빈 토플러, 폰 하이에크, 헨리 키신저 등 당대의 세계적인 석학들과 만나는 일을 대단히 소중하게 생각했다. 경제나 기업경영과 같은 주제뿐 아니라 사상, 정치, 문화 등 사회의 미래, 과학 기술의 발전 방향 등과 같은 주제에 대한 이야기에 심취했으며, 그들로부터 거시적 비전에 관한 영감을 얻고자 노력하였다. 또한 그들의 머릿속에 한국의 저력에 대한 확신을 심어 주기 위해 노력했다.

1977. 피터 드러커 교수와

일반인에게는 잘 알려지지 않았지만 1970년대부터 1980년대 중반에 걸쳐 정 회장은 전경련 회장이라는 위치를 활용하여 한국의 정치·외교에 크게 공헌한 부분이 있다. 이 시기의 한국은 박정희 대통령의 유신과 박 대통령 시해 이후에 이어진 신군부 독재시대였다. 이에 북한은 악화된 한국에 대한 세계 여론을 활용하여 특히 비동맹국을 위시한 세계 무대에서 한국 정부를 비난하며 그들의 입지를 확장하기 위하여 적극적인 활동을 펼쳤다.

또한 이 시기 세계는 냉전 체제하에서 미국과 소련을 양대 축으로 갈라진 동서 진영과 약 100여 개국으로 구성된 비동맹권으로 크게 나누어져 있었다. 우리에게 국제사회에서 어려움을 주고 있었던 나라들은 북한의 적극적인 외교공세가 먹혀 들어간 비동맹권의 나라들이었다. 비동맹권의 리더격인 인도도 우리와 정식 외교관계는 맺고 있었지만 북한과 친밀한 관계를 유지하며 여러 가지 외교현안에서 남한의 입장을 어렵게 하고 있었다.

더군다나 나이지리아 같은 나라는 한국과의 외교관계를 계속 거부하며 우리 대사관도 들어설 수 없게 했다. 당시 수도 라고스에 겨우 사무실을 유지하고 있던 KOTRA도 북한의 사주를 받은 나이지리아 당국에 의해 철수 명령이 떨어져 있는 상태였다. 정부 외교채널은 이런 문제들을 해결하는 데 더 이상 주효하지 못했다. 대화 자체가 거부되었기 때문이다.

우리 정부는 정치나 이데올로기를 떠나 어느 나라를 가도 정부나 기업계가 관심을 갖고 환영해 주는 정주영 회장을 생각해냈다. 기업 현지 진출이든, 무역이든 경제협력안을 내세워 정 회장이 앞장서기로 했다. 국내외로 현대가 벌여 놓은 사업으로도 몸이 열 개라도 모자랄 지경인 정 회장이었지만 나라를 위해 인도로, 아프리카로, 동남아로 향했다. 전경련 회장 자격으로 한 번에 2주 이상씩 걸리는 긴 여정에 매번 기꺼이 총대를 메고 나선 것이었다.

그는 방문국의 국가 원수나 경제 각료들, 기업계 대표들을 만나 그 특유의 순발력과 재치로 경제교류 확대 방안을 제시하고 한국과의 교류가 갖는 장점들을 설파하며 그들을 설득해 나갔다. 나이지리아에는 정 회장 방문이 있은 지 약 2년 후, 우리나라 대사관이 개설되었다.

그러한 일정 수행 과정에서 소요되는 막대한 비용을 국가의 예산도 전경련의 예산도 아닌 현대그룹의 부담으로 충당했다. 그는 전경련 회장직을 통해 국익 차원에서 국제외교를 위하여 가장 귀중한 시간과 에너지, 그리고 돈을 아낌없이 쓸 줄 알았던 직급 없는 공인이었다.

1976년. 사우디아라비아 나와프 왕자와

1981. 한 · 아세안 경제인 지도자 회의에서

1979. 미국 포드 전 대통령

09
아무도 믿을 수 없었던 드라마

　88서울올림픽. 그것은 일본의 식민지, 한국전쟁과 빈곤, 전쟁과 사
회 혼란, 쿠데타, 부정부패, 그리고 지구상 동서냉전의 마지막 군사긴
장 대치지역 등으로 세계인의 기억에 새겨진 우리의 얼룩진 이미지를
40여 년 만에 떨쳐 버리고, 우리의 저력과 활력을 처음으로 세계만방
에 드러내 보인 역사적인 세계 축제 이벤트였다.

1984. LA. 대한올림픽 위원장 정주영

올림픽은 평화, 화합, 우의를 다지는 세계인의 잔치다. 그것을 개최하기 위해서는 선진국 수준의 경제력과 기반시설, 대규모 국제대회 경험, 동서 양 진영으로부터 고루 지원을 받을 수 있는 국제적인 외교기반, 그리고 무엇보다 올림픽을 테러 등으로부터 안전하게 치를 수 있는 정치사회 안정이 최우선 조건이다. 그것은 과거 테러에 의해 피로 얼룩졌던 올림픽, 그리고 냉전 이데올로기 갈등에 찢겨 세계인 전체의 축제가 못 되고 반쪽 올림픽이 되었던 뼈아픈 역사가 있기 때문이었다. 그런데 불행하게도 한국은 상식적으로 올림픽 개최가 불가능한 모든 조건을 거의 '완벽'하게 가지고 있었다.

우선 88올림픽 개최국 결정을 하는 1981년으로부터 약 10여 년 전 한국이 유치했던 1970년 제6회 아시안 게임을 능력이 모자라서 못 하겠다고 자진 반납했던 '수치의 전과'를 가지고 있었다. 올림픽에 비하면 동네 대회 수준인 아시안 게임을 개최할 능력이 없어서 반납한 처지에 불과 몇 년 지나지도 않아 세계대회를 개최한다고 나서는 것부터가 설득력을 갖기에는 너무나 어림없는 일이었다.

더욱이 치명적인 것은 만약 한국이 올림픽 유치에 성공할 경우 국제사회에서 남한에 비해 열세에 빠질 것을 우려한 북한의 필사적인 방해공작이었다. "남북이 군사 대치를 하고 있는 휴전선에서 언제 전쟁이 일어날지도 모르는데 7년 후에 개최될 올림픽 개최지를 서울로 정하는 것은 올림픽을 죽이는 길이 될 것"이라며 개최지 투표권을 가진 올림픽 위원들에게 반대 설득을 하고 다녔다. 그리고 그들 뒤엔 그들의 편을 들어줄 수 있는 소련과 중국, 그리고 비동맹권 국가들이 있었다.

올림픽 유치의 적은 국내에도 적지 않았다. "능력이 안 되는 올림픽을 유치하면 우리 형편에 제대로 해내지도 못할 것이다. 도리어 국제사회에 망신만 당할 것이며 국가재정 파탄을 초래할 것"이라는 소리가 높았다.

더구나 유치를 놓고 경합하는 우리의 라이벌은 일본의 나고야였다. 그들은 우리와는 반대로 올림픽 유치가 가능한 모든 필요충분조건을 다 가지고 있었다. 거기다가 그들에게는 어부지리로 북한이라는 원군까지 생긴 터였다. 나고야 개최는 그들뿐 아니라 세계 모두가 기정사실로 받아들이는 분위기였다. 그래서 그들은 이미 유치를 자축하는 성대한 축제를 준비하고 있었다.

그만큼 88올림픽 서울 유치 성공은 기적에 가까운 반전이었다. 그리고 이 기적을 치밀하게 계획하고 집요하게 집행한 마스터마인드는 바로 정주영 회장이었던 것이다. 역경을 기회로 만들고 절대 불가능해 보이는 일에 도전해서 많은 대업을 성취한 정 회장의 극적인 면모는 88서울올림픽으로 또 한 번 세계에 드러났다. 그리고 그 역시 이를 통해 한국역사에 빛나는 자취를 또 하나 더했다. 우리에게 심어준 긍지와 자신감, 세계 속에 우리의 위상을 드높이는 데 88서울올림픽의 성공적인 개최가 기여한 유형무형의 가치는 가히 수치로 말할 수 없는 엄청난 것이었다.

1988. 서울올림픽 개막식

1998. 사마란치 IOC위원장으로부터 올림픽 훈장 수여

10
전경련 회장 정주영

　정주영 회장은 1977년 제13대 전경련 회장에 취임, 1987년 초까지
약 10년 동안 회장직을 최장기 연임하며 한국 민간경제계의 본산인 전
경련을 이끌었다. 우선 그는 취임하자마자 전경련의 오랜 숙원이던 회
관 건립을 위해 기금출연에 스스로 앞장서 1977년에 착공하여 1979년
에 완공시켰다.

1979. 전경련회관

2014. 전경련회관

집권정당이나 정부의 경제정책이 온전한 경제발전을 위한 당위성에 의한 것이 아니라 눈앞의 당리당략이나 정치적 포퓰리즘에 의해 시도될 때는 지체 없이 정부에 대한 강력한 정책건의나 언론보도를 통하여 여론화하고 이를 시정하려 노력했다. 이 기간 동안 전경련은 가장 강력한 결집력을 보였으며, 국내는 물론 국제적으로도 20개에 이르는 주요 국가들과 경제협력위원회를 운영하며 가장 활발한 사업을 벌였다.

"자유경제체제가 결국은 국민과 기업, 국가 모두에게 가장 이로운 체제이며, 이것이 인간의 무한한 창의력을 마음껏 발휘하고 성취욕을 달성하고 보람을 느낄 수 있는 체제다. 또 한국의 기업이 국제적으로 뻗어 나갈 수 있는 능력을 기를 수 있는 체제이다. 한국 내의 대기업이니 경제 집중력이니 하는 문제도 세계무대에 올려놓고 평가해야 한다. 한국 기업들은 세계에 나가서 세계의 큰 기업들과 경쟁해야 된다. 그래야만 우리의 경제력이 커진다. 남한의 경제력이 강해지면 우리의 소원인 통일도 그만큼 가까워진다.

또 우리 기업이 충분히 국제경쟁력을 갖추어서 국제수지를 이루어야 우리가 진정한 독립을 이루었다고 볼 수 있다. 우리 경제가 힘이 없으면 상대국이 제시하는 불평등한 조건도 감수할 수밖에 대응방안이 없다. 결국 우리의 경제 칼자루를 외국에 쥐어 주게 된다.

기술, 자본, 원료, 에너지의 주도권을 우리가 갖지 못하면 우리의 국방도 우리 뜻대로 할 수 없게 된다. 기업의 가장 중요한 사명은 좋은 물건을 싸게 국민들에게 공급하여 생활을 풍요롭게 하고, 일자리를 많이 만들어 내고, 세금을 많이 내서 국가 재정을 뒷받침하고, 열심히 역량을 기르고, 기술을 개발해서 국가경쟁력을 높이는 것이다. 또 기업은 단순히 돈벌이하는 곳이 아니고 사회의 물질적, 정신적 자원을 창출하여 인간의 존엄성을 향상시키는 터전이 되어야 한다."

이는 정주영 회장이 전경련 회장직에 있으면서 일관되게 주장했던 신념이다.

1977. 10. 전경련회관 시삽식

1980. 전경련 총회

전국경제인연합회

1981. 전경련 회장단 신년 기자회견

1982. 전경련 회장단 회의

11
거부할 수 없었던
역사의 부름

　정주영 회장은 그가 70세이던 1985년 국내의 한 언론과의 인터뷰에서 그 여생의 마지막 소망을 다음과 같이 피력했다. "우리나라 경제정책을 소신대로 해보는 자리에서 한 5년간만 일해 봤으면 해요. 한 가정이 일어서는 데는 평생이 걸리지만 한 나라가 일어나는 데는 10년이면 족해요."

1992. 통일국민당 대표, 대통령 출마

그때는 그것이 설마 마음속에 둔 대통령 선거 출마의 뜻을 그런 식으로 표현한 것인지를 짐작한 사람은 이 세상에 아무도 없었을 것이다.

그는 해방 이후 반세기 동안 한반도에서 일어난 정치, 경제, 사회의 커다란 소용돌이들을 그 한가운데서 체험해야 했다. 그런 체험 속에서 그는 특히 우리 정치 현실의 모순의 뿌리가 무엇이며, 그것이 더욱 발전할 수 있는 우리 경제와 사회발전에 어떻게 족쇄로 작용하는가를 뼈저리게 느껴 왔다. 그것이 어떤 일이든 원래 그는 그것을 울타리 밖에서 그대로 관망만 하고 있는 사람이 아니었다. 그때까지 그의 일생의 행적이 그랬다. 그 도전의 길이 고난이냐 아니냐는 문제가 안 되었다.

중요한 것은 가야 될 길이냐 아니냐 하는 것이었다. 그는 민족의 번영을 위한 긴 장래와 역사의 방향보다 자신들의 이해관계와 당리당략에 따라 이리 몰리고 저리 몰리며 민족의 사활이 걸린 경제나 사회정책도 거기에 맞추어 좌지우지하는 소위 '정치꾼'들이나 군부집단에게 계속 정치를 맡겨서는 안 된다고 믿었다.

그는 우리 사회에 자유경제체제를 제대로 뿌리내려 우리 경제의 경쟁력 기반을 굳히고 명실상부하게 선진국 진입을 시켜야겠다는 야망을 가졌다. 그는 또한 통일을 앞당길 수 있는 구체적인 구상도 가지고 있었다.

이러한 포부와 야망을 실현하는 것이 그의 마지막 여생을 바칠 국가

가두 유세

유세장 연설

와 민족의 부름이라고 믿었다. 세계를 놀라게 한 무수한 위대한 업적들을, 세인들의 눈에 하나도 가능해 보이지 않았던 것들을 성공적으로 해냈던 것처럼 그는 확신에 넘쳤다.

그가 대통령 출마 선언과 함께 1992년 2월에 창당한 국민당은 창당 45일 만에 치른 14대 총선에서 의석 31석을 확보하는 초유의 정치폭풍을 일으켰다.

그와 뜻을 같이 한 사람들은 이를 기성 정치권에 대한 식상과 변화 욕구, 그리고 경제발전에 대한 국민의 희망이 표출된 것으로 받아들여 크게 고무되었다. 한편 그의 라이벌들은 그의 대통령 출마 동기를 그의 노령을 빗대어 '노망' 또는 '노욕'으로 비하하고, "돈을 벌어 부자가 되더니 이제는 권력까지 탐낸다"는 네거티브 공세를 폈다. 그러나 무엇보다 뿌리 깊은 지역주의가 정치 아마추어인 그에게는 극복하지 못한 벽이 되었다.

결국 국민들은 '평생 갑근세 한 번 제대로 내보지도 못하고 경제를 전혀 모르는 전업 정치꾼'을 대통령으로 선택했다. 경제문외한인 그가 국가경제를 거덜낼 것이라던 정 회장의 예언은 불행하게도 적중하여 그 대통령은 국가를 부도내고 국민들을 고통 속에 몰아넣은 채 물러났다. 정 회장은 이에 대해 다음과 같이 술회했다.

"대통령 선거를 두고 사람들은 나더러 실패했다고 하는데 그렇지 않다. 최대의 실패자는 그들이 뽑은 대통령 때문에 IMF 외환위기를 맞아 고통스런 대가를 치러야 했던 국민들이고, 그 다음은 국가를 부도낸 대통령으로 영원히 역사에 기록될 사람이 실패자다. 나는 단지 국민들에게 뽑히지 못했을 뿐이다."

　정치 쇄신, 경제발전, 조국통일을 위한 그의 이상과 포부, 그리고 그의 능력과 구상이 국민들에게 이해되고 선택되기에는 너무 시대를 앞선 것이었던가? 그때 국민들이 다른 선택을 했더라면 지금 우리나라는 어디쯤 와 있을까? 되돌려 실험해 볼 수 없는 것이 역사인 것이 아쉽다.

12
통일 길에 놓은 다리

"어릴 적 가난이 싫어 소 판 돈을 가지고 무작정 집을 나와 서울로 왔다. 그 후 나는 묵묵히 일 잘하고 참을성 있는 소를 성실과 부지런함의 상징으로 삼고 인생을 걸어 왔다. 이제 가출할 때의 소 한 마리가 천 마리의 소가 되어 빚을 갚기 위해 고향으로 간다. 이번 방북이 한 개인의 고향 방문 차원을 넘어 남북 간의 화해와 평화를 이루는 계기가 되길 진심으로 바란다."

1998. 10. 30. 평양. 김정일 국방위원장과

1998년 6월 정 회장이 소떼를 몰고 방북했다. 세계에 마지막 남은 분단과 대치의 벽 한반도의 38선에서 83세의 한국기업가 정주영 회장이 연출하고 주역을 맡은 이 희대의 퍼포먼스에 온 세계의 시선이 쏠렸다. 이것은 우리 민족이 가지고 있는 통일에 대한 열망과 의지를 세계만방에 전파하기 위한 비장한 절규였다.

　금강산 관광개발사업은 처음부터 남북한 화해의 의지를 담은 상징적 사업으로 문을 열었다. 이것은 단순한 관광수익사업만으로 평가해서는 절대 안 된다. 그것은 서로 총을 쏘고 살상을 했던 뼈아픈 적대관계에서 비롯된 앙금과 반세기 동안의 불신의 벽을 깨고, 새로이 한 민족으로서의 동질성을 회복하고 점차 한 지붕 밑에서 한솥밥을 먹기까지 신뢰를 쌓기 위한 가장 효과적이고 상징성이 높은 사람 왕래의 사업이기 때문이다. 강대국의 견제 등 우여곡절을 겪는 가운데도 자리를 잡아가는 개성공단, 남북연결철도도 마찬가지다.

　그는 남북 간의 경제협력이 통일로 가는 가장 주효한 방법임을 굳게 믿었다. 왜냐하면 그것은 정치적인 부담은 적은 반면 양쪽의 필요가 가장 잘 부합되는 부분이기 때문이다. 그리고 거기에는 노동력, 자원, 기술, 경험, 경제현실 등 모든 면에서 양쪽이 서로에게 부족한 것을 보탤 수 있는 엄청난 보완성이 있기 때문이다.

　통일을 감상적으로, 또는 무모하게 접근해서는 안 된다. 폭력과 살상이 동반되어서도 절대 안 된다. 어느 한쪽의 정치적 술수나 야심의

1998. 10. 소떼를 끌고 휴전선을 넘기 전

금강산관광 16돌 기념식
2014. ▲연종행산 ○아태평양평화위원회

2014. 현정은 회장, 금강산관광 7주년 기념 식수

금강산관광 재개 기

도구가 되어서도 안 된다. 마찬가지로 숫자적으로 평가할 수 있는 눈앞의 손익계산만 앞세워 접근해서도 안 된다. 그것은 너무나 한 맺힌, 그리고 지고한 민족적 과제이기 때문이다.

분단은 우리 민족에게 닥쳐온 격동의 한 시대적 도전에 우리가 잘못 대처한 통한의 대가다. 결코 강대국들만 탓할 일이 아니다. 그러나 이 시점에서 강대국들의 이해와 눈에 보이는 현상에 쫓겨 우리가 선택해야 할 큰 역사의 비전과 방향을 놓친다면 우리는 또다시 똑같은 우를 범하게 될 것이다.

엄청난 희생과 아픔을 감당하며 통일의 첫길에 다리를 놓고 떠난 한 선구자의 뜻을 살리기 위하여 우리들이 해야 할 남은 사명이 무엇인가를 고심하고 행동하여야 한다.

13
정 회장과 사람들

박정희 대통령   그에 대한 이야기를 할 때면 정 회장은 항상 음성을 가다듬고 자세를 바로 했다. 그만큼 그는 박정희 대통령에 대한 존경심을 마음속 깊이 간직하고 있었다. 고속도로, 댐, 발전소 등 산업화 기반조성을 위한 핵심적 사회간접자본 건설에 박정희 대통령은 늘 정 회장의 조언을 구했다. 그리고 정 회장은 자기 기업의 입장을 떠나 최선을 다해 그의 기대에 부응했다. 그래서 정경유착을 했다는 매도도 받았다.

1971. 11. 박정희 대통령과 영동고속도로 순시

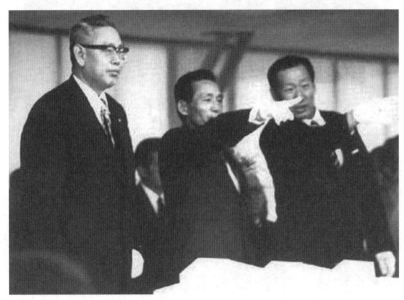

1982. 6. 이병철 회장과

정주영 이봐, 해봤어?

"60년대 경제개발 초기의 우리 상황은 지금과 달랐다. 경제개발을 주도했던 정부는 극히 한정된 재원을 가지고 국가개발목표에 맞추어 투자를 배분해야 했고, 이것을 사업으로 실행해야 했던 기업은 정부와 필연의 관계를 갖게 되었는데 이것은 국가경제발전을 위한 협력으로 봐야지 결탁과 유착으로 봐서는 안 된다."

세간의 매도에 대해서 그는 이렇게 말했다. 또 이러한 세평이 싫어서 해외공사에 눈을 돌리는 계기가 되었다고도 했다. 두 사람이 서로 교호하며 국가경제 발전을 위한 견인의 주역을 한 것은 분명한 사실이다.

이병철 회장 이 회장은 해방 후 한국 경제계를 이끈 창업 1세대의 양대 산맥 중 한 명이다. 두 사람은 성장배경, 외모, 개성, 경영스타일 등 너무 대조적이었다. 그래서 한국이라는 좁은 시장에서 경제계의 두 거두는 어쩔 수 없이 부딪쳐 갈등을 빚기도 했다. 그러나 두 사람은 내면으로는 서로를 존중했다. 이 회장은 타계를 몇 해 앞두고 정 회장과 감동적인 화해를 통해 갈등의 앙금을 후대에 남기지 않고 떠났다.

구자경 회장 구 회장은 정 회장보다 나이는 10살이나 아래였고, 성격이나 개성이 비슷한 면이 있는 것 같으면서도 대단히 달랐다. 나이차로 봐도 거리가 있을 법한 사이인데도 두 사람은 격의 없는 친형제처럼 서로 반말 비슷한 말투를 주고받았다. 정 회장은 특히 구 회장의 꾸밈없고 순박하다 못해 퉁명스럽기까지 한 성격을 몹시 좋아했다. 그래서 어떤 때는 기분이 언짢을 법한 구 회장의 말과 태도에도 항상 껄

1980년대 구자경 회장과

1990. 유창순 회장과

껄 웃으며 친숙한 우정으로 그를 대했다.

그러나 IMF 외환위기 후유증을 수습하기 위해 정부 주도로 이루어진 소위 '빅딜' 구조조정의 일환으로 현대는 발전설비와 선박엔진 부문을 당시의 한국중공업에 내놓기로 하고, LG전자는 반도체 부문을 현대의 하이닉스 전자에 편입시키기로 한 것에 대한 구 회장의 불만을 계기로 두 사람 사이가 소원해지기도 했다. 그러나 많은 경우 속마음을 감추고 서로를 탐색, 견제하는 위선이 흔한 사회지도층 인사들 간의 인간관계에서 두 사람의 순수한 우정은 그들을 아는 주위 사람들에게 오래 기억될 것이다.

유창순 전 국무총리　한은 총재, 경제기획원 장관, 국무총리, 무역협회장, 전경련 회장을 역임한 유창순 씨는 한때 롯데그룹에 몸담고 있기는 했지만 전형적인 민간기업계 인사는 아니다. 정 회장은 유창순 씨를 항상 깊이 존경하였고, 현대그룹 일뿐 아니라 전경련, 그리고 정부와 중요한 사안이 생길 때마다 그의 자문을 구했다. 그리고 그는 바덴바덴에서 정 회장의 올림픽 유치활동 때 참여하여 정 회장에게 중요한 조력자 역할을 해주었다. 정 회장을 회고하는 사석에서 유창순 씨는 다음과 같은 새로운 사실을 말해 주었다.

"정 회장이 올림픽 유치에 성공한 이후 전두환 대통령과 신군부의 정 회장에 대한 인식이 아주 달라졌고 정 회장을 높이 평가하게 되었습니다. 사실 나는 전두환 씨를 잘 모르고 그도 나를 잘 모르는 사이였습니다. 그런데 전두환 대통령에 의해 내가 총리를 하게 되었습니

다. 나중에 그것이 정주영 회장이 전 대통령에게 적극적으로 천거해서
된 것임을 알게 되었습니다."

그들의 관계를 잘 말해주는 일화다. 뒤에 유창순 씨가 전경련 회장
직을 맡게 된 데도 정 회장의 역할이 컸던 것으로 알려졌다.

박태준 회장 박 회장은 정 회장과 비견되는 강력한 카리스마로 포
철신화를 일궜다. 정 회장은 조선소, 자동차 공업 초기에 소요되는 철
판을 포철에서 공급받았다. 포철에게는 현대가 생산 초기부터 중요한
고객이 되어 준 것이다. 그러나 후에 고로제철소 건설과, 당시 민간기
업이 아니고 국영기업체이던 포철 회장 자격으로 박태준 씨가 민간기
업 중심의 전경련 회장직을 맡으려고 한 의도 때문에 두 사람 사이에
갈등이 보이기도 했다. 그리고 두 사람 모두 대통령 출마를 놓고 김영
삼 대통령의 라이벌이 되었다. 두 사람은 김영삼 정권하에서 극심한
핍박을 받는 공동의 처지에 놓이기도 했다.

1983. 박태준 회장과

14
또 다른 보람

정 회장은 가난과 굶주림에 시달렸던 어린 시절을 다음과 같이 술회했다. "겨울에도 바지저고리를 한 벌만 가지고 입었는데 그러다 보니 옷 속에 이가 많이 생겨. 할머니가 이를 잡아 주시는데 눈이 나빠서 잘 안 보이시니까 애들을 옷을 벗겨 한 이불 속에 몰아넣고 바지저고리를 밖의 추운 눈 위에다 펼쳐 놓아 이들이 얼어 죽게 하시는 거야. 그런 다음 소여물을 끓이고 남은 불을 담은 화로에 옷에 남아 있는 죽은 이들을 툭툭 털어서 입혀 주셨지."

복지기관 수녀님들과

모두가 배고프고 가난한 시절이었지만 가난은 누구에게나 대단히 고통스러운 것이다. 그리고 그것이 방치될 때 가난은 고통을 넘어 비참해지기 시작한다. 가난해서 못 배우고 그래서 또 가난해지는 빈곤의 사슬은 반드시 끊어져야 한다. 마찬가지로 치료받으면 나을 수 있는 병을 돈이 없어서 해결하지 못해 고통받고, 심지어 불구가 되거나 생명을 잃게 된다면 이것은 동시대를 사는 사회와 국민들의 공동범죄다.

한 나라 안에서 이런 것들이 방치된다면 그 국민들은 그들만의 풍요를 누릴 자격이 없는 것이다. 이것은 소위 경쟁의 미덕을 강조하는 기회의 평등 이전의 문제다.

정 회장은 가난이 무엇인지 이 세상에서 누구보다도 뼛속 깊이 경험했기에 잘 아는 사람이었다. 그래서 그들에 대한 연민이 심중 깊은 곳에 일생 동안 자리잡고 있었다. 그는 모든 사업의 본체격인 현대건설의 기업공개 압력을 언론과 사회로부터 집중적으로 받던 시절 다음과 같이 심경을 밝혔다.

"현대건설을 기업공개하면 결국 돈 있는 사람들이 그 주식을 사서 땀 안 흘리고 돈을 벌게 될 뿐, 돈 없는 소외계층에는 아무 혜택도 돌아가지 않게 되기 때문에 그 방식과 시기에 대해서 고심하고 있다."

그래서 그는 주식을 공개하기 전에 총 주식의 반가량을 복지재단에 기증하고 나머지만을 주식시장에 공개했다. 전국에 종합병원들을 지

서울아산병원

서울아산병원. 심장수술실

정읍병원

금강병원

홍천병원

은 것은 그렇게 해서 설립된 복지재단의 중요한 사업 중의 하나다. 그는 첨단시설과 연구진을 집중할 필요가 있는 서울 아산병원의 설립을 비롯해 다른 의료재단들이 채산성 때문에 기피하는 오지 지방 도시에도 병원을 설립했다. 그렇게 설립된 것이 인제, 보성, 정읍, 영덕, 보령, 홍천, 금강에 세운 아산병원이다.

그는 병원 시설들을 돌아보며, 그리고 그가 만든 재단이 지원하는 불우 어린이 시설들을 방문하며 어린이들과 어울리는 것을 즐거워했다.

불우 시설 어린이들과

15
남편 그리고 아버지 정주영

정 회장은 보통학교 졸업이 학력의 전부다. 그는 창가와 습자를 잘 못해서 27명 중에 2등으로 졸업했다고 했다. 그리고 보통학교 졸업사진이 그의 일생의 사진 중 가장 오래된 것이다.

정 회장의 평생 반려자 변중석 여사   그녀는 정 회장과 같이 보통학교를 다닌 친구의 여동생이었다. 16살 때 24살의 정 회장한테 시집을 왔다. 정 회장 집안의 맏며느리로 들어온 그녀는 대가족을 보듬어 품고 소박하고 조용한 품성으로 밖에 잘 나타나지 않으면서 정 회장을 편안하게 내조했다.

1989. 새해 첫날 가족사진

그녀는 평생 쉴 새 없이 무수한 시련과 도전 속에 살았던 정 회장이 항상 위안을 얻고 새로운 도전을 위한 에너지를 재충전할 수 있는 안식의 품이었다.

부부 사이에 대해서 묻는 한 인터뷰에서 변 여사는 수줍은 미소를 지으며 말했다. "회장님이 그러시는데 제가 화장을 안해서 피부에 제 색깔이 나서 대한민국에서 제일 예쁘대요."

또 정 회장은 자랑스럽게 다음과 같이 덧붙였다. "집에 손님이 와서 집사람이 나가서 문을 열어 주면 밥 해주는 사람인 줄 알고 주인 어디 있느냐고 묻는대요."

28살쯤 되었을 때로 추정되는 사진에 보이는 변 여사의 모습은 소박한 표정 가운데 반듯한 이마와 총명한 눈매, 그리고 오똑한 콧날과 균형미 있는 보기 드문 미인의 모습이다.

1950년경 부부 사진

1931. 송전보통학교 졸업. 뒷줄 중앙

정 회장 고희연

1984. 부인, 몽구, 몽준, 손자와 함께

정 회장은 기업경영에 있어서의 그 특유의 가부장적인 리더십을 대가족을 이끄는 데에도 발휘했다. 그는 대단히 엄한 아버지였던 것으로 알려졌다. 그의 지시는 형제들이나 아들들에게는 절대 따라야 하는 지상명령이었다.

그 시대의 우리 아버지들이 대체적으로 그러하였지만 정 회장은 가족에 대한 집착이 유난히 강했다. 그리고 자손이 많아 대가족을 이루게 된 것을 항상 흐뭇해하고 자랑스러워 했다. 또 그는 자식들에 대한 사랑을 겉으로 내놓고 하기보다는 안으로 감추고 엄하게 훈육하는 아버지였다.

정 회장이 자기 자신의 평생 삶이 그랬던 것처럼 자식들에게 제일 많이 강조하고 주입시키고자 했던 덕목이 부지런함이었다. 그래서 그는 자주 어둠이 깔린 새벽에 아들들을 청운동 집으로 소집하여 중앙청 담을 끼고 함께 계동 현대사옥까지 걸어서 출근하는 일종의 정신훈련을 실시했다.

16
천의 면모, 천의 표정

늘 한계가 없이 번득이는 창의력과 발상력,
그리고 그의 성격의 유연성만큼
사진들에 남은 정 회장의 표정 역시 대단히 다양하다.
이런 모습들은 그의 내면의 생생한 표상들이다.
거기에는 꾸밈이나 권위의 껍질이 없다.

순식간에 좌중을 압도해 버리는 무서운 카리스마가 나타나는가 하면
분위기를 풀고 주위 사람들을 즐겁게 하기 위해서
어느새 재기와 장난기 어린 표정이 나타나기도 한다.

그의 성품은 거의 모순에 가까운 다양성을 보였다.
범접하기 힘든 위엄과 전혀 부담이 없는 친근감,
단호함과 한없는 자상함, 대단한 배짱과 어린이 같은 수줍음,

무뚝뚝함과 섬세한 감상, 씀씀이가 큰 손과 구두쇠 같은 검약정신,

단순함과 치밀성, 보수적인 것 같은가 하면

엉뚱할 정도로 열려 있는 마음……

한 사람에게 병존할 수 없을 것 같은 이러한 특성들이

그에게서 항상 번뜩였다.

그는 평생 긍정적이고 적극적이며,

근면하고 성실함을 실천하며 그 많은 위업을 달성했다.

그는 솔직, 담백한 마음가짐을 늘 강조했다.

그러면서 그는 사치, 허례, 게으름, 비겁함, 융통성이 없는 것,

우유부단함, 몸가짐이 단정치 못한 것을 극도로 혐오했다.

그는 항상 땀 흘려 일한다는 것 그 자체를 사랑했고

그로부터 행복했던 소박한 거인이었다.

17
거인의 마지막 손짓

　타계하기 얼마 전 마지막 사진의 모습에서 굽어 휘어진 그의 손가락, 메마른 손바닥을 가로지르는 무수한 주름, 그리고 얼굴에 퍼진 검버섯은 평생 그의 생전 치열했던 도전과 빛나는 성취를 말해주는 궤적과도 같이 느껴진다. 그러나 카리스마 넘치는 에너지로 현장을 호령하던 그의 모습을 기억하는 사람들의 마음을 저리게 한다.

　인간 삶의 유한한 시간 속에서 무한한 열정과 창의력, 초인적 도전정신으로 점철된 그의 사람됨은 우리에게 커다란 유산을 남겼다. 그는 오늘날 우리에게 무엇을 당부하고 있을까?

건설 공사장 인부로 돌짐을 나르는 고된 노동을 하던 손, 경부고속도로 공사, 그리고 열사의 중동을 누비며 현장을 지휘하던 불타는 열정과 카리스마, 모두가 불가능하다던 자동차와 조선 산업, 올림픽 유치를 극적으로 성공시켜 한국경제 현대화를 이끈 번뜩이는 예지력 강한 눈빛이 사진의 모습에 겹쳐져 떠오른다.

애잔한 느낌을 주는 사진 속의 그의 다감한 모습은 그의 일생을 점철했던 치열한 시련과 도전, 창조와 혁신을 통한 위대한 업적, 그리고 미완의 통일 과업을 뒤로하고 떠나면서 우리에게 무언가 당부하는 작별의 미소 같아 숙연하게 만든다.

그러나 인간의 극히 유한한 삶의 시간 속에서 무한한 열정과 창의력, 그리고 초인적 도전정신으로 범인으로는 상상도 할 수 없는 엄청난 발자취를 세상에 남긴 그의 위대한 정신은 오래도록 우리 가운데 정신유산으로 남아 용기와 영감, 그리고 에너지의 원천이 될 것이다.

Chronicle

연보

1915	11월 25일 강원도 통천군 아산리에서 6남 2녀 중 장남으로 출생
1919~22	조부로부터 『천자문』, 『동문선습』, 『명심보감』, 『소학』, 『대학』, 『논어』, 『맹자』 등 학습
1930	송전보통학교 졸업
1931	1차 가출, 원산 고원 철도 공사판 노동
	2차 가출, 금화 공사장 노동
1932	3차 가출, 경성 실천부기학원 수강
1933	4차 가출, 인천 부두하역 노동, 건설현장 노동
1934	복흥미곡상 쌀 배달 점원
1938	노점미곡상 경일상회 개업
1939	변중석(당시 16세)과 결혼
1940	자동차 수리공장 아도서비스 개업
1945	세계 2차대전 종전, 한국 일제로부터 해방, 미군 군정 실시
1946	자동차 수리공장 현대자동차 공업사 개업
1947	건설 보수업 현대토건사 개업
1948	남한 단독 정부 수립, 이승만 정권 출범

1950	한국전쟁 발발
	현대자동차공업사·현대토건사 합병, 현대건설주식회사 설립
1953	한국전쟁 휴전
	낙동강 고령교 복구공사 수주, 적자 손실, 파산 위기
1957	한강 인도교 복구공사 수주
1960	4·19 학생 혁명, 자유당 이승만 정권 붕괴, 민주당 장면 내각 출범
1961	5·16 군사 혁명, 박정희 정권 출범
1965	최초 해외공사 태국 Patani Naratiwat 고속도로 수주
1967	소양강 다목적댐 수주·착공
1968	경부고속도로 착공
	현대·포드 자동차 조립 기술 협정 체결, 코티나 자동차 생산
1970	현대시멘트 설립
	경부고속도로 완공, 전체 중 2/5 건설, 고리원자력 발전소 1호기 착공
1972	현대조선소 착공
	조선도크 1호와 2호 완공과 동시 26만 톤급 대형 유조선 2척 완공·진수
1974	한·영 경제협력위원회 위원장 피선
1976	한국 최초 고유모델 자동차 포니 생산
	한·아랍 친선협회 회장단 피선
	현대상선 설립
	사우디아라비아 Jubail 산업항 9억 3,000만 달러 공사 수주
1977	전국경제인연합회 회장 피선, 울산공업대학 이사장 취임
	아산복지사업재단 설립
	영 여왕 대영제국 커맨더 훈장(Commander of the Order of British Empire) 수여
	한국열관리협회(에너지 관리공단 전신) 회장 피선
1978	한·아세안 경제계지도자협의회 회장 피선
1979	박정희 대통령 김재규 중앙 정보부장에게 시해, 전두환 신군부 세력 집권, 과학기술진흥재단 이사장 피선
1981	88서울올림픽 유치위원회 위원장 피선, 유치 성공

1982	유전공학연구조합 이사장 피선, 대한체육회장 피선
1983	현대전자주식회사 설립, 한국정보산업협의회 회장 피선
1984	서산 천수만 간척 사업, 4천 700만 평 간척
1985	아시아 최장 13.5km 말레이시아 Penang교 완공
1987	전국경제인연합회 명예회장 취임
1988	노태우 정권 출범, 24회 서울올림픽 개최, 국민훈장 무궁화장 수여
1989	한·소 경제협력위원회 취임
1991	현대석유화학 주식회사 준공
	통일국민당 창당, 대표최고위원 취임
	14대 국회의원 당선, 14대 대통령선거 출마·낙선
1993	김영삼 정부 출범
	정부 압력으로 국회의원직 사퇴, 통일국민당 탈당
1994	러시아 고르바체프 수상 면담, 시베리아 자원 개발 등 한·소 경제협력 논의
1995	중국 장쩌민 수상과 한·중 경제협력 확대 방안 논의
1997	외환위기, 한국경제 IMF 관리체제 돌입
1998	김대중 정부 출범
	북한 김정일 국방위원장 면담
	500마리 소떼 이끌고 군사 분계선 통과 방북, 북한 금강산 관광, 개발사업 개시
1999	대북사업 전담, 현대아산주식회사 설립
2001	러시아 푸틴 대통령으로부터 친선 훈장 수여
	3월 21일 86세로 타계

▪▪▪ 명예 박사 학위 수여

공학 박사(경희대, 1975), 경영학 박사(충남대, 1976)

경영학 박사(George Washington대, 1982), 경영학 박사(연세대, 1985)

문학 박사(이화여대, 1986), 정치학 박사(서강대, 1990), 철학 박사(고려대, 1995)

인문학 박사(Johns Hopkins대, 1995)

금세기 세계에서 위대한 기업인으로 2차대전 이후의 구미 선진국이나 일본의 대표적인 저명 기업인들이 많이 거론되고 있다. 그러나 그들이 위대하다고 일컬어지는 배경과 면모는 정 회장의 그것과 대단히 중요한 차이점이 있다.

이들 저명한 선진국 기업인들의 성공에는 대부분 성숙된 민주자본주의, 엄청난 자본과 기술, 숙련된 인력과 경험, 그리고 튼튼한 자체 시장 기반이 있었다.

일본도 비록 패전국이었지만 그들은 이미 1900년대 초반에 항공모함과 잠수함, 그리고 당시로서는 첨단의 전투기를 만들 수 있는 기술과 인력 기반을 가지고 출발할 수 있었다.

한국전쟁 휴전 이후에 처참한 폐허 위에서 출발한 한국경제는 이들이 가지고 있는 것을 하나도 가지고 있지 못하였다. 대다수 국민이 그저 굶어 죽지 않고 살아 보겠다는 절박한 의지뿐이었다. 교육 수준이나 기술이라고는 거의 없는 노동력이 전부였다.

당시 한국의 노동력은 비참하기까지 한 수준이었다. 한 예로 논산 신병훈련소에 입소하는 젊은 병력들 중 한글을 읽을 줄 모르는 문맹자가 많아 이들에게 기초 군사훈련과정을 시작하기 전에 별도로 한글을 가르치는 속성 과정을 운영했던 일은 당시의 실태를 잘 말해 주고 있다.

그나마 빈약한 경제로 국토 분단과 휴전, 적대적 대치에 의한 버거운 국방의 부담을 감당해야 했고, 젊은 노동력 역시 황금기의 2~3년을 여기에 동원해야 했다. 또한 정치·사회적으로도 안정을 찾지 못하고 여러 차례의 혁명과 정변의 격랑을 겪어야 했다.

정주영 회장이 세계사에 유례가 없는 한국경제 발전에 민간경제인으로서 그 중심 역할을 담당한 것은 이렇게 더할 수 없이 척박했던 여건과 시대 배경 위에서였던 것이다.

정 회장의 위대함을 그가 남긴 현대라는 기업군 자체만 가지고 평가해서는 안 된다고 생각한다.

불과 40여 년 전 국민 개인소득이 100달러에도 못 미쳤던 최빈국에서 소득을 2만 달러가 넘는 수준으로 300배 가까이 끌어올리고, 같은 기간 수출이 3,000배 이상 신장된 한국경제 발전에 기여한 그의 역할 못지않게 그가 남긴 선구자적인 정신유산 역시 큰 가치를 가진다고 생각한다.

정 회장이 타계한 지도 벌써 여러 해가 지났다. 그가 창업하고 이끌던 거대 기업군인 현대그룹도 그동안 많은 격랑을 거쳤다. 생전에 그의 리더십과 카리스마가 엄청났던 만큼 그가 떠남으로써 생긴 공백의 충격과 전환 과정의 진통 또한 대단히 클 수밖에 없었다. 이러한 과정을 우리는 몇 가지로 나누어 볼 수 있다.

첫째로 정 회장이 그의 인생 말년에 혼신을 바쳐 몰두했던 대북사업의 후유증은 엄청난 것이었다. 대북사업은 원래부터 신앙에 가까운 통일에 대한 그의 집념과 장기적인 사업 비전에 대한 확신에서 비롯되었다. 그렇지 않고는 누구도 감히 시도할 수 없는 일이었다. 엄청난 재원이 필요한 반면 가늠하기 힘든 너무나 많은 위험과 불확실성을 안고 있는 사업이었다.

그런 데다가 예측할 수 없이 수없이 변화했던 북한의 입장과 남북관계, 한국 내의 정치·사회적 요인들에 의해 그의 계획에 차질이 생겼고, 이를 수습하기 위해 무리한 재원 조달에 참여했던 현대그룹사들에게 커다란 부담을 안겨 주는 결과를 초래했다.

또한 정 회장 특유의 추진력을 발휘하여 일을 밀고 나가는 과정에서 실정법 위배로 생긴 문제도 정 회장 타계 후에 현대그룹사들에 커다란 부담을 주게 되었다.

그러나 분명한 것은 정 회장의 현대그룹이 치른 이러한 아픈 희생 때문에 남북경제협력의 문이 열렸고, 문화·관광·스포츠와 인적 교류가 확대되었다. 이로 인하여 남북 간의 대립과 긴장이 완화되었고, 동질성 회복과 통일 기반 조성을 위한 중요한 디딤돌을 놓게 되었음은 부인할 수 없다는 점이다.

이러한 사실들이 그간의 이해를 달리하는 집단 사이의 정치적 논쟁과 사회적 분위기에 의해서 가리워지거나 과소평가된 것 또한 현실이었다.

둘째로 1992년 정 회장의 대통령 선거 패배에 따른 후유증을 들 수 있다.

정 회장의 대통령 선거 라이벌이었던 김영삼 대통령은 집권 5년 동안 정 회장 개인은 물론 현대그룹은 운신에 있어서 질식할 정도로 철저한 견제를 가했다. 이 기간 동안 현대그룹은 실질적으로 모든 신규 투자와 사업 확장을 위한 금융 소스나 사업의 인허가가 봉쇄당하는 혹독한 시련을 겪어야 했다.

그 결과, 이 기간 동안 한국의 대표적인 여타 기업 그룹들에 비해 크게 위축되었고 생존을 유지하는 데 사력을 다해야만 했던 시련기를 보내야 했다.

셋째로 정 회장 생전에 그룹사 전체의 경영에서 중요 의사결정과 리더십이 정 회장에게 집중되어 있었는데, 정 회장의 노령에 대비하여 일찍부터 그의 권한과 책임이 정 회장의 2세들, 그리고 전문경영인들에게 위임·분산되고 시스템 경영으로 전환시키는 일이 이뤄지지 못한 데서 오는 많은 혼란과 갈등의 진통을 겪어야만 했다.

맨손으로 대기업군을 일으킨 한국의 대표적 재벌 창업 1세대들은 지금 거의 세상을 떠났다. 그들이 창업한 기업들의 경영은 그들의 자손들을 축으로 전문경영인들에게 바톤이 넘겨졌다. 그리고 그 과정에서 그들은 정도와 양상은 달랐더라도 거의 모두가 전환기적인 진통을 겪었다. 몇몇 대기업들은 주인이 바뀌거나 아예 소멸해 버린 경우도 있다. 한국경제에서 차지하는 비중이 컸던 만큼 현대그룹의 승계 및 재편 과정은 파장이 컸다. 지금의 현대그룹은 대부분 그러한 진통의 전환기를 지나 견실한 성장을 하고 있다고 볼 수 있다.

특히, 정 회장의 둘째 아들인 정몽구 회장(첫째 아들은 작고)이 이끄는 자동차와 제철 부문, 그리고 여섯째 아들 정몽준 회장이 이끄는 현대중공업은 명실상부한 세계적인 기업으로 위치를 굳건히 하고 있다.

가장 큰 진통을 겪어야 했던 것이 다섯째 아들 고故 정몽헌 회장이 맡았던 기업군이었다. 여기에 속했던 것이 현대건설, 현대전자, 현대상선, 현대엘리베이터, 현대증권, 그리고 대북사업을 전담했던 현대아산이다. 정주영 회장이 생전에 모든 노력과 재원을 동원하여 전념했던 대북사업에 북한 당국의 일관성 없는 조처로 차질과 지연이 빚어졌고, 여기에서 오는 부담과 정치적 후유증을 이 기업군에서 모두 떠안아야 했던 것이다.

특히, 전체 현대그룹의 모태였고 주력 기업이었던 현대건설이 치명적인 손상을 입었다. 과거 김대중 정권하의 대북사업 추진 과정에서 북한 정권에 송금한 것에 대해 신정권인 노무현 정부가 절차의 적법성 여부를 조사했었는데, 그 과정에서 중압감을 못 이긴 정몽헌 회장이 투신자살하는 비극을 겪기도 하였다. 그러나 이 그룹도 정몽헌 회장의 미망인인 현정은 회장을 축으로 현대상선, 현대엘리베이터 등 내실 있는 기업 위주로 재도약의 활력을 쌓아가고 있을 뿐 아니라, 현대아산을 끌고 가며 선대 정주영 회장의 유업인 대북사업의 성공적 결실을 위하여 힘을 쏟고 있다.

그 밖에 현대산업개발, 현대시멘트, KCC, 현대백화점 등 주요 기업들은 정 회장 생전에 일찍이 그의 형제들 그리고 다른 아들들에게 경영권이 넘겨져 각기 속한 분야에서 주도적 역할을 이어가고 있다.

한국경제 발전에 있어서 도로, 건설, 발전소 등 사회간접자본 분야뿐만 아니라 산업의 인프라 분야나 기간산업 구축과 자동차, 제철, 조선, 전자 등 산업구조의 근대화에 이르기까지 정 회장의 손길이 미치지 않은 곳이 없다.

이러한 실물적 업적의 유산 못지않게 그가 한국 사회에 남긴 중요한 유산이 있다. 그것은 비전 그리고 행동의 용기와 실천을 통하여 극히 빈곤한 경제 기반과 정치·사회적 혼란과 좌절감을 딛고 세계 무대에 발을 내디딜 수 있도록 한국 사람들의 가슴속에 심어준 도전 의욕과 자신감이라는 위대한 정신적 유산이다.

　나는 정주영 회장의 이러한 정신적 유산을 부각시키는 데 기여하고
자 나의 체험을 바탕으로 그에 대한 일화적 전기인 『이봐, 해봤어? 시
련을 사랑한 정주영』을 2002년에 세상에 내놓았다. 독자들로부터 과
분한 반응과 격려가 있었지만 나 자신은 이 책에 대하여 아쉬운 데가
많았다. 특히 일화를 위주로 내용을 구성하다 보니 정 회장의 위업과
면모를 조명하는 데 있어서 전체적인 균형과 조화에 미흡한 점이 많았
었다. 그래서 우리 경제사를 바꿔 놓은 그의 업적들에 대하여 새로운
평가와 가치를 부여하여 내용을 다듬었다. 일화 부분에도 내용을 보
탰고 몇 개의 주제를 평론으로 보완하여 이번의 100주년 기념 완결판
을 집필하게 되었다.

　그러나 그에 대한 엄청난 주제를 다루기에 미치지 못하는 나의 역량
과 글재주의 한계 때문에 본래의 의도를 제대로 살리지 못하지 않았나
하는 아쉬움 또한 솔직한 심정이다.

"이봐, 해 봤어?" 이 시대에도 여전히 적용되는 촌철살인의 한마디!

권선복
도서출판 행복에너지 대표이사

사람들은 흔히 성공하는 사람들을 부러워하면서 그들은 날 때부터 뭔가 특별한 운명을 지녔다고 생각하곤 합니다. 그리고 그들의 불굴의 의지를 부러워하면서도 선뜻 자신은 그렇게까진 할 수 없다고 여기지요. 부자가 될 사람은 정해져 있는 것이라고 생각하는 사람들이 많습니다. 이 책은 그렇게 생각하는 사람들에게 말합니다. "이봐, 해 봤어?"라고.

정주영 회장이 쓴 성공신화는 정말 대단합니다. 말 그대로 아무것도 없는 맨땅에서 어마어마한 기적을 이루었으니까요. '세기의 도전자, 위기의 승부사, 창조와 혁신의 화신'이라 불리는 그가 어떻게 불모지였던 우리나라에서 '현대'를 세울 수 있었던 것인지, 지금까지도 불가사의하다고 할 만한 업적입니다.

마음을 먹지 않으면 아무것도 이룰 수 없습니다. 마음을 먹는 것에서 시작하여 행동이 바뀌게 되고, 그 행동은 습관이 되며 습관은 운명이 됩니다. 따라서 정주영 회장의 운명, 그의 성공신화의 단초는 바로 '일단 해 봐'였다고 해도 과언이 아닌 듯합니다.

오늘날 우리나라의 많은 청년들이 '흙수저, 금수저론'을 떠올리며 쉽게 좌절하고 '3포, 5포 세대'라는 말에 절망하며 한숨을 내쉽니다. 정주영 회장이 살아있었다면 그들에게도 똑같이 말했을 겁니다. "정말 해 봤느냐!"라고.

이 책을 통해서 그의 일대기를 읽다 보면 정말로, 그의 그 말이 단순한 겉치레나 허세가 아님을 알게 됩니다. 모두가 말리고 불가능할 것이라고 고개를 내젓는 상황에서 그는 뚝심 있게 밀고 나가 비난하던 사람들의 입을 꾹 다물게 만들었습니다. 그는 소위 '금수저'도 아니었고, 학력이 뛰어나지도 않았습니다. 하지만 자신의 운명은 자신이 개척하는 것이라고 굳게 믿고 거침없이 불가능을 가능으로 바꾸어 버렸습니다.

그는 또한 자신의 재산을 불리는 것에만 골몰하지 않았습니다. 더 많은 사람들, 가난한 민초들이 자신이 세운 신화를 통해 이득을 얻기를 바랐습니다. 그가 벌인 대북사업 역시 그와 같은 맥락에 놓인 것입니다. '나만 잘 먹고 잘살면 된다'고 생각하는 사람들이 있다면 따끔하게 느껴야 할 교훈입니다. 자신이 얻은 복을 회향하여 모두 함께 잘살기를 바란 그의 마음씀씀이는 우리사회의 미풍양속을 위하여 본받아야 할 미덕입니다.

그의 행적을 따라가다 보면 과연 '큰 사람이 큰일을 해내는구나'라는 생각이 자연스레 듭니다. 여기서 말하는 '큰 사람'이란 날 때부터 특권적인 무언가를 갖고 태어났음을 의미하지 않습니다. 평범한 사람이지만 태산처럼 큰 서원을 세우고 황소 같은 고집으로 밀고나가는 열정을 지닌, 인간으로 태어나 자신의 운명을 스스로 개척해낸 작은 거인을 뜻하는 말입니다. 즉 세상이라는 시험대에 서서 당당하게 자신의 이름을 걸고 승부를 띄워 승리한, 우리 모두가 될 수 있는 바로 그 사람입니다.

본서를 통해 많은 사람들, 특히 우리나라를 이끌고 나갈 젊은이들이 강한 동기부여를 받길 바랍니다. 타인의 시선이나 사회적 한계라는 틀에 자신을 가두지 말고 일단 '해 보시길' 바랍니다. 물론 여기에는 꿈을 이루기 위해 부단한 노력이 반드시 뒷받침되어야 한다는 진리가 존재합니다. 로또 당첨과도 같은 허황된 꿈을 꾸며 일확천금을 노리지 말고, 부디 자신이 원하는 꿈을 이룩하기 위해 높은 서원을 세우고 불굴의 의지로 노력하길 바랍니다.

천고마비의 계절, 책 읽기 참 좋은 가을입니다. 본서를 기쁜 마음으로 출간하며 이 책 읽으신 모든 분들에게 더없이 지극한 행복이 오길 기원합니다. 실패와 좌절을 두려워하지 말고 '일단 해 보라!'는 정주영 회장님의 말씀을 다시한번 생각하며 기운찬 행복에너지 긍정의 힘으로 마법을 걸어 대한민국 방방곡곡에 전파 하겠습니다.

'행복에너지'의 해피 대한민국 프로젝트!

<모교 책 보내기 운동> <군부대 책 보내기 운동>

한 권의 책은 한 사람의 인생을 바꾸는 힘을 가지고 있습니다. 한 사람의 인생이 바뀌면 한 나라의 국운이 바뀝니다. 그럼에도 불구하고 많은 학교의 도서관이 가난하며 나라를 지키는 군인들은 사회와 단절되어 자기계발을 하기 어렵습니다. 저희 행복에너지에서는 베스트셀러와 각종 기관에서 우수도서로 선정된 도서를 중심으로 <모교 책 보내기 운동>과 <군부대 책 보내기 운동>을 펼치고 있습니다. 책을 제공해 주시면 수요기관에서 감사장과 함께 기부금 영수증을 받을 수 있어 좋은 일에 따르는 적절한 세액 공제의 혜택도 뒤따르게 됩니다. 대한민국의 미래, 젊은이들에게 좋은 책을 보내주십시오. 독자 여러분의 자랑스러운 모교와 군부대에 보내진 한 권의 책은 더 크게 성장할 대한민국의 발판이 될 것입니다.